U0643823

PHILIP ROTH
菲利普·罗斯全集

The Anatomy Lesson

解剖课

[美]菲利普·罗斯 著

郭国良 高思飞 译

上海译文出版社

.

philip
Roth

献给理查德·斯特恩

正确诊断病痛的主要障碍在于感受到疼痛的部位往往远离病灶之所在。

《矫形外科学教科书》

詹姆斯·西里亚克斯，医学博士

第一章

围领

男人生病时，无不想到自己的母亲；如果母亲刚巧不在身边，那
必须有其他女人顶替。祖克曼现在就用四位女性勉强凑合着。他从未
同时拥有那么多女人，从未见过那么多医生，从未喝过那么多伏特加，
从未如此碌碌无为，从未经受如此疯狂的绝望。但他得的病好像并不
值得让任何人大惊小怪。只不过是疼痛——分布在他的脖子、手臂、
肩膀上，让他走不了几个街区就觉得疼痛难忍，甚至在一个地方站久
了也受不了。自己的脖子、手臂和肩膀沉重得像背负着另一个人的体
重。只不过花了十分钟时间外出采购杂货，他就得赶紧回家躺下来休
息。每次出门，他也只拿得动一小袋东西回来，尽管重量很轻，他还是
只能把袋子抱在胸前摇摇晃晃地走着，活像个八十岁的老大爷。而一
侧拎着袋子只会加重他的痛苦。弯腰铺床成了一件痛苦的事情；手拿
锅铲站在炉灶旁等待鸡蛋煎熟的过程也令人痛苦；他没力气推开窗
户，事实上任何需要使力的活他都干不了。最终，是那些女人帮他打

开了窗户；打开窗户，煎好鸡蛋，铺好床，为他买好食物，并且轻松自如、豪气万丈地把那些沉甸甸的口袋拎回家里。这些活一个女人每天花一两个小时就可以全部搞定，但祖克曼不再有幸拥有这样一个女人。因此，最后他只能让四个女人共同完成这些任务。

为了能坐在椅子上看点东西，他得在脖子上戴一种矫形围领。那是一圈白色罗纹花样的菱形海绵，固定在脖子上，这样可以使颈部的脊椎保持直立，让他在转头时有所支撑。他感到一种剧痛从右耳开始一直火辣辣地延伸到颈部，然后在肩胛骨处弥漫开去，就像一支倒置的连灯烛台。理论上，对头部的支持及活动限制应该可以减轻他的痛苦。戴了围领，有时候确实能让他感到舒服一些，有时候却不能，而戴围领本身就跟他的疼痛一样折磨人。困在围领中的他不管做什么事都无法集中精神。

他手上拿的是他大学时看过的一本书：《牛津十七世纪诗歌》。内封上，在他用蓝墨水写的姓名和日期上面，是一行大一新生用铅笔于一九四九年做的标注：“玄学派诗人轻而易举地从渺小走向崇高。”这二十四年来，他第一次去翻找乔治·赫伯特写的诗。他拿来这本书，是想读那首名为“围领”[1]的诗，希望从中找到某些灵感，以帮助他解

1　《围领》，玄学派诗人赫伯特的诗歌。赫伯特是虔诚的教徒，曾于晚年担任牧师，此处的“围领”有多种含义，一种暗指牧师衣服上的白色衣领，这是枷锁，同时也是对人的考验。该诗被认为是身为神父的诗人向主表白心迹之作。

决自己的围领问题。这通常被视作伟大文学作品的功能之一：通过描绘人类的共同命运，找到个人痛苦遭遇的解药。就像祖克曼正在体会到的那样，如果没有定时服用一种名为哲学思考的药剂，痛苦会让你变成只有原始意识的野蛮人。也许他可以从赫伯特那里找到某些暗示。

……我仍要恳求吗？

难道除了荆棘刺破我手，

便再无任何收获？

难道甘美的果实

无法收复我失去的一切？

      当然，这里有美酒

在我的叹息风干它之前；

      这里有谷物

在我的泪水湮没它之前。

莫不是只有我失去了这一年的光阴？

难道没有月桂可为之加冕？

难道没有芬芳花朵，没有绚烂花环？

全都枯萎了？

全都荒废了？

……可我胡言乱语，我的每个字

变得狂乱粗蛮

我觉得有个声音在呼喊：**孩子啊；**

而我报以虔诚的回应：**我的主。**

他用尽全力，挥动疼痛的胳膊将书扔到了房间对面。半点用处也没有！他拒绝用任何冠冕堂皇的事物来比喻他的围领，那个本应减轻痛苦却反而带来了痛苦的围领。玄学派诗人也许可以轻松地从渺小走向崇高，但是，要说祖克曼对玄学派诗人的印象，从过去十八个月的经验来看，如果有改变的话，也只能是向相反的方向。

单单是写一本书的最后一页，就让他感觉自己前所未有地接近这个崇高境界，这在过去四年中都未曾发生。他已经记不得自己何时写过一页让人看得懂的内容。即使是在他戴着围领的时候，上斜方肌处的痉挛和脊椎骨两边的酸痛让他连在信封上打个地址都困难万分。当西奈山医院的一个整形科医生把他的痛苦归结于他二十年来一直在手动打字机上工作之后，他立刻出门去买了一台 IBM 二代电动打字机；但是回到家里继续写作时，他发现这崭新而陌生的 IBM 键盘给他带来的痛苦并不亚于他的老式奥利维蒂牌手动打字机。那台打字机被收在卧室后面衣柜里一个已经磨破的旅行箱里，只要眼睛一瞥到那台奥利维蒂，阵阵沮丧就像潮水一般奔袭而来——踢踏舞大师比尔·罗宾逊[1]看到自己的旧舞鞋时一定也是同样的感受。身体康健时，他总是胳膊一甩，把桌子上的杂物潇洒地扫到一边，腾出地方来或吃饭或记笔记或看书或写信，这一切是多么简单啊。他是多么喜欢把这些不会抱怨而默默陪伴着他的伙伴们推来扫去——从二十岁开始，他就一直这样凶残地对待它们！他在这些杂物的陪伴下支付他前妻的赡养费，在这些杂物的陪伴下给他的粉丝回信，在这些杂物的陪伴下头枕着桌子沉浸在自己写的或精彩或乏味的作品之中无法自拔，在这些杂物的陪伴下写出了四本已出版小说和三本未完成小说的每一份草稿的每一页——如果这台奥利维蒂牌老式打字机会开口说话，那么这位小说家的所有秘密都会赤裸裸地展露在你面前。而你从第一位整形医生推荐购买的 IBM 打字机那里却毫无所获——你只能听见那如清教徒般拘谨、如机械般精准而又趾高气扬的机器运转声，仿佛在喋喋不休地诉说它自己的所有优点：我是 IBM 可更正二代电动打字机。我从来不会犯错。这个使用我的人是谁，我完全不知道。而从周围的情况来看，他也不知道自己是谁。

1　Bill Robinson (1878—1949)，美国著名踢踏舞大师，在踢踏舞的发展中起了巨大作用。一生充满传奇，影片 "Bojangles" 是他的传记。

直接用笔书写也一样不可行。即便是在那美好的当年，他的左手顺着字向稿纸右边推动时，他看起来就像一个勇敢坚定的伤残人士正在学习如何使用他的假肢。而写出来的东西也同样难以辨识。写字是他最不擅长的技能。他跳伦巴舞比他用手写字顺畅漂亮多了。他笔握得太紧。每次写字，他都咬紧牙关，面露痛苦之色。写字时他的手肘伸出，仿佛蛙泳的预备动作，然后把手往下勾，和前臂弯成一个圈，这样他写字时整行字就会呈现从上至下的倾斜角度而不是从下往上——这是许多左撇子小孩自创的柔软书写术，以避免在从左往右的书写过程中把前面的墨水字迹弄花。一位口碑极佳的整骨专家甚至总结了造成祖克曼这种病痛的原因，简单如下：一个认真的左撇子男生，在克服未干墨迹这一障碍的过程中肌肉过于紧张，以至于书写者的脊椎开始一点点偏离垂直的轴线，最后像扭麻花一样歪歪斜斜地偏离了骶骨。他的胸腔是歪的。他的锁骨是斜的。他的左肩胛骨的下端像鸡翅膀一样向外展开，甚至连他的肱骨也被紧紧地挤在了肩关节囊中，斜斜地插进了关节里。尽管对于没受过医学训练的人来说，他的骨骼看起来还是基本对称的，比例也很匀称，而事实上，他的内部构造就和理查三世[1]

---

[1]　理查三世是一个驼背的畸形人，但非常聪明，通过种种手段除掉各种对手成功篡位，成为英格兰国王。

一样畸形。按照整骨专家的说法，他从七岁开始骨骼就一直以一种稳定的速率在弯曲。从他写作业开始。从他写第一篇关于新泽西生活的报道开始。"一六六六年，卡特里特[1]总督为罗伯特·特里特[2]提供了译员和导游，同去哈肯萨克河上游，去和欧莱顿——哈肯萨克家族年长的首领——的代表见面。罗伯特·特里特想让欧莱顿了解，白人定居者除了和平外别无他图。"十岁时开始写纽瓦克的罗伯特·特里特，他的用词一如"译员"和"代表"这样优雅悦耳，到最后写纽瓦克的吉尔伯特·卡诺夫斯基[3]时，语言却换成了粗鄙至极的"阴茎"及"阴道"。我们的作者就这样在哈肯萨克河中一路摇桨而上，最终却停靠在名为痛苦的港湾。

当在打字机前正襟危坐变得痛苦难忍时，他就使劲往后靠在一张安乐椅上，尽力施展他那不完美的写字能力。他有一圈围领来支撑脖子，一张结实无靠垫的软椅背支撑他的脊柱，还有一张为他量身定制的木纤维板固定在椅子的扶手处，作为一张便携式课桌供他写作。他

1　Carteret（1610—1680），美国独立前英国派驻新泽西州的第一任和第四任总督。

2　Robert Treat（1622—1710），美洲大陆殖民开拓者，1683年到1698年间担任康涅狄格州总督。

3　祖克曼的小说《卡诺夫斯基》的主人公，写作风格露骨大胆。在《卡诺夫斯基》里，身为犹太人的祖克曼对犹太家庭进行了很多负面描写，导致他众叛亲离。具体请参见《被释放的祖克曼》。

住的地方当然安静到足以让他集中精力。他给书房的大窗户安装了双层玻璃，这样就不会有别人家的电视或留声机的声响从后面的大楼传进他住的褐石[1]公寓；书房的天花板也做了隔音，这样他就不会被楼上邻居的两只京巴狗爪子刮地板的声音打扰。书房里铺着地毯，是一张深古铜色的羊毛地毯，窗户边垂挂着厚重的天鹅绒窗帘，一直拖到地上。这是一间安静舒适、书香缭绕的房间。他一半的人生都是像这样把自己封锁在房间里度过的。在他存放伏特加酒瓶和玻璃杯的小储物柜顶上，放着他最爱的嵌在树脂镜框里的老照片：已故的双亲在他祖父母家的后院拍的新婚照；他的几任前妻在楠塔基特岛上健康美丽、如花朵般盛开的快乐笑颜；他那已然疏远的弟弟一九五七年以最优异的成绩（和纯净得毫无杂质的心灵）从康奈尔大学毕业时身穿学士服拍的照片。就算一天之中他会开口说话，那也只是对着这些照片喃喃自语；否则，这一屋子的寂静无声能让那个在封闭的斗室里写出《追忆似水年华》的普鲁斯特都无可挑剔。他拥有寂静、舒适、时间、金钱，但是用笔书写使他的上臂阵阵抽痛，没多久就让他感到自己的胃部一阵痉挛。他一边用左手继续写字，一边用右手揉捏他那酸痛的肌肉。

1　褐石指的是一种建造楼房的三叠纪或侏罗纪砂岩，在欧洲曾是一种广为流行的建筑石材。在美国用褐石建造的楼房大多造价昂贵，因此房价、租金都较高。

他尽量不去理睬这痛楚，假装这正抽痛着的并不是他自己的胳膊，而是某个不相干的人。他企图用写写停停的方式来骗过他的肌肉。长时间不动笔写字对减轻肉体的痛苦颇有效果，但对写作本身却是一种伤害；等他第十次停笔时，他已经不知道该写些什么了，而既然没有什么东西要写，他也没有理由继续坐在这里受累。当他扯下脖子上的围领颓然倒地时，尼龙魔术贴被刺啦一声拉开的声音仿佛是从他自己的内脏里传出来的一般。每一种思想，每一种感觉，都陷入了一种名为痛苦的东西所编织的自私罗网中。

在第五十七街上的一家儿童家具店里，他买了一个外面包着大红色塑料薄膜的柔软泡沫地垫，现在这个地垫已经永远地在他的书房里安家了，铺在他的书桌和安乐椅之间。当无法忍受坐姿时，他就伸展四肢仰面躺在地垫上，头枕一本《罗热同义词词典》。结果，他现在清醒时候的大部分活动，都是在这块地垫上完成的。在那块垫子上，他不用再背负着上半身的重量，也不用再承受那重达十五磅的脑袋，他可以打打电话，见见访客，看看电视关注一下水门事件的进展。他现在用一副棱镜代替自己原先的眼镜，这样可以看到垂直角度的影像。这种眼镜由市中心一家视觉研究公司专为卧床不起的病人设计，是他的理疗师推荐的。他透过这副棱镜眼镜关注我们总统的欺骗行径——别扭的姿势，豆大的汗珠，笨拙刺眼的谎言。他几乎开始同情他，因为这个他每天都会看见的人是除他自己之外唯一一个和他遭受同样难熬痛苦的美国人。就算是疲惫不堪地躺在地板上，不管是他的哪个女人笔直地坐在沙发上，祖克曼都能看见。而照料他的女人眼中所见的，是祖克曼那副凸出的镜片不透明的方形下侧边缘，耳中所闻的，是他喃喃自语地向天花板解释尼克松为何许人也。

他试着躺在地垫上，将脑海中的小说口述给秘书让其记录下来，但却无法流利地表达，有时候甚至躺在那里整整一小时说不出一个字。眼睛看不见自己所写的东西，他就无法写作；尽管他能想象句子所描绘的内容，但他无法在看不见句子如何展开又如何相互衔接的情况下想象它们的样子。这个秘书只有二十岁，太容易被卷入他的痛苦之中，这在头几个星期表现得尤其明显。这样的例会对他们两人而言都是一种折磨，而最后往往都以小秘书躺到地垫上告终。性交，口交，舔阴，这些祖克曼都可以毫无痛苦地接受，只要他保持仰躺的姿势并且用那本词典垫在头部下面做支撑。这本词典的厚度刚好可以避免他的后脑勺过于后仰以至刺激他脖子的疼痛。词典的内封上写着"爸爸赠——我完全相信你"，落款日期是"一九四六年六月二十四日"。这本书自从他小学毕业以后就一直充当扩展他词汇量的角色。

曾跟他一起躺在地垫上的共有四个女人。她们是他生活中所拥有的一切朝气：秘书-知己-大厨-管家-伴侣——除了尼克松的受难这一

药剂之外，她们就是他的娱乐和消遣。他仰面躺着，感觉自己就像是
她们的男妓，用身体报答别人帮他端茶送水的恩惠。她们向他倾诉烦
恼，脱掉衣服，俯下身用他来填满她们下身的洞穴。既无工作能做，病
情预测也不甚乐观，他只能任由她们随心所欲地摆布；他的无助越是
明显，她们的欲望就越是直截了当。然后她们起身离开。洗好碗，喝
一杯咖啡，跪下来跟他吻别，接着离开他的视线，消失在现实生活里。
留下祖克曼一个人仰躺着，等候下一个按门铃的人，不管那是谁。

在身体健康、工作充实的时候，他从来没有时间像这样和女人私
通，甚至在他受到诱惑的时候也不曾如此。这短短的几年时间里换过
太多的妻子，根本没有让情人来插一脚的余地。婚姻是他保障自己不
被女人分散注意力的盾牌。他结婚是为了秩序，为了亲密，为了可以
依靠的同伴情谊，为了一夫一妻制生活的规律和常规；他结婚，这样他
就不会把时间精力浪费在别的风流韵事上，也不会在舞会上无聊得发
疯，更不会在书房里度过无人陪伴的一天之后发现自己晚上还是一个
人待在客厅里。即使对祖克曼这样专心致志的人来说，每晚为了第二
天的独自写作而集中精神一个人坐在书桌边看书也实在让人难以忍
受，因此他便引诱女人来加入这充满诱惑的苦行，每次只需一个女人，
一个安静、体贴、认真、有文学修养又能自我满足的女人，一个无需带
她到处去玩，只要能在晚饭后安静地坐在他对面和他一起读书就心满

意足的女人。

　　每次离婚之后，他都重新发现一个独身男人必须要带女人去各种地方：去餐厅吃饭，去公园散步，去博物馆、歌剧院和电影院——不仅需要去看电影，而且在看完之后还必须要讨论电影内容。如果他们成为了情侣，在他头脑清晰、创作欲望旺盛的清晨，如何离开女人就成了一个大问题。有些女人希望他能和她们共进早餐，甚至希望他能像一般人那样和她们边进餐边交谈。有时她们希望再度回到床上。他自己也希望再度回到床上。显然回到床上要比回到打字机前创作更要紧，且显然更少挫折感。事实上你可以完成你一开始决定达成的目标，中间不必经历十次失败的开头、十六张草稿，外加在房间里来回踱步。因此他卸下了防备——于是这个早上就筋疲力尽了。

　　而妻子就不会如此引诱他，随着时间的流逝就不会。

　　然而痛苦改变了这一切。不管是谁，只要和他度过了一个晚上，不仅会被邀请和他共进早餐，并且如果她有时间最好还能一直待到午饭时分（如果没有别人会出现，那最好再待到晚饭时间）。他会偷偷在他的绒布睡袍下藏一块湿巾和一包鼓鼓囊囊的冰袋，当冰块逐渐麻痹上斜方肌的同时（还有矫形围领支撑他的脖子），他就向后靠在那把红色天鹅绒椅子上，聆听着。在他脑海中只想辛勤工作时，品格高尚的伴侣对他有致命的吸引力；他这样无法动弹的状态为他提供了一个绝佳的机会，用来证明这些女人不像他那三个前妻那么正直。也许他会学到些什么，也许没什么收获，但至少她们可以帮他转移注意力，而纽约大学的风湿病专家说过，多少病人都在孜孜以求可以转移他们注意力的事物，因为这样可以使极度的痛苦降低到可以让人接受的程度。

他咨询过的精神分析专家却持相反立场：他向祖克曼提出了心中的疑惑，问他是否为了（良心毫无愧疚地）留住这个"南丁格尔式后宫"而放弃和病魔做斗争。祖克曼对这句玩笑话感到十分愤怒，差点掉头就走。放弃做斗争？就算他没放弃，又能做些什么——为了治病，还有什么事是他不肯做的？自从他的痛苦在十八个月前开始加剧之后，他就一直在不断预约等候进入各种不同医生的办公室，包括三个整形外科专家、两个神经学专家、一个理疗医师、一个风湿病专家、一个放射科专家、一个整骨疗法专家、一个维生素专家、一个针灸专家，然后现在这个精神分析专家。那个针灸专家已经给他扎过十五次，每次十二针，总共一百八十根针，没有一根针起到半点效果。祖克曼光着上身坐在针灸专家八间诊疗隔间的其中一间里，一边看着针在他眼前晃来晃去，一边阅读《纽约时报》——就这样温顺地坐上十五分钟，然后付给医生二十五美元，接着坐车返回住处，每次出租车压过路面一个坑洞，疼痛都会突然造访。维生素专家为他接连打了五针维生素 B-12。整骨专家把他的整个胸腔猛力向上拉，向外扯他的胳膊，猛

15

烈地朝两边扭转他的脖子，使之发出骇人的咔咔声。理疗师为他进行热敷，给他做超声波，同时帮他按摩。第一个整形外科医生为他进行"激痛点"注射，让他扔掉老式打字机去换台新式的IBM；第二个整形外科医生告诉祖克曼他自己也是个作家，尽管没写过什么所谓的"畅销书"，然后让他躺下、站直、弯腰，一一进行检查，最后在祖克曼穿好衣服以后把他领出办公室，跟接待员说他这周没空把时间浪费在一个忧郁症患者身上。第三个整形外科医生让祖克曼每天早上泡一个二十分钟的热水浴，然后做一系列的伸展运动。热水浴的过程让人愉悦——祖克曼边泡澡边通过敞开的浴室门听马勒——但那些伸展运动，尽管动作很简单，却让他的疼痛更加剧烈，因此还没坚持一个礼拜，他就逃回第一个整形外科医生那里，让后者为他进行第二阶段的激痛点注射，但仍然毫无效果。放射科专家用X光透视了他的胸腔、后背、脖颈、头骨、肩膀和手臂。第一个神经科专家看过他的X光照片后，讽刺地说希望自己的脊椎也能呈现出那么美丽的形态；第二个神经科专家要求他住院治疗，进行为期两周的颈椎牵引来减轻颈椎间盘的压力——这段经历即使算不上是祖克曼一生中最糟糕的，也算得上是最耻辱的了。他甚至连想都不愿意去想这件事，而不管他身上发生多糟糕的事，一般来说他都不至于到不愿意去想的地步。但他被自己的懦弱震惊了。即使是一针镇静剂，非但起不了什么作用，反而让他的无助之感更加骇人，让人难以忍受。从他们往牵引他头部的束具上加砝码的时候开始，他就知道迟早有一天他要发狂。到了第八天早上，尽管病房里没人听他说话，他还是在被固定得无法动弹的床上发出刺耳的喊叫："让我起来！让我离开这里！"不出十五分钟，他就已经穿回了自己的衣服，在楼下收银员的窗口支付医疗费了。直到他安全地走上大街挥手拦下一辆出租车，他才开始想："要是真的有非常可怕的事发生在你身上怎么办？到那时候怎么办？"

珍妮从乡下来到城里帮忙照料他本该持续两周的牵引期间的起居。她上午绕道去美术馆和博物馆转转，在午饭后来到医院，为他朗读两小时的《魔山》[1]。这种时候读这么一本大部头的书看起来很合适，但是像这样一动不动地被绑在窄床上，祖克曼开始逐渐对书中主人公汉斯·卡斯托普和肺结核赐予他的成长机会心生厌恶。即使每个礼拜的开销高达一千五百美元，纽约医院 611 号病房的生活也完全比不上书中一战前瑞士疗养院那样豪华舒适。"这在我听来，"他告诉珍妮，"就像萨尔茨堡论坛[2]和庄严的玛丽皇后号的杂交品种。每天五顿

1 德国作家托马斯·曼的代表作。书中主人公汉斯·卡斯托普因患肺结核到阿尔卑斯山疗养，结果一去七年，期间受到了各种病友世界观的影响。
2 美国设立的讨论经济、政治等事件的非盈利性组织，会议地点设在奥地利的萨尔茨堡。

丰盛的饮食，然后是欧洲学者们枯燥的讲课，还配备深奥的玩笑。那种哲学。那种雪。让我想到了芝加哥大学。"

他第一次遇见珍妮，是在哈得孙河上游一座名叫贝尔斯维尔的村庄里，当时他去这个树木葱郁的山坡小村拜访几个隐居的朋友。身为当地小学教师的女儿，珍妮曾就读于库伯联合学院的艺术系，然后一个人背着背包在欧洲闯荡了三年，现在又回到了她的出发点，一个人住在小木屋里，与一只猫、一个弗兰克林铸铁壁炉和她的画作为伴。她二十八岁，身体强壮，孤身一人，言语耿直，肤色红润，有一口健康宽阔的白牙，一头婴儿般细致的橘色头发，胳膊上长着让人生畏的肌肉。和他的秘书戴安娜那纤长勾魂的手指不一样——她有一双真正的手。"如果你想知道，那么总有一天，"她对祖克曼说，"我会告诉你关于我工作的故事——'我的二头肌及其来历'。"在回曼哈顿之前，他不请自来地造访了她的小屋，装作是去看看她画的风景画。天空，树木，山丘，还有道路，都和她本人一样坦诚直白。没有激情烈日的凡·高[1]。凡·高给他弟弟的信件中的几句引语被钉在了画架旁，而那份已然破损的法语版凡·高信件——曾

1　凡·高一生挚爱太阳和向日葵。这里也许是凡·高将自己比作向日葵，说自己没有受到太阳的温暖和鼓舞。

被她装在背包里走遍欧洲——则被夹在长椅旁的一堆美术书里。纤维板墙面上画满了铅笔画：奶牛，马，猪，鸟巢，花朵，蔬菜——都在以一种同样直率的魅力大声宣告着："我就在这里，我是真实的。"

他们在小屋后面一个废弃的果园里散步，品尝着奇形怪状的水果。珍妮问他："为什么你的手老是去摸肩膀？"祖克曼甚至都没有意识到他在这样做；在那时，痛苦只蚕食了他生存空间的四分之一，而他只觉得这就像他外套上的一个污点，只要擦掉就没事了。然而无论他怎么努力都没有效果。"大概有某种压力吧，"他回答。"因为和评论家干架？"她问。"更像是和自己干架。一个人住在这里是什么感觉？""画很多画，做很多园艺，经常自慰。有钱买东西的感觉一定很好。你做过最奢侈的事情是什么？"最奢侈的，最愚蠢的，最恶劣的，最刺激的——他都一一告诉了她，而她也告诉了他。持续几小时的提问和回答，但很长一段时间没有更进一步的举动。"我们两人美好的无性时光，"当他们在晚上煲电话粥时，她这样命名这段关系。"尽管这对我来说也许算是段幸运的相遇，但我并不想成为你众多的女友之一。我自己一个人用榔头盖一层楼会过得更好。""你是怎么学会盖楼的？""很简单啊。"

某个午夜，她打来电话，说她刚才趁着月色到花园里摘蔬菜。"当

19

地人告诉我再过几小时就要霜冻了。我正要去利姆诺斯岛看看你如何重整旗鼓。""利姆诺斯岛？我不记得什么利姆诺斯岛。""就是希腊人把菲罗克忒忒斯[1]扔掉的地方。"

　　她在利姆诺斯岛待了三天。她在他的脖颈上注射氯乙烷麻醉剂；她赤身裸体地跨坐在他扭曲的背上按摩两个肩胛骨之间的部位；她准备两个人的晚饭，酒焖仔鸡和豆焖肉——吃起来有一种强烈的熏肉味——还有她在霜冻之前收割的蔬菜；她诉说她在法国的经历以及在那里遇到的男男女女。就寝时分，他从浴室出来，发现她正在桌边查看他的记事本。"这太鬼鬼祟祟了吧，"他说，"对于像你这么坦白的人来说。"她只是笑了笑，然后说："你不干坏事就写不出东西。'D'是谁？'G'是谁？我们总共能发现多少女人？""问这个干吗？你想去见见她们？""不，谢了。我可不想掺和。我觉得我已经在逐渐让自己摆脱这种事了。"初次相处的最后一天早上，他想送她点什么东西——除了书以外的东西。他一生都在送书（还有随之而来的各种告诫）给女人。他给了珍妮十张一百美元的

1　Philoctetes，特洛伊战争中希腊联军将领，精通箭术，是希腊第一神箭手。在前往特洛伊的途中，由于在利姆诺斯岛被水蛇咬伤，双脚感染恶毒，被奥德修斯遗弃在那里。伤好后奥德修斯与阿喀琉斯之子等人请他继续前往特洛伊，遭到拒绝后，已成为神祇的大力神赫拉克勒斯降下神谕，他方才与奥德修斯一道去了特洛伊，并射杀了掳走海伦、掀起战争的特洛伊王子帕里斯。

纸钞。"给我这个干吗？"她问。"你告诉过我，你无法忍受自己在这里看起来像个乡巴佬。还有你对奢侈品的好奇心。凡·高有他的弟弟给他送钱，你有我。拿着吧。"三小时以后，她从外面回来，拿着一件鲜红色的羊绒披风、一双酒红色靴子，还有一大瓶戴斯普雷凡尔赛宫女士香水。"我去了波道夫·古德曼百货公司[1]，"她神情有些羞涩，但言语中却充满自豪——"这是找零，"然后递给他一把硬币，两个二十五美分的、一个十分的、三个一分的。她把身上所有土气的衣服都脱掉，然后只穿上刚买的披风和靴子。"你知道吗？"她看着镜子说。"我感觉自己还挺漂亮的。""你确实漂亮。"她打开香水瓶盖，把盖子上附着的香水拍到了身上；她在舌尖上喷了点香水，接着又转身对着镜子。长久的凝视。"我感觉自己好高。"她原本不高，也不可能再长高。那天晚上，她从乡下打来电话，告诉他她穿披风洒香水造访她母亲的家并解释说这是男人送的礼物后她母亲的反应。"我妈说，'我不知道你外婆看到这件衣服会怎么说。'"这个么，女人就是女人，祖克曼想。"问问你外婆的尺寸，我要给她也买一件。"

医院里为期两周的牵引刚开始，珍妮总是在下午为他朗诵《魔

1 美国著名的传统时尚百货公司之一。

山》，晚上则回到他的公寓，把他的桌子、他的椅子、他的书架，还有他的衣服全都画入她的素描本里，然后在她下次来医院时把这些画用透明胶粘在他病房的墙上。每天她都会临摹一幅中央部分绣有励志格言的十字绣，然后把这张画也贴在他能看到的墙上。"这可以加深你对治疗前景的看法，"她说。

肉体痛苦是精神折磨的唯一解药。

卡尔·马克思

人不会因为在某处遭受痛苦而导致对此地的热爱之情有所减少。

简·奥斯汀

如果人能强大到应对一定的打击，能解决相对复杂的生理困难，那么从四十岁到五十岁，人就再一次进入新的相对正常的潮流。

文森特·凡·高

她设计了一张图表，对他前景观的治疗状态进行跟踪调查。到了第七天晚上，这张表如下图所示：

22

天数	热忱	幽默	神智	胃口	适应度	坚忍	性欲	小气 (缺乏程度)	怒气和 抱怨	对珍妮的 礼貌程度
1	A	A	A	A	A	A	F	A	A	A
2	B	A	B	A	A	A	F	C	C	A
3	A	A	A	A	A	A	F	B	B	A
4	C	B	C	A	C	B	A	C	C	A
5	C	B	A	C	B	A	F	B	B	B
6	C	C	C	C	C	C	C	C	B	A
7	F	D	F	F	C	D	F	D	B	F
8										
9										
10										
11										
12										
13										
14										

第八天下午，当她带着素描本来到611病房时，祖克曼已经不见了；她在他家里找到了他，后者正躺在地垫上，喝得半醉。"前景观的治疗中出现了太多内省观，"他说。"这种吞噬一切的感觉。太孤

独了。崩溃了。"

"是么，"她轻轻地说，"我认为这不是造成崩溃的原因。换做是我的话，在那里连一小时都撑不过去。"

"生活变得越来越小越来越小越来越小。每天醒来就惦记着我的脖子。每天睡觉也惦记着我的脖子。只能想，如果这样牵引也没用，那该去找哪个医生。想去治病，却发现病情更糟。汉斯·卡斯托普比我的情况好多了，珍妮弗。那张床上除了我，什么都没了。只有一个脖子，还整天想着关于脖子的事情。没有塞特姆布里尼，没有纳夫塔[1]，没有雪。没有瑰丽的知识之旅。努力想找出一条出路，结果却更陷入其中。惨败了。太丢人了。"他无比愤怒，差一点就吼出来了。

"不，问题在于我。"她又给他倒了杯酒。"我希望我之前能更多地逗你开心。我真希望自己不是这样一个又臭又硬的粗人。唉，忘了吧。我们努力过了——只是没有用。"

他坐在餐桌旁揉着脖子，边看她炖熏羊羔肉边喝完了那杯伏特加。他不想让她离开他的视线。头脑冷静的珍妮，让我们把家庭生活

---

1 塞特姆布里尼和纳夫塔都是《魔山》中的人物，是主人公的病友恩师，对后者的世界观形成产生了深远的影响。

的阴暗面当作一切吧——跟我一起生活，成为我最爱的又臭又硬的粗人吧。他已经决定要让她搬进来住。"我在床上对自己说：'不管发生什么事，当我离开这里以后我要让自己重新沉浸在工作中。要是会痛，就痛吧，管他妈的。努力理解，然后克服痛苦。'"

"然后呢？"

"对理解来说太粗浅了。理解根本没法触到它。对这种痛苦，又担心，又不解，想要战胜它，治好它，忽视它，想搞清楚它究竟是什么——这一切让我普通平常的个性变得像除夕夜的时代广场那样纷扰。当你身处痛苦之中时，你所思考的全部问题就是如何摆脱痛苦。一再地、反复地被这种想法所困扰。我真是不该让你来陪我遭这份罪。我应该独自扛起这一切。但即使这样，我还是太软弱了。而你，是这一切的见证人。"

"见证什么？得了，对我来说，这完全没问题。你真不知道我是多么喜欢穿着裙子跑到这里来。我已经虐待自己很久了。不过，对你我可以温柔点、文雅点、镇静点——你为我提供了一个表现女性特质的机会。谁也不必为此感到难过。你我都不必内疚，内森。我会对你有所帮助，你也会对我有所帮助，所以我们都别担心后果。让我外婆去担心这种事吧。"

选择珍妮？要是她愿意的话，她会变得十分诱人。她的勇气，她的健康，她的独立，凡·高的引言，毫不动摇的意志——这一切都能平息一个病人的焦躁狂暴。但如果他的病好了，会怎么样呢？选择珍妮，因为她和祖克曼夫人一世、二世、三世很相像？这应该是不选择她的最佳理由。选择她，就像一个病人需要护士那样？一个像创可贴般方便的妻子？身处这样的困境，最好的选择就是不要选择。等待，等到一切结束，维持现状。

　　他跑去求助精神分析专家——一方面是因为八天监禁般的牵引治疗让他极度沮丧——另一方面是想到还得维持现状无限等待。但他们根本毫无进展。专家谈到了疾病的魅力，生病的回报，他跟祖克曼讲病人的精神酬报。祖克曼承认，在跟他相似的神秘病症中也许确实有某些益处，但对他而言，他非常痛恨生病：没有任何精神酬报能够弥补让他失去活动能力的身体痛苦。专家提出的所谓"二级回报"没法弥补他的初级损失。但也许，专家暗示说，获得回报的祖克曼并不是他所感知到的自己，而是那个扎根于心灵深处的小婴儿，那个正在赎罪的忏悔者，那个心怀愧疚的底层人——也许获得回报的是那个痛失双亲而悔恨不已的儿子，那个写了《卡诺夫斯基》的作者。

　　医生花了三个礼拜的时间宣告这些事实，而他也许又花了几个月的时间才宣告某种叫做歇斯底里转化症的症状。

"通过受苦来赎罪?"祖克曼问道。"而痛苦就是我对自己以及那本书的评价?"

"是不是?"专家问。

"不是,"祖克曼回答,在这样治疗了三个礼拜之后,他断然终止,头也不回地走了。

一个医生开方让他服药,每天十二片阿司匹林,另一个医生开了消炎药保泰松,还有开骨骼肌肉舒缓剂美索巴莫的,还有开镇痛药复方羟可酮的,还有开安定的,还有开激素强的松的;又有一个医生让他把所有的药片都扔到马桶里冲走,先扔毒性大的激素强的松,然后"学习如何与病痛共存"。原因不明而又无法治愈的痛苦只是人生起落的一部分——无论这种痛苦是何等地损害生理行动能力,它与完全的健康状态仍然是并行不悖的。祖克曼只不过是一个遭受了些许痛苦的健康人。"我有一个习惯,"一本正经的医生继续说道,"绝对不给一个没生病的人治病。此外,"他提出了建议,"在你离开这里之后,要避开那些精神看护学家。你一点也不需要那些。""精神看护学家是什么人?""充满困惑的内科小医生。对每种疼痛和痛苦作弗洛伊德式的个性化处理,是自从用蚂蟥吸血治病以来上天赋予这些家伙的最粗陋的武器。假如痛苦仅仅只是某些其他东西的表现,那就一切皆大欢喜了。但不幸的是，生活可没有如此逻辑严密的构造。痛苦是附加在其余一切事物之上的。当然会有歇斯底里患者，他们能模仿任何病症，但他们是一群异种变色龙，远比精神看护专家要让你们这些傻乎乎的病患者所相信的奇异。你可不是这么卑贱的爬虫动物。好了，诊断结束。"

就在精神分析专家第一次指责他停止抗争过后没几天，兼职秘书戴安娜就租了辆车带着祖克曼——他现在仍然可以开车前进，但没法转头进行倒车——去位于长岛的一家实验室，这家实验室刚刚发明了一种抑制痛感的电子装置。他在《纽约时报》周日版的商业栏目读到一篇文章，此文声称该实验室已获得这台装置的专利，于是他立刻在翌日早上九点打去电话预约见面时间。当他和戴安娜抵达的时候，实验室主管和总工程师都在停车场等候；两人对内森·祖克曼成为他们首个"痛感病人"而兴奋莫名，还在入口处给他拍了一张快照。总工程师解释说，他的设计初衷是为了减轻主管夫人的头痛症状。他们基本上还处于试验阶段，仍在研究减轻顽固慢性病痛的改进方法。他让祖克曼脱掉衬衫，教他如何使用这台仪器。展示阶段过后，祖克曼觉得症状既没有改善，也没有恶化，但主管信誓旦旦地安慰他说，自己的妻子已经完全脱离病痛，并坚持让祖克曼将镇痛仪器拿回家试用，想用多久就用多久。

作家艾什伍德[1]是一台永远开着快门的相机，而我则是慢性病痛的试验品。

这台镇痛仪大约和一个闹钟那么大。他设置好时间，把两块沾湿的电极片分别放在痛感部位的上下，每天给自己进行六次低电压电击，每次持续五分钟。每天六次静待疼痛离他而去——事实上，他一天在心中默念一百次希望疼痛赶紧远离。等了很久不见好转，他只好继续服用安定片或者阿司匹林或者保泰松或者复方羟可酮或者美索巴莫；到了晚上五点，他嘟囔了句"去他妈的"，然后开始喝伏特加。而千百万俄国人上千年来都很清楚，这才是最好的镇痛剂。

到了一九七三年十二月，他已经完全丧失了信心，不再期望找到任何的疗法、药物、医生或者良药，当然也包括疼痛的真正病因。他已经习惯和病魔共存，但不是因为他学会了这样做。他学会的是，他的身上发生了某些重大的事情，不管那理由是多么深不可测，他和他的人生与一九三三年到一九七一年这期间相比并无太大不同。他从二十岁出头就几乎每天都把自己关在房间里独自写作，因此他深知何谓单独监禁；他已经像这样服刑了二十年，俯首帖耳，表现良好。但现在这

1　Isherwood（1904—1986），英国作家，在柏林期间出版过《柏林故事》，后来根据这些作品产生了以"我是一架照相机"为名的剧目、电影等。

种监禁无法写作，而他的表现也仅仅只是比被绑在 611 病房度过的那八天要略好一些。事实上，他一直在不断地用同一个问题责备自己，这个问题自他从医院逃跑后一直纠缠着他：如果万一发生在你身上的事情的确非常糟糕，怎么办？

但是，即使这从全球范围的痛苦遭遇上来看算不上太严重，对他来说却是非常糟糕的。他感到生活没有目标，没有价值，没有意义；他震惊，因为痛苦是如此可怖并且让他彻底缴械投降；他困惑，因为在根本没有意识到战争打响时他就已经在前线被击溃。他很早就摆脱了来自他那传统、保守、虔诚家庭的情感索求，他已经拥有一流大学的迷人资历，他已经从与三个女性毫无激情的婚姻谜团中挣脱出来，从他早期所写作品的道德正义中解放出来；他一直为了能在文坛上寻求一席之地而孜孜不倦地努力——二十岁为生活挣扎时，他渴望别人的认可；三十岁成名之后，他渴求安宁——而到了四十岁，却被一种无缘由、无名称又无法治愈的幽灵一般的疾病所击倒。不是白血病，不是狼疮，不是糖尿病，不是神经系统的多发性硬化，不是肌肉萎缩症，甚至连风湿性关节炎都不是——什么病都不是。但正是这种什么都不是的病，让他失去了他的信心，他的理智，还有他的自尊。

他也开始失去他的头发了。也许是因为担忧病情，或者是因为药物作用。每当他结束一天的"例会"从地垫上坐起来时，都会看见充当枕头的词典上掉落的头发。在他为了迎接下一个空虚无聊的日子对着浴室的镜子整理仪容时，一梳头总能掉下大把的头发。洗澡时在头发上抹洗发乳，冲水后他都能在手掌上看到一簇簇的头发，随着每一次的冲洗而成倍增加——他希望情况能好转，但每次冲洗之后，情形只有更糟。

他在黄页电话簿上找到了一家"安东联合毛发诊疗中心"——这是在"头皮养护"栏目下看上去最正常的一则广告——然后立刻冲到科莫多尔酒店的地下楼层，想要弄清他们是否真能遵守自己小小的诺言："掌控一切可以掌控的毛发问题。"他有时间，他有头发的烦恼，一个星期之中抽出一个下午从地垫上起来出发去市中心就像是一次冒险之旅。这样的治疗不可能比他在曼哈顿最好的医疗中心进行肩、颈、臂的治疗更加没有效果。要是他现在的生活一切顺利，或许对外表上这种让人沮丧的变化稍加惋惜之后也就听之任之了，然而现在，在无数次对生活妥协之后，他下定决心，"不，绝不能再让步了"：工作受阻，行动不便，性事糜烂，脑筋迟钝，精神萎靡——但不能再加一个一夜秃头，不能连这个也摊上。

初次会诊是在一间干净雪白的办公室里，四面墙上挂着各种各样的资格证书。看到安东本人——这个素食主义者兼瑜伽从业者兼头皮养护专家——让祖克曼感到自己即使能保住牙齿也是万分庆幸的了。

31

安东六十多岁，是个精力充沛的小个子男人，不过看上去只有四十来岁；他自己的头发像一顶擦得乌黑铮亮的头盔，发际延伸到离颧骨和眉毛很近的位置。作为一个在布达佩斯土生土长的人，他告诉祖克曼，自从获得体操冠军以后，他就致力于研究如何通过各种运动、节食以及道德生活来保持身体健康。听说祖克曼曾有过酗酒历史之后，他尤其懊恼。他问祖克曼是否处于过度压力之下：因为压力是导致过早脱发的主要原因。"我确实压力过大，"祖克曼回答道，"但这是因为过早脱发引起的。"他不愿意详述病痛，无法在挂满证书的房间里向另一位专家描述那种谜一般的病症。事实上，他多么希望自己根本没来这间诊所。他的头发，成了他生活的中心！他那后退的发际线代替了小说以前在他生活中的位置！安东在祖克曼的头皮上点亮了一盏小灯，把那层薄薄的头发轻轻地从一边梳到另一边。接着他从梳齿上取下几簇刚才梳理时掉落的头发，小心地堆在一张纸巾上供实验分析。

在穿过狭窄的白色长廊进入诊所时，祖克曼觉得自己简直快被挤得只剩头顶那块秃斑大小了——十二间挂着帷幕、布满管子的小房间，每一间只能勉强容纳一个训练有素的毛发技术员和一名脱发患者。祖克曼被引见给一位身材纤细、娇小玲珑的女士，她在写护嘱方面还是个新手，身上松松地披了一件长度过膝的白色工作衫，头上盖一块白色大方巾，使她看起来像个严肃专注的修女。雅嘉来自波兰；

她的名字，安东解释说，开头字母音是"Y"，但拼写时却写成"J"。
这位是祖克曼先生，他告诉雅嘉——"美国著名作家"——现在正面临
过早脱发的困扰。

祖克曼对着一面镜子坐下，为自己的脱发胡思乱想，而安东则滔
滔不绝地讲述治疗过程：白色薄荷脑软膏可以增强毛囊活性，暗黑色
软膏可以起到清洁消毒的作用，蒸汽发生器能够促进血液循环，然后
用手指按摩头皮，接着进行瑞典式电动按摩，同时在紫外线光下照射
两分钟。最后，涂上七号敷料和十五滴特制荷尔蒙溶液，其中两边太
阳穴的发际处各滴五滴，头顶头发最稀薄处再滴五滴。祖克曼应在家
中每天早上自己进行滴液操作：这些溶液能够促进毛发生长，粉红色
的敷料则可以防止他所剩无几的发梢分叉或断裂。雅嘉点头答应着，
安东便拿着那一小堆头发样本跳回实验室，接着祖克曼就在那间狭小
的诊室里开始了治疗，这让他想到托马斯·曼笔下另一个和此刻的他
有些许相似的人物：坐在威尼斯的理发店里边染发边往脸颊上涂胭脂
的古斯塔夫·阿申巴赫[1]。

---

1 德国小说家托马斯·曼的中篇小说《死于威尼斯》的主人公。描写作家阿申巴
 赫在威尼斯的酒店偶遇美少年达秋，为他神魂颠倒，甚至为此去染发整容以使
 自己看起来年轻些好配得上他。由于过于迷恋达秋，阿申巴赫不愿离开威尼
 斯，最后感染霍乱病逝于此地。

一个小时的诊疗结束后，安东返回诊室，领祖克曼重新返回他的办公室。两人分坐在安东那张大写字台的两边，开始讨论实验分析的结果。

　　"我用显微镜对你的头发和头皮刮屑进行了检查。这里出现了一种我们称之为单纯性毛囊炎的状况，也就是说生长头发的毛囊被堵住了。经过一段时间以后，就造成了某种程度的脱发。同时，由于阻断了头发自然的皮脂分泌，会导致头发枯黄干涩，并且经常分叉断裂——而这又会造成更进一步的脱发。恐怕，"安东继续说，丝毫没有采取婉转措辞的意图，"你的头皮上有相当多的毛囊里面已经没有毛发了。希望至少其中某些毛囊乳突细胞只是些微受损，还没有彻底损坏。这样的话，这些区域的毛发在某种程度上还有再生的希望。不过这一切需要时间来证明。但是，撇开那些空毛囊不谈，我觉得你这情况的前景还是不错的，只要配合正确的定期治疗以及你本人的协助，你的头发和头皮应该会做出良好反应，最终恢复健康。我们应该可以疏通堵塞的毛囊，让皮脂分泌渠道更加畅通，让头发重新恢复弹性；然后头发就会再度变得坚固强壮，使整体看上去比原先浓密不少。最重要的是，绝不能让脱发的情况继续下去。"

　　这是祖克曼有生以来，由于自己的病痛从别人那里获得的最漫长、最认真、最细致且最体贴的诊断。显然也是这十八个月来他听到的最乐观的言论。他可记不得有哪个书评家曾经像安东研究他的头皮那样充分精确地阅读过他的小说。"谢谢，安东，"祖克曼感激地说。

"但是。"

"嗯？"

"还有一件事，"安东严肃地说。

"是什么？"

"你自己在家里同样也要努力，这和你在这里接受治疗同样重要。第一，绝不能酗酒，你必须立刻停止。第二，不管是什么造成你的这种过度压力，必须平心静气地接受这一切。你肯定有压力，这点我不用显微镜就看得出来；只要用我这双眼睛看看你就知道了。不管那是什么压力，你必须把它排除在你的生活之外。而且要快。否则，祖克曼先生，我必须坦率地告诉你：我们就是在打一场无望之仗。"

在浴室门上的那块全身镜里，他在每一天的伊始都看见一个手拿睡衣的干瘪老头：斑驳的头皮，松垮的臀部，干枯的躯干，绵软的肚子。这十八个月来，他停止了晨练，终止了下午的长距离散步，以至于身体仿佛一下子老了二十岁。每次像以往那样在早上八点准时醒来之后，他就努力地——过去他曾这样努力奋斗，上演一场耗时一上午的脑力搏斗，写出一页文稿——继续沉睡，一觉睡至中午。那个沉稳、顽强、认真、努力的祖克曼，那个平时不写点东西或看看书就无法熬过半小时的祖克曼，现在用一块床单盖在头上来缩短从早上到晚上的时间，那时他就可以喝点小酒。自律的祖克曼喝干了又一轮的第五杯酒，自控的祖克曼吸完烟蒂的最后一口，自足的祖克曼惶惑地求助于他的"后宫"（现在"后宫"再度扩充，包括了他的毛发技术员）。任何东西都好，只要能让他快乐，或者干脆让他解脱。

他的"慰安"女们告诉他，这只是紧张而已，他应该学会放松。这只是一种孤寂感，一旦他能再度于晚饭后坐在一个配得上他的妻子对面读书看报，这种感觉就会消失。她们暗示说，他老是在寻找各种新方法让自己过得不幸，要不是生了病，他永远都不知道如何享受生活。她们同意精神分析学家的观点，认为所谓痛苦其实是他自己刻意造成的：《卡诺夫斯基》畅销的惩罚，金钱上富有的报应——一个让人艳羡、抚慰人心的美国式成功故事却毁于自己愤怒的身体细胞。祖克曼把"痛苦"一词归结于它的根源"*poena*"，这个词在拉丁文里代表"惩罚"：因为那张全家福让全国人信以为真，因为他的庸俗粗鄙冒犯了千百万犹太人。他上半身的伤残显而易见是因他的罪孽而引致的惩罚：按照原始法典所判处的断肢刑罚。如果你写字的手使你犯罪，把

它砍下来扔掉[1]。在那充满讽刺意味的宽厚甲壳之下，上帝其实比所有
人都更加冷酷无情。除了像内森本人这样自我湮灭的犹太人，还有谁
能如此不敬地描写犹太人的道德湮灭？是的，你的病痛是你的需
要——这是要点——而阻止你康复的正是你本人，你自己选择了让自
己的病无可救药，你自己威胁内心想要康复的意愿服从病痛。祖克曼
自己都没意识到，他对一切事物都感到害怕——此乃他的"后宫"诊断
专家们又一公认的推断：害怕成功，又害怕失败；害怕出名，又害怕被
遗忘；害怕自己古怪离众，又害怕自己平凡无奇；害怕被人仰慕，又害
怕被人鄙视；害怕孤独，又害怕热闹；自《卡诺夫斯基》一书之后，害
怕自己和自己的天性，又害怕害怕本身。胆怯地背叛了自己的文字生
涯——还与他那张脏嘴的敌人同谋。无意识地压制自己的才华，害怕
这才华接着会弄出什么花样。

　　但是祖克曼并不吃这一套。他的无意识还没有无意识到这样的程
度，还没有那样规规矩矩。自从一九五三年开始，他的无意识就一直
跟这个作家形影相随，完全了解这样一份工作意味着什么。他对自己
的无意识有坚定的信念——没有它，他绝无可能走到今天这样的地

1　钦定本《圣经·马太福音》中有这样一句：如果你的右手使你犯罪，把它砍下
　　来扔掉。由于祖克曼是左撇子，此处是模仿这句所造的句子。

步。非要说的话，只能说这种无意识变得比他本人更加强悍、更加精明，也许正是它保护了他不被同行们的嫉妒伤害，不被保守知识界的鄙视打压，不被犹太人的怒火吓倒，不被来自亲弟弟亨利的控诉打垮——亨利认为正是因为祖克曼那本充满仇恨、嘲笑犹太人的畅销书，才使得他们本就体弱多病的老父亲在一九六九年时得了冠心病，最终夺走了他的生命。如果心灵的莫尔斯电码真的是沿着肉体痛苦的导线敲击出来的，传达出来的信息一定得比"不要再写那种东西了"更为心裁独具。

当然，人们总是可以将这样一个困难解读为性格测试。但如果写了二十年的小说呢？他可不需要测试自己的性格。他的固执已经足以维持一生。艺术原则？他早已经深陷其中。如果目标是在面对长期的文学创作时做出更加严酷的决定，那么他的痛苦只是悲剧地被误传了而已。他独自一人就可以完成。随着时间的推移，这是命中注定的。他已经具备的坚定耐力让生活的痛苦逐年增加。下一个像过去那样的二十年，会毫无阻挠地向他发起挑战。

不，假如痛苦企图实现什么真正的价值，也绝不会是要加强他的固执，而应是放开对他的束缚。假设隐藏在他内心的那个内森沿着神经纤维向外传递了这样一条信息：让别人去写书吧。把文学的命运留给他们去好好摆布吧，你只需在自己的房间里独自放弃生活。这生活不是生活，而你也不是你。只是十只利爪紧紧攥着那二十六个字母。

看到有些动物在动物园里像那样继续生活，你就觉得惊悚恐惧。"但是，当然了，动物园的人会在笼子里给它挂一个轮胎，好让它在上面晃荡——至少也给它找个伴陪它在地上好好亲热。"如果你将来有幸能看到某个被鉴定为疯子的病人在狭小单人囚室里的桌边呻吟，看到他试图在一堆随意乱打的字母组合中寻求某种意义，看到他排除一切外界干扰、专心致志地研究这些无意义的字母组合，你会惊骇万分，你会紧紧抓住看守的胳膊，失声问道："难道没有什么办法吗？不能打些抗幻觉药剂吗？不能做手术吗？"但那看守还未来得及回答"没有办法——这是毫无希望的"，那个疯子就忽地站了起来，透过铁窗朝你没头没脑、声嘶力竭地尖叫："吵死了！别来打扰我！别在我耳边吼叫！那么多吵吵闹闹的游客，让我怎么完成我毕生最伟大的作品！"

假设病痛已经到来，但是它不是像乔治·赫伯特的"我的主"那样让他有自知之明，或是像汤姆·索亚的波莉姑妈那样教导他文明礼貌，或是把他打造成如约伯那样的犹太人，而是把祖克曼从错误的事业中拯救出来。如果痛苦给祖克曼带来的是一份最好的礼物，是一条让他脱离本不该涉足其间的出路，那又会如何呢？愚笨的权利。懒惰的权利。默默无闻的权利。不再孤独，会有人相伴；不再寂静，会有喧哗的人声。不再二十、三十、四十年满腹狐疑地专心致志，而是有一个多彩、闲适、纵情的未来。让生活所赠原封不动。向那些无意义的字母组合屈从，让它们来表达一切。

痛苦会带给内森无意义的欢愉。也许让他堕落需要一份大剂量的痛苦。酒精？毒品？轻松娱乐、自我放纵以致失去知觉的知识分子原罪？这个么，如果他必须这样。还有那么多女人呢？就这样让女人们轮流来来去去——其中有一个几乎还是个小孩子，还有一个是他财务顾问的妻子？通常，欺瞒客户的应该是会计才对，而非客户欺瞒会计。但如果痛苦有这样的要求，他又能有什么办法呢？他自己已经被那些无奈的需求夺走了指挥权，卸除了一切顾虑。祖克曼只能闭嘴按命令行事——不再对时间进行精确分配，不再压制自己的欲望，不再万事事必躬亲，从现在开始，做个漂流一族，就这样随波逐流，谁提供帮助，就让谁带他走，躺在河流底下，看着慰藉从上方源源不断地流下来。屈服于屈服本身，是时候了。

然而，即使那真的是来自心灵的命令，又是为了什么目的呢？没有目的？为了结束一切？为了彻底逃离自我辩白的魔爪？为了学会过一种完全无法辩护、无法开脱的生活——而且还要学会喜欢它？如果是这样，祖克曼想，如果那就是我的痛苦想要的未来，那么只能用性格测试来超越这一切了。

第二章

失去

　　祖克曼已经失去了他的创作主题。他的健康，他的头发，还有他的创作主题。这样看来，他找不到恰当的写作姿势也没什么大碍。他已经失去了写作的源泉——他的出生地早已因一场种族战争而化为焦土，而那些他心目中的写作巨匠也已然辞世。最激烈的犹太人争斗是和阿拉伯国家之间的争端；在这里，一切都已结束了，哈得孙河新泽西一侧，他的约旦河西岸，如今已被外族占领。不会再有新的纽瓦克钻出来为祖克曼辩护，不会像第一个那样：不会再有父亲向那些先锋派犹太父亲一样因为他触犯禁忌而勃然大怒，不会再有儿子像他们的儿子那样被诱惑所蛊惑，不再有忠诚，不再有抱负，不再有反抗，不再有投降，不再有如此震撼的冲突。再也不会有如此温柔的情感，再也不会有如此强烈的逃脱欲望。没有了父亲，没有了母亲，没有了家乡，他也不再是一个小说家。不再是谁的儿子，也不再是什么作家。所有曾激励过他的一切都已然消亡，没有留下任何东西可以索取、利用、扩大和重建。

这些，是他无所事事地靠在地垫上时，痛苦、忧虑的思绪。

亲弟弟的指责——说他的《卡诺夫斯基》是造成父亲突发冠心病去世的罪魁祸首——不是那么容易就能忘怀的。记忆中父亲的最后几年以及他们之间的紧张关系，那种苦涩，那种让人纠结的疏离感，和亨利对他的谴责一起啃噬着他的心灵；父亲临终前还在咒骂他，而他的作品所体现的，也不过如同向一位德高望重的足科医生[1]滋事寻衅一般——这些念头都让他寝食难安。自从父亲临终前在病榻上怒斥他之后，他还没有写过一页值得保留下来的内容，于是他逐渐意识到，若不是他父亲古板易怒、思想狭隘，也许他根本不会成为一名作家。父亲是一个敬畏犹太教鬼神的第一代美国移民，儿子是一个一心只想驱鬼的第二代美国移民：这就是一切的真相。

祖克曼的母亲是一个安静、质朴的女人，尽管一直恪尽职守，性情温和，他却一直觉得母亲其实对什么事都抱着无所谓的态度，内心毫无束缚。弥补历史带来的痛苦，纠正无法容忍的错误，改变犹太人历史的悲剧路线——这一切她都乐得留给丈夫在晚餐时候去完成。他喋喋不休，高谈阔论，而她则满足于为他们准备饭菜，喂饱孩子，然后

---

[1] 祖克曼的父亲是一个足科医生。

尽情享受当时尚且存在的和谐家庭生活。父亲去世一年之后，她得了
脑瘤。一连几个月，她抱怨自己时不时会感到头晕头痛，甚至有部分
记忆丧失。她第一次去医院就诊时，医生认为这是轻微的中风，不会
对她造成什么严重的损伤；四个月后，当他们再度会诊时，曾为她治病
的神经科医生查房，她认出了对方。当医生询问她是否能在纸上写下
自己的名字时，她从医生手上接过笔，在纸上写下了一个词：不是她自
己的名字"萨尔玛"，而是"纳粹大屠杀"，拼写得丝毫不差。当时是
一九七〇年，迈阿密海滩，这个女人这辈子写过的所有东西无非是在
索引卡上写下的菜谱、几千张感谢卡以及一大堆毛衣编织法，然而这
个词却被她如此铭写了下来。祖克曼断定，在那个早上之前，她甚至
从来都没有说过这个词。她的职责并非对恐怖事件耿耿于怀，而是在
普通的夜晚坐在沙发上织毛衣，同时盘算第二天要做的家务。但她的
脑子里长了一颗柠檬一般大的瘤子，仿佛把所有记忆都从她的脑子里
挤了出去，只剩下了这个单词。这个词无法被逐出脑子。这个词一定
一直根深蒂固地盘桓在脑子里，而大脑本身却毫无察觉。

　　三年前的这个月。十二月二十一日。一九七〇年，周一。神经科
医生给他打电话，告诉他这个脑瘤要再过二到四周才会要了她的命，
但当祖克曼从机场赶到病房时，床榻上早已空无一人。他的弟弟比他
早一个小时坐飞机抵达，此刻正坐在床边一把椅子上，牙关紧咬，目光

空洞，仿佛一尊蜡像，敲一下就会瞬间粉碎倒地。"母亲走了，"他说。

在祖克曼这辈子读过、写过、说过、听过的所有词语中，没有一个词的修辞作用能和这几个字相提并论。不是她正在走，不是她将要走，而是她走了。

祖克曼从六十年代初之后就没有再进过犹太教堂，而之前他曾一度每月在神殿中为自己的《高等教育》一书讲解辩护。但这名没有信仰的人确实在烦恼他的母亲是否不该以正统方式下葬——所谓正统，是指用清水清洗身体，用寿衣包裹，再放在朴素的木质棺材里。早在她被病痛折磨之前，对卧床不起的丈夫长达四年的照料早已让她变得和耄耋之年的先母并无二致。在医院的停尸房里，祖克曼眼神空洞地盯着母亲小巧如孩童般的头颅，她那典型的犹太人式鹰钩鼻在忧心忡忡的脸上形成一道高高的弧线；也正是在此刻，他产生了给母亲办个正统葬礼的念头。但是亨利想让她穿那套柔软的灰色绉丝裙，有天晚上他和卡罗尔带她去林肯中心听西奥多·比凯尔[1]的演出时，她穿的就是这条裙子，非常漂亮，因此祖克曼觉得没什么不妥。他十分努力地

---

1 Theodore Bikel (1924—2015)，奥地利音乐人，生于维也纳。少年时期移居巴勒斯坦，在特拉维夫的哈比玛剧院首次登台，后去英国在皇家戏剧学院读书。1948 年在伦敦登台演出，1955 年去美国，在纽约演出，此后，他就留在美国从事表演生涯。

想好好安置母亲的遗体，想用某种形式把自己的母亲和母亲的母亲联系在一起——他孩提时代目睹过后者的葬礼。他想弄清楚她们这一生的定位究竟在哪儿。至于那件将随她一起入土的寿衣，就让亨利按他的想法办吧。最重要的是尽可能平稳顺利地完成这项最后的工作，然后他和亨利从此再也不用为了什么事互相妥协甚至相互交谈。不管怎么说，若非为了母亲，他们两兄弟恐怕也不会有什么来往；自一年前父亲佛罗里达的葬礼后，他们的再次见面就是在母亲那空空的病床旁。

是的，她现在已经完全属于亨利了。每个人都对他的组织效率处于愤怒边缘，因此毫无疑问地认为所有关于葬礼的事宜都应询问小儿子。当犹太教祭司来到他们母亲的公寓准备教堂服务事项时——这个留着柔软小胡子的年轻祭司正是当年主持他们父亲葬礼的那一个——内森一语不发地坐在一旁，而亨利刚从葬礼承办人处回来，开始向祭司询问有关安排的事宜。"我想我曾读过一些诗，"祭司告诉他，"关于培育花草的。我了解她对她那些花草的热爱之情。"他们都不约而同地望向那些植物，仿佛它们是祖克曼夫人的遗孤一般。母亲去世还太近，什么东西看上去都有些异样——比如窗台上的植物，冰箱里的烩面，还有她钱包里的干洗票。"那么我就来朗诵赞美诗了，"祭司说。"如果你不介意，我想谈谈我的个人观感。我是在教堂里认识你父母的，和他们相当熟识。我了解他们是多么愿意成为彼此的另一半，也了解他们有多么热爱自己的家庭。""很好,"亨利说。"那么你呢,祖克曼先生?"祭司问内森。"你有没有什么想和大家分享的回忆?我很乐意把这些加入我的评论里。"说着,他从夹克口袋里掏出一支铅笔和一本记事本,准备把作家要说的话记录下来,但内森只是摇了摇头。"回忆,"祖克曼说,"该来时自然会来。""祭司,"亨利说,"让我来致悼词吧。"但早些时候他曾说过自己没办法挺过去。"如果你行的话,"祭司说,"只要你能克制住悲痛,这倒是很好的安排。""就算我真的哭了,"亨利回答说,"也没有什么关系。她是这世界上最好的母亲。"

于是:最终,历史的记录将被修正。亨利将会消除《卡诺夫斯基》对犹太人的诽谤带给母亲那些佛罗里达朋友的恶劣影响。生活和艺术是截然不同的,祖克曼想;还有什么能比这两者之间的区别更加清晰?然而这种区别又十分难以捉摸。写作是一种想象的行为——这一说法好像让所有人感到既困惑又愤怒。

卡罗尔带着两个年龄最大的孩子搭乘晚上的班机赶来,亨利安排他们跟他一起下榻在柯林斯大街的一家旅店里。祖克曼则自己一个人睡在母亲的公寓里。他没有费劲再去重新铺床,而是径直躺在两天前母亲还躺过的被子里,把头深深地埋进她的枕头。"妈妈,你在哪里?"他知道她在哪里,她正身穿灰色绉丝裙躺在殡仪馆里;但是,他无法克制自己不问这个问题。他那身高只有五英尺两英寸的小妈妈，已经消失在死亡的巨大阴影之中。也许她生前曾去过的最大的地方也只有纽瓦克马克特街的 L. 班伯格[1]百货公司了。

在那个夜晚之前，祖克曼从不曾了解死亡是什么，死亡离自己有多远。她在他的梦里低语，但不管他如何竖起耳朵倾听，总是无法明白她在说什么。隔开他们的只是一条小缝，甚至什么也没有，他们是不可分离的——但是他们之间却无法交流。他好像梦到自己是个聋子。在梦里，他想："还没有走；没法走，"醒来时周围一片漆黑，嘴角边还残留着唾液，弄得枕头都湿漉漉的。"可怜的孩子，"他怜爱地自言自语，仿佛她是个孩子，他的孩子，仿佛她死于十岁而非六十六岁。他感到一阵头痛，仿佛脑袋里有一颗柠檬一般大的东西。那是母亲的脑部肿瘤。

第二天早上从睡梦中醒来，挣扎着摆脱最后一个近在咫尺却永远够不到的梦之后，他已准备好睁开眼之后看见母亲躺在他身边。绝不能害怕。她绝不可能回来吓唬内森。但当他迎着日光睁开眼睛，侧过身子时，发现床的另一边根本没有去世的女人。再也不可能看见她躺

---

[1] 新泽西州班伯格家族是从开设小商店起家的，经过多年发展，终于成为百货零售业的商业巨头。

在他身边了。

他起床刷牙，然后回到卧室，穿着睡衣走进挂满她衣服的衣橱。里面挂着一件府绸雨衣，看上去好像几乎没有穿过，他把手伸进雨衣口袋里，摸到一包刚刚打开的纸巾。有一张纸巾折叠着夹在口袋的接缝处。他把这张纸抽了出来，放在鼻子下闻了闻，可是却只闻到纸巾本身的气味。

从口袋底部一个方形的塑料小盒子里，他抽出一顶透明的雨帽。它比一个邦迪创可贴大不了多少，折叠起来差不多有四分之一英寸的厚度。尽管这帽子折叠得十分整齐，但也无法断定说她从未使用过。盒子呈浅蓝色，上面印着"来自西尔维娅的问候，伯克莱顿潮流时尚"的字样。"西尔维娅"的首字母"S"上还缠绕着一朵玫瑰，她一定很喜欢这种图案。那些花朵上总是装饰着她的感谢卡片。有时，祖克曼的那些妻子都会收到一些被鲜花簇拥的感谢卡，只为她们打去的一个贴心的长途电话。

在另一个口袋里，他摸到了一些柔软如薄纱的东西。正要抽出来之前，他突然有种不好的感觉。他母亲应该不会像醉汉似的把内衣塞在口袋里到处跑吧。难道脑瘤以一些细微的方式影响了她的思维，而他们却一无所知？但等他掏出来一看，却并非是文胸或内裤什么的，只是一顶肉色雪纺兜帽，是母亲从美容院出来回家的路上戴的那种。

新做好的头发，她的，或者说他愿意这样相信。他把帽子凑近鼻子，搜寻他所记得的香味。刺鼻的气味，果断的声音，美国人的理想，犹太复国主义的热忱，犹太人的愤怒，对一个男孩来说如此鲜明而振奋，甚至超越常人，这一切都属于他的父亲；母亲对他一生的前十年来说是如此重要，对她的回忆就如这雪纺帽一般透明清澈。先是母亲的胸怀，然后是轻轻的拍抚，接着则是身后传来的渐渐远去的呼唤："小心点。"接下来很长一段时间他都记不起关于母亲的回忆，只有一个看不见的形象，总想让他高兴，在电话里向他报告新泽西的天气。随后是在佛罗里达退休的母亲，那一头金色的头发。在炎热的天气里，她得体地穿着一条粉红色宽松便裤，一件有字母刺绣的白色衬衫（戴着他多年前在法国度过第一个夏天后在奥利机场为她买的珍珠胸针），一位身形娇小、蜜色皮肤的金发女性在他手拿行李走出电梯之时静静地在走廊一端等候着：发自内心的微笑，包容一切的黑色眼眸，忧伤的拥抱，紧随而来的是发自内心的感谢。这样的感谢！让人误以为是美国总统刚刚光临这小小的公寓，来拜访某位有幸被抽中姓名和地址的公民。

他在她口袋里找到的最后一件东西是从《纽约时报》剪下来的一则新闻。肯定是从家乡的某人那里寄给她的。她一定是在邮箱边把这张纸从信封里倒出来，塞进口袋里，然后转身朝美容院或是伯克莱顿的西尔维娅那里走去。在头痛和目眩的症状仍处于被误诊的阶段，她会在雨天的下午和朋友相约开车去逛街看看裙子。等到下午四点，这两个寡妇会早早地决定去哪家餐厅吃饭，免得去晚了没有位置。她会边看菜单边想："维克多应该会点这个。内森可能会点这个。亨利可能会点这个。"这之后她才会为自己点菜。"我的丈夫，"她会这样跟侍者说，"他喜欢吃扇贝。如果够新鲜个头也够大，就给我来份扇贝吧。"

剪报中的一段文字被铅笔框了起来。不是她画的。她画出来的方框肯定笔触精细，转角处有着突出的尖角。这段文字出自"新泽西之章"栏目，写于一九七〇年十二月六日星期天。十五天后她便去世了。

同样，纽瓦克也涌现了不少名人，从作家内森·祖克曼到喜剧演员杰瑞·路易斯。伊丽莎白最负盛名的后代都是军人：十九世纪的军人温菲尔德·斯科特将军[1]，以及二战时期的英雄，外号"公牛"的海军上将威廉·哈尔西[2]。

1　Winfield Scott（1786—1866），美墨战争名将，美国历史上任期最长的军队统帅。指挥美军击败墨西哥，为美国夺得大片领土，并在内战初期制定了击溃南方的战略计划。

2　William Halsey（1882—1959），美国海军五星上将。第二次世界大战中太平洋战争期间大部分时间担任第三舰队司令对日本作战。

他在厨房的一个储藏柜里找到一只装饰着白色雏菊的黄色塑料洒水壶，拿到水龙头下面。接着他走进客厅，给她那些枯萎凋零的植物浇水。过去的那个星期她的病情如此严重，让她的记忆产生了混乱，连花园也无暇顾及。祖克曼把收音机调到她固定的 FM 电台，聆听她最喜爱的音乐——著名戏剧电影精选曲目弦乐版——边听边沿着窗台洒水。这些植物，他觉得他在新泽西念高中的时候就已经有了。可能吗？那么多年一直陪伴着她？他拉开百叶窗。在新公寓楼的外面，有一大片海湾。在她丈夫还活着的时候，他们总是在每天吃完晚饭、看完电视新闻后站在卧室的阳台上向那里眺望。"喔，内森，你真应该看看昨晚的夕阳——只有你能想出词语来描绘这景色。"但在老祖克曼医生去世之后，她无法承受独自欣赏这瑰丽美景的厚重，于是总是不停地看电视，无论放的是什么节目。

现在还没有人出海。连七点都不到。但两层楼下，两幢楼之间的停车场里，有一个年迈的老人，身穿鹅黄色的毛衣和鲜绿色的便裤，头戴一顶鲜绿色的帽子，正在进行晨练，百无聊赖地在停靠着的两排车之间走来走去。他停下来，靠在一辆崭新的双色凯迪拉克的车盖上，也许那是他自己的车。他抬起头，看到祖克曼身穿睡衣站在落地窗前，便伸手挥了挥，祖克曼也向他挥手致意，同时不知出于什么原因，扬了扬手里的洒水壶。那老人大声喊了几句，但是收音机声音太响，听不见他到底说了什么。在母亲的 FM 电台里，正在不间断地播放《彩虹仙子》[1] 里的歌曲集锦。"在这风和日丽的日子里，你在格劳卡莫拉[2]一切都好吗？"他的心突然抽痛了一下：在格劳卡莫拉这个风和日丽的日子里，她又在哪里？接下来他们会放《你是我的一切》这首歌，这会让他彻底崩溃。母亲曾经边放这首歌边教他舞步，这样他就能在成年礼上跳舞了。等他做完作业，母子俩就在客厅和餐厅之间的光地板上练习跳舞，而亨利则假装吹着单簧管，模仿著名单簧管大师阿蒂·肖[3]。亨利在听海伦·福雷斯特[4]的歌时常常不由自主地随着哼唱——不管当时他在做什么，即使是穿着睡衣、趿着拖鞋、半梦半醒的时候。晚上的成人礼在卑尔根大街的大厅里举行，离沙里庄园[5]还有一段台阶。当内森和祖克曼夫人在彩虹灯的绚烂灯光下开始翩翩起舞时，家人们都为他们热烈鼓掌（他那些朋友则在旁边吹口哨起哄）。乐

1　1947 年的百老汇音乐剧，1968 年由弗朗西斯·福特·科波拉导成了同名电影。

2　源于音乐剧《彩虹仙子》中的歌曲 "How are things in Glocca Morra"，是个虚拟的爱尔兰地名。

3　Artie Shaw (1910—2004)，原名亚瑟·雅各布·阿肖斯基。美国爵士乐单簧管大师。

4　Helen Forrest (1918—1999)，出生于新泽西的大西洋城，年轻时就显示出音乐天赋。她在华盛顿的夜总会表演时，被阿蒂·肖发现，并吸收她进入自己的乐队。

5　纽瓦克为犹太人举行各种婚礼、成人礼、周年纪念等的地点。

队指挥放下刚才吹奏的萨克斯风，开始低声吟唱——"你是/青春期约定的那个吻"——这时，母亲自豪地看向她十三岁舞伴的眼睛——此刻他的手正搁在母亲肩膀上，感觉再移过去几分可能就会不小心碰到她的文胸肩带——然后温柔地在他耳边说："你就是那个吻，亲爱的。"

他们住的公寓是十年前父亲买下的，装修则由他的儿媳卡罗尔帮忙完成。在最大的那面墙上，挂着两幅用褪色的艾草框起来的复刻版油画，一幅是法国画家尤特里罗画的巴黎白色街道，一幅是高更画的紫罗兰色的海岛山景。女人们为竹制客厅家具的靠垫选了明亮的亚麻布，上面画着长满柠檬和酸橙的树枝。热带伊甸园风格是装修的主旨，即使中风将她丈夫击倒，最终将他送进了坟墓。她已经尽了最大的努力，但是人体器官的反面力量更为强大，她失败了。

对于她的悲伤，人们束手无策。如果曾有办法的话，机会也早已失去了。

正在他盯着楼下停车位里的老头蹒跚着从一排排车辆之中走来走去时，房门上传来了钥匙插进锁孔的声音。尽管从海湾处发出的光芒清晰可辨——一切生命都在那跳动的光线之中鼓动，高喊："阳光不懂什么是死亡！"——但她重生的可能性突然增加了，正如他躺在床上，从数小时的梦境中昏然醒来时感受到的那样。也许他现在仍然处于恍惚中，虽然他此刻站立着。

55

她的鬼魂没什么好怕的。她只是回来看看他，确认一下自从三个月前最后一次见面后他的体重是否有所减轻；她回来只是想和他一起坐在桌边，听他说话。祖克曼回忆起他第一次从大学返家时的情景，那是一个周三的夜晚，他的第一个感恩节假期——他没有预料到自己竟然滔滔不绝地告诉母亲他在学校里是如何没命地看书。那次谈话是在他们吃过晚饭洗完碗之后进行的；他的弟弟早在吃甜点前就已经溜到一边去看篮球比赛，而父亲已经回到办公室处理一天中最后的文书工作。祖克曼记得她的围裙，她的家居服，那一头深灰色的头发，他记得那陈旧的纽瓦克沙发换了新罩子——就在他去芝加哥的那一年——那是一块朴素实用又防脏的苏格兰花呢。她坐在客厅的沙发上舒展四肢，微笑着倾听他说话，不知不觉地打着瞌睡。他坦率地和她讨论英国哲学家霍布斯和社会契约论。尽管她不懂，但她非常自豪他能懂这一切。这是她在她丈夫去世之前唯一敢于尝试的强力安神剂，那之后，他们不得不给她服用苯巴比妥镇定剂。

　　这样深刻的感情。他不知道这是否能够弥补让他出名的《卡诺夫斯基》里所描绘的母亲形象带给她的伤害，不知道这是不是在帮母亲浇花时让他心中灌满柔情的根源。他不知道浇花这举动是否刻意而为，是否有一点像取悦观众的作秀，就如他在听她最喜欢的庸俗戏剧歌曲时假意挥洒热泪那样虚伪？这难道都是写作带来的结果？这一切有意识的自我剖析和挖掘——而现在因为这些，我甚至不能纯粹地体验母亲之死带来的震惊和悲痛。即使在我泪流满面之时，我也知道这是什么原因造成的。

在他看清是谁走进房间后，不得不向对方报以微笑：不，那不是母亲从死后世界返回的幽灵，她并没有拿钥匙开门进来想听他谈论洛克[1]和卢梭[2]。进来的是一个身材矮小、臀部肥大的陌生女人，肤色暗哑如巧克力。她穿着一套宽大的绿色便装，头上戴着黑色大卷的假发。这肯定是奥利维亚，八十三岁的清洁女工。而他是谁呢，这个身穿睡衣、一边随着祖克曼夫人的音乐哼唱一边用她的洒水壶浇花的男人，她可没法立刻认出来。

"你是谁！"她尖叫着，跺着脚，让他出去。

"你是奥利维亚吧。别激动，奥利维亚。我是祖克曼夫人的儿子。我是内森，从纽约回来的。昨晚我在这里睡了一晚。你可以把门关上进来了。"他伸出手。"我是内森·祖克曼。"

1　Locke（1632—1704），英国著名的思想家、唯物主义哲学家、经济学家，经验主义的开创人，同时也是第一个全面阐述宪政民主思想的人，在哲学以及政治领域都有重要影响。

2　Rousseau（1712—1778），十八世纪法国伟大的启蒙思想家。他的政治民主方面的著述在法国大革命中成为激进的雅各宾派的理论向导。但他的成就远不止此，他在一些文学作品中表现的思想艺术原则在后世得到了持续发展。著作有《社会契约论》等。

"上帝啊，你差点没把我这老婆子吓死。我现在心跳还厉害着呢。你说你是内森?"

"是啊。"

"你是做什么的啊?"

"我是个作家。"

她径直走上前来和他握手。"哎呀，你长得还真帅，不是吗?"

"你也很漂亮。你好。"

"你妈妈去哪儿了?"

他告诉了她，后者不禁跌坐在沙发上。"我的祖克曼太太? 我的祖克曼太太? 我那美丽的祖克曼太太? 这不可能! 上星期四我还看见她来着。穿得好好的——正要出门哪。穿着那套有大翻领的白色外套。我还跟她说:'哎呀，祖克曼太太，你看上去真漂亮。'她不可能死了，不可能是我的祖克曼太太!"

他挨着她在沙发上坐下，握着她的手抚摸着，直到她控制住自己的情绪。

"你想让我继续打扫房间吗?"奥利维亚问。

"如果你觉得可以，有何不可?"

"要不要我给你做个煎蛋?"

"不了，我很好，谢谢。你总是那么早就过来吗?"

"基本上我到这里都是六点半整。我和祖克曼太太都喜欢早起。哎，我还是不相信那个人已经死了。人都要死，但你永远没法习惯这种事。她是这世界上最好的女人。"

"她走得很平静，奥利维亚。没有受多少痛苦。"

"我还跟祖克曼太太说：'祖克曼太太，你住的地方太干净了，我都不知道该怎么打扫。'"

"我了解。"

"我一直都告诉她：'你不应该在我身上浪费钱。这里到处都干净得闪闪发亮，我只能到处擦擦，想弄得更亮一些，但也做不到啊。'每次我到这儿，我们都要拥抱一下亲亲脸蛋。她对所有人都很好。还有其他很多人到这里来，她就坐在椅子上，就是那把，然后他们就缠着她给他们一些建议。死了老婆的男人都一个德行。然后她就跟他们一起下楼，站在那里，教他们如何把从烘干机里拿出来的衣服叠好。我看自从你父亲去世的那天起，他们就巴巴地想娶你母亲了。楼上的男人想带她出海玩，还有其他一些在楼下大厅里，像小男生一样排队想在星期天下午带她去看电影。但她太爱你爸爸了，对这种花招完全不感兴趣。她不是这种人。她不爱玩这一套。祖克曼医生去世以后，她总是跟我说：'我这一辈子非常幸运，奥利维亚。我拥有世界上最棒的三个男人。'她告诉我一切有关你们的事情，从你和你的牙医弟弟小时候开始说起。你的书里是怎么写他们的？"

"这是个好问题，"他苦涩地说。

"好吧，你就先忙你的。我也该开始干活了。"仿佛是刚刚顺便进门闲聊一样，她站起身，拿着购物袋走进卫生间。出来的时候，她戴着一顶棉质的红色贝雷帽，便装外面套着一件红色围裙。"你想让我把鞋柜擦洗一下吗？"

"平常怎么做你就怎么做吧。"

"平常我就是喷点鞋油什么的。让鞋子看起来好看点。"

"那就这么做吧。"

亨利为母亲念的悼词持续了将近一小时。内森在他翻页的时候一直在数还剩几张。十七张——大概有五千来字。平常他自己写五千字大概要花一个星期，然而亨利写这些却只花了一个晚上，还是在旅馆套房里，旁边甚至还有他的妻子以及三个幼年的孩子。就算房间里只有一只猫，祖克曼也没法写作。这可算是他们之间的不同点之一。

一百多名悼念者聚集在殡仪馆，大部分都是六七十岁的犹太裔寡妇，在纽约和新泽西度过一生之后迁到南部。等亨利念完，她们都殷切希望自己有这样一个儿子，不仅是因为他身材高大、姿容挺拔，又做着一份报酬丰厚的工作：还因为他那深沉的孝心。祖克曼想，如果儿子都是像那样的话，我也想要一个儿子。并不是说亨利在试图欺骗他们；这并非是一个荒谬可笑的理想形象——那些优点都是她传下来的。但这些优点能让一个小男孩的生活变得快乐。契诃夫，曾经利用和亨利处境相似的素材，写了一个相当于这份悼词三分之一篇幅的短篇《亲爱的》。但是，契诃夫并没有消除《卡诺夫斯基》带来的破坏。

他们从公墓返回表亲艾斯的公寓，穿过母亲的灵堂，去招待前来吊唁的宾客。有些女宾问亨利是否能把写给母亲的悼词给她们一份，他答应一回办公室立刻会让前台复印一份寄给她们。"他是牙医，"祖克曼听到其中一位寡妇这样说，"而且他写的东西还比那个所谓的作家好呢。"祖克曼从母亲好几个朋友那里都听到了关于她教丧妻的男人如何折叠从烘干机里拿出来的衣服的事情。一个晒得黝黑、两鬓斑白却精神矍铄的老头走上前来跟他握手。"我叫莫尔茨——你母亲去世了，我很难过。""谢谢。""你什么时候离开纽约的？""昨天早上。""那边气候怎样？很冷吗？""还好吧。""我会待到租期到期为止。还有两年。如果那时我还活着，就该八十五了。然后我就回家。我在新泽西北部有十四个孙辈。总有人接纳我。"正当莫尔茨先生说话的时候，一个戴着深色眼镜的女人站到他们旁边倾听着。祖克曼不确定她是否有视力障碍，尽管她看起来是一个人来的。他说："我是内森，你好吗？"噢，我知道你是谁。你母亲老是谈起你。""是吗？""我告诉她：'下次他来的时候，萨尔玛，带他四处转转——我可以告诉他一堆故事让他去写。'我弟弟在新泽西的莱克伍德有家私人疗养院，他在那里看到的一些事情，你足足可以写一本书出来。如果有人能写写那里，应该能给这个世界带来点好处。""他都看到什么了？"祖克曼问。"他什么没看过啊。一个老太太一直坐在门口，通往家的入口处，整天整天地坐着。当他问她在干什么时，她说：'我在等我儿子。'后来等儿子来拜访时，我弟弟问他：'你母亲每天都坐在门口等你。你为什么不常来看看她？'结果你知道他说什么？我甚至都用不着告诉你他说了什么。他说：'你知道从布鲁克林到新泽西路上的交通状况有多么糟糕吗？'"

他们一起待了几小时。他们和他聊天，和亨利聊天，互相聊天，尽管没有人要求喝点什么，却吃光了大部分的食物。祖克曼想，当这楼里的某人死了之后，在这里的这些人肯定觉得很难接受——每个人都会想自己会不会是下一个。而的确总会有下一个。

亨利为了他的病人，带着孩子们一起先飞回了新泽西，留下卡罗尔和内森一起收拾公寓，决定该把什么东西送给犹太慈善业——把卡罗尔留下来，这样他们之间就不会发生什么冲突。她从来不和任何人吵架——"拥有这个世界上最甜美可亲的性格"，这是来自亲戚们的评价。她年轻、活泼又漂亮，虽然三十四岁了，却仍然像小女生那样剪了一头短发，喜欢穿羊毛膝袜；除此之外，祖克曼再也说不出什么关于她的事，尽管她嫁给他弟弟已经有差不多十五年了。只要他在场，她总是假装什么都不知道，什么都没读过，假装对什么事都没有想法；如果他跟她同处一室，她甚至不敢谈论一些趣闻，尽管祖克曼经常从母亲那得知，她和亨利招待家人时，可以把一件事描述得十分"详尽有趣"。但是卡罗尔自己，为了不让他发现任何可以批判或讽刺的地方，什么信息都不向他透露。对于卡罗尔，他唯一确定的一件事就是，她绝对不愿意让自己的形象出现在一本书里。

他们倒空了母亲梳妆台顶部两只浅浅的抽屉，把她那些小盒子铺在餐桌上，每次打开一只。卡罗尔递给内森一只戒指，附着一张标签，上面写着"外祖母谢克娜的结婚戒指"。他记得小时候，母亲告诉他这只戒指是她从刚去世不久的母亲手指上摘下来的，当时他非常震惊：他的母亲摸过一具尸体，然后居然还回家给他们做晚餐。"你来保存它吧，"内森说——"珠宝总有一天要给女人。或者给莱斯利的妻子。"卡罗尔笑了——莱斯利，她的儿子，还只有十岁。"但你一定得拿一样她的东西，"她恳请道。"这样不对，不能全给我们。"她不知道他早已拿走了某样东西——那张写着"纳粹大屠杀"字样的白纸。"你看到这个之前，"看护母亲的神经学专家曾经这样跟他说，"我不想把这张纸扔掉。"内森对他表示了感谢，把这张纸夹在自己的钱包里。现在他再也无法把它扔掉了。

在其中一个盒子里，卡罗尔发现了一枚圆形金色徽章，这是他和亨利还在念小学时母亲获得的家庭教师协会会长的徽章；正面上，他们学校的名字刻在一株开花的树上；而在反面，则刻着"萨尔玛·祖克曼，一九四四——四五"。我应该会感觉好受点，他想，如果能把这个放在我的钱包里。然而，他还是劝卡罗尔把这个给亨利。因为在那篇悼词中，亨利几乎用了整整一页纸来描述她做家庭教师协会会长的事，以及当时他自己是多么的自豪。

祖克曼打开一只玳瑁盒子，发现一叠编织指南。那是她的字迹，还有她那完美的精确度以及实践思维。"一排短针来回，用手压住保持平整……前片和后片一样，延续到袖孔……袖子四十六针，正针二，反针二，每五行收尾加一针……"每张指南都整齐地向内对折，外面写着各种亲戚的名字，孙子的、侄女的、侄子的、儿媳妇的，都是她准备照着打完送人的。他念着母亲写下的他妻子的名字。"给贝茨的背心。""插肩开衫——维吉尼亚。""劳拉的藏青色毛衣。""我想我可以拿走这个，"祖克曼说。他在玳瑁盒子底部找到一截五英寸长的粉白色纱线，把这堆纸片扎了起来——这截纱线应该是某种样品，他想，就在昨天之前，母亲也许还准备将它拿去店里定购相同纱线来进行新的编织作业。盒子底部有一张快照，是他本人的照片。严肃的脸，又黑又低的发际线，干净的马球领衫，卡其色的百慕大短裤，白色的汗袜，脚上一双略微踩脏的白色网球鞋，手里抱着一本"现代文库巨著"。在他眼里，照片上他那又高又瘦的身体绷得紧紧的，似乎急不可耐地想迈人未知的广袤未来。照片背后是他母亲的字迹："内，一九四九年劳动节。正要去上大学。"这是父亲在纽瓦克家里的后院草坪上给他拍的。他还记得那台崭新的布朗尼相机，还有父亲是如何精确设定阳光照进照相机的角度。他还记得那本"现代文库巨著"：《资本论》。

他等着卡罗尔说："这个女人就是世人以为的卡诺夫斯基夫人，这个那么爱你的女人。"但看到他母亲对这张照片的注解，她并没有对内森进行指责。她只是把一只手盖在眼睛上，仿佛海湾处照射过来的光线一瞬间有些刺眼。内森忽然意识到，她应该也是一晚上没睡，一定在帮亨利写那洋洋洒洒的十七页纸。也许都是她写的呢。她曾经给公公婆婆写过非常具体细致的信，把她和亨利休假旅行期间看过和吃过的所有东西都事无巨细地描述出来。她的阅读量也大得惊人，而且也许并非只有她一直以来展示的那些温和无害的书籍。有一次，祖克曼在位于新泽西南奥兰治住宅的楼上打电话，顺便浏览了一下她床头柜边摆放的那一摞书：一本十字军东征历史书的第二册，里面塞着一张写满注释的便签纸；一本荷兰历史学家海辛哈关于中世纪历史的简装版书籍，她在好多行字下面都划了线；还有至少六本关于查理曼大帝的书，都是从西顿霍尔大学图书馆里借出来的法语版历史书。早在一九六四年，亨利开车到曼哈顿，在内森的公寓里一夜没睡，跟他探讨是否可以离开卡罗尔和孩子，去追求某个跟他有一腿的病人时，他曾盛赞卡罗尔的"才华"，用饱含热忱的抒情体称呼她为"我的大脑，我的双眼，我的知己"。趁亨利放假，他们夫妇一同出国旅游时，卡罗尔流利的法文得以让他们毫无阻碍地四处游玩，玩得十分尽兴；当他进行第一笔小额投资时，卡罗尔研读了许多股票债券方面的书，给他提出的建议比美林公司的专家还要切实可行；她的后花园里种满了鲜花，甚至还引来了当地的周报拍照刊登，这是她花了整整一个冬天耐心地在稿纸上写种植计划以及研究景观花园书籍的成果。亨利曾经感动地说起，在她的双胞胎弟弟读法学院二年级时因罹患髓膜炎去世后，她曾经给予过父母多大的支持。"她真应该去读博士的。"他曾无数次这样哀叹惋惜，"她天生就是读博士的料。"——就好像，如果这个妻子和她丈夫一样（或由妻子取代丈夫），在学生时代的婚姻之后继续攻读三年研究生的话，亨利就能摆脱各种关于忠诚、习惯、责任和良心的束缚——同时摆脱他对社会舆论和诅咒的不祥预感——然后和另一位以性诱惑来展示自己才华的姑娘远走高飞。

祖克曼等着卡罗尔抬头对他说:"这个女人,这个温婉动人、善良无害的女人,把这张照片小心地收在盒子里、还写了'内,正要去上大学'的女人,这就是你对她的回报?"但是那么多年来,无论是她弟弟的死,或是中世纪的没落,或是股票债券,或是景观花园,卡罗尔都没有向内森吐露过一次——不管是用英语还是法语。她不会向如他这样的儿子敞开心怀,更不会向如他这样好斗的愤青小说家敞开心怀。但是卡罗尔又一如既往地不愿和任何人争吵,因此亨利才把她留在这里处理棘手的问题——决定兄弟俩对母亲梳妆台里各种物品的所有权。也许亨利留下她,是为了处理另一件棘手的问题——为了别的女人——也许是个新的女人,抑或就是以前那个——老婆远在佛罗里达,他就可以安安心心地和这女人在一起多待几天。那可真是一篇可以堪称典范的悼词,任何称赞都不为过——祖克曼也并非是想质疑他弟弟悲痛心情的诚意;毕竟亨利只是个普通人,不管他如何以英勇气概掩盖这个事实。的确,一个拥有亨利那种虔诚孝心的儿子在经历这样彻底的突然打击后,也许也会寻求一种让人眩晕、湮没一切的生理快感,而这些绝对不是任何妻子可以提供的,不管这个妻子有没有博士学位。

两小时后,祖克曼出了门,拎着他过夜的袋子和编织指南。另一只手上拿着一本硬皮封面的书,和他曾用来记笔记的学校作文本差不多大小。卡罗尔在内衣抽屉的底部发现了这本书，放在几盒还未拆封的冬季手套下面。书的封面上用粉红色的蜡笔画着一个熟睡的小婴儿，长着天使般的金色卷发、纤长睫毛和肉嘟嘟的小脸蛋；弄皱的床单旁躺着一只空空的瓶子，小婴儿的一只小拳头半握着放在它微翘的粉红色小嘴旁。这本书的名字叫"宝宝成长日记"。封面的底部印着他出生的医院名。《宝宝成长日记》一定是在他出生后不久，医生在病房里给她的。由于使用次数过多，装订处已经松散，她又用透明胶把封面粘好了——那是两条陈旧的胶带，几十年来已经变成黄褐色，在打开书页的同时在书脊处裂开了，祖克曼看到封里印着他出生一周时留下的小脚印。在第一页，他的母亲用她充满对称美的笔迹一一记录了他出生的细节——哪一天，几点钟，父母姓名以及接生的医生；在第二页的标题"宝宝成长记录点滴"下面，记录了他一周岁以来每周的重量变化，他第一次抬头的日期，第一次坐起来的日期，还有他第一次爬，第一次独自站立，第一次开口说话，第一次走路，第一次掉牙。然后是目录——关于如何照料和训练新生儿的"守则"竟然长达一百多页。"照看婴儿是一门伟大的艺术，"书中这样告诫初为人母者；"……这些守则都是经验丰富的临床医生通过多年实践总结的……"祖克曼把公文包放在电梯的地板上，开始逐页翻阅。"应让婴儿在上午于太阳底下睡觉……要给婴儿称重，先要把他的衣服全部脱掉……给婴儿洗澡后，

用柔软温暖的毛巾将之擦干，同时轻轻拍打其皮肤……最适合婴儿的
袜子是棉质的……新生儿窒息主要有两种情况……早晨是最适合和婴
儿玩耍的时段……"

这时，电梯停止，电梯门随之打开，但祖克曼的全部注意力都集
中在标题为"喂养"的某一页上，页面正中有一小滴无色的污渍。"双
乳的奶水每隔二十四小时必须清空一次，以保证奶水的供给。如何用
手来挤干奶水……"

这页纸上的污渍一定就是他母亲的乳汁。他并没有充分的证据，
不过他可不是要上交论文的建筑师：他是她的儿子，学会了如何仰仗
她的身体生活，而这个身体现在却埋在土里，他不需要什么证据。他
对她说过的第一个字，是在一九三四年三月三日——而他对她在电话
里说的最后一个字，是上周日——假如他选择相信一个年轻的妈妈在
学习如何挤出多余乳汁的时候，其中一滴落在了这本书上，谁又敢反
驳他？他闭上眼睛，把舌头放在那页纸上，而等他再度睁开眼睛时，发
现电梯门口对面有个消瘦的老太太，正有气无力地拄着铝制的拐杖，
从大厅另一头盯着他看。好吧，如果她知道她刚才看到了什么的话，
她一定会告诉这幢楼里的所有人。

大厅里有一块招贴板，可以申请报名参加在拜尔港宾馆举行的以
色列兄弟大会，板的旁边是一张用蜡笔写的通知，关于在公寓大厅举

办由大楼的社交委员会资助的光明节[1]聚会，已然过了时效。他经过银行的信箱，然后转回来找她的信箱。"祖克曼 S./414。"他放下公文包，把那本育婴指南放在旁边，用手指轻轻拂过名牌上突出的字母。一战开始的时候，她才十岁。战争结束时，她十四岁。股票市场崩盘时，她二十五岁。而我出生的时候，她二十九岁；一九四一年十二月七日，她三十七岁。当艾森豪威尔进攻欧洲时，她刚好是我现在这个年纪……但这些都无法回答小孩子从小就会问的那个问题：妈妈到哪里去了。

　　一天之前，亨利已经告诉邮局让他们把她的所有信件邮寄到南奥兰治。但现在信箱底部还躺着一张素面的白色信封，也许是早上哪个邻居刚刚投进来的吊唁信。内森在夹克口袋里放着母亲家里的一组备用钥匙；上面还挂着她写的小标签，"备用钥匙"。他用其中最小的一把打开了邮箱。信封上没有写地址，里面是一张浅绿色的索引卡，上面是某个不愿意透露姓名的人故意用印刷体书写的钢笔字迹：

1　犹太人的节日。每逢光明节，犹太人家家户户都会点一种烛台，上面插着九根蜡烛，中间的蜡烛叫做 Shammus，最先被点燃，然后用来点其他的蜡烛。在第一个晚上，先用 Shammus 点燃第一个蜡烛，之后每一天都会多点一支，直到最后一晚八支蜡烛全部点燃为止。光明节的时候，很多家庭会给孩子们礼物，不是一个礼物，而是八个，一晚上一个。

你老娘在地狱给人口交——

你也赶紧滚下去陪她!

这是你自找的。

　　你众多敌人中的一位

　　你才下地狱去吧。这行为她甚至在世时都没干过,你这愚蠢的狗娘养的。是谁写了这个给他?最迅速找到答案的方法是上楼去问艾丝特。每个人的底细她都一清二楚。她对报复行为也并不反感;事实上她的成功都是建立在这之上的。他们可以一起查看整个楼的号码簿,直到艾丝特找出到底是谁,是住在哪个房间的哪个人,然后他就可以去迈耶·兰斯基酒店花钱找一个侍者领班给他帮个小忙。与其飞回纽约把这张绿色索引卡放到“母亲之死”的文档下,何不这样做呢?你不可能永远都是个微不足道的小作家,空有一腔激情却只能将之转变为写作中的各种角色。他愿意花上几千块,让写下这三十四个字的十指被某个白痴的靴子踩得稀巴烂。而这一切,你也许很轻易用宾馆的俱乐部会员卡就能做到。

　　只是,那即将被踩烂的到底是谁的十指呢?万一犯人是某些意想不到的人,那将是怎样的喜剧场景啊——比如曾被母亲传授过如何叠衣服的某个鳏夫,或者那个在祖克曼帮母亲浇花时从停车场朝他挥手的老头?

　　一个微不足道的小人物,他这样想着,径直飞回纽约。一个卑鄙无耻的小人物,鬼鬼祟祟地报复,偷偷摸摸地预谋,躲在虚幻的面具之后毫无理由地惩罚他挚爱的母亲。对还是错? 这如果是在学校的辩论赛上,身处任何一方他都可以据理力争。

　　一切都没了。母亲,父亲,弟弟,出生地,写作主题,健康,头发——以及按照批评家米尔顿·阿佩尔的说法——他的才华。不过按阿佩尔的说法,他也根本没多少才华可以失去。《调查》是本有关犹太文化的月刊杂志,十五年前曾经发表过祖克曼的早期作品。而阿佩尔在那时就已经对祖克曼的写作事业进行了激烈的抨击,言语之激烈,可以让曾抨击过麦克白的麦克德夫[1]都相形见绌。祖克曼能在初次征战只被斩首,已经算是幸运。对阿佩尔来说,首级算不得什么;他最喜欢的是把你五马分尸。

　　祖克曼并不认识阿佩尔。他们只见过两次——一次是八月在长岛的斯普林斯,各自在巴恩斯霍尔海滩上漫步,然后是在一个大型大学

1　莎士比亚著名悲剧《麦克白》中的人物,麦克白企图杀死他,后者逃走,但妻和子被杀,最后麦克德夫将麦克白杀死。

艺术节上短暂地见到了对方，当时他们坐在不同的评委席上。他们的这几次会面是阿佩尔在周日的《泰晤士报》上评论祖克曼的第一本书之后的几年发生的。那篇评论让他感到无比激动。在一九五九年的《泰晤士报》上，这个时年二十六岁的作家在阿佩尔看来简直像个神童，《高等教育》的故事"新鲜，权威，确切"——跟阿佩尔所熟知的那些吵嚷着要进警察局的美国裔犹太人相比实在太过直率：因为祖克曼认识的那个世界在年轻作家的想象中仍然没有得到充分改变，而他写的这本书是如此新鲜，最终对阿佩尔来说，与其说是一件艺术品，还不如说是一篇社会文献。

十四年来，随着《卡诺夫斯基》的成功，阿佩尔重新评判了祖克曼的"案例"：在《高等教育》中表现出来的犹太人形象已经被别有用心的粗俗想象扭曲到世人都认不出的地步，完全无视现实主义小说的信条，彻底背离了真实。除了是个具备可读性的故事之外，他的第一部作品倾向性明显，简直是堆垃圾，通篇漫无目标，充满敌意。而此后的三部作品完全没有弥补这些的意图——这些小说卑鄙沉闷、高高在上，以蔑视的态度看待深深的犹太情结。除了讽刺漫画以外，根本不存在祖克曼笔下描绘的犹太人；文学可以给人以愉悦，因此事实上这些书根本算不上什么文学书籍，最多只能算做次文学，服务于新兴的"解放了"的中产阶级，服务于所谓的"观众"，而非认真的读者。尽管其本人并不一定是个彻底的倒犹派，祖克曼显然也并非犹太人之友：《卡诺夫斯基》赤裸裸地证明了这一点。

祖克曼对这一切早有耳闻——通常都是在《调查》杂志里，这杂志他已经早就不感兴趣了——但他努力让自己能保持理性十五分钟。他觉得我不懂幽默。好吧，但是我写作又不是要让他大笑。他认为我描写犹太人的生活是为了贬低他们。他认为我是放低姿态去取悦大众。对他来说这是一种亵渎。在嬉笑中宣扬异端邪说。他认为我"自视甚高"并且"人品败坏"，没了。好吧，也没人强迫他不这么想。反正我也从没把自己当成是埃利·威塞尔。

但等到理性的十五分钟过去，他的心里重新充满了震惊、愤怒和悲伤，与其说是因为阿佩尔的重新评判，不如说是因为由此带来的口诛笔伐，以及来自四方的谴责和声讨。这一切让祖克曼感到厌烦。无一例外最让他感到受伤的是，米尔顿·阿佩尔本人在他之前，就已经被公认是犹太裔的神童，他是拉夫[1]的《党派评论》的编辑，在兰塞姆[2]的印第安纳大学的文学院教书，已经发表了几篇关于欧洲现代主义

1　Rahv（1908—1973），美国纽约知识分子舆论工具《党派评论》的创始者、编辑，但他同时也是位影响深远的社会-文学批评家。

2　Ransom（1888—1974），美国诗人、评论家、杂志主编及教授。1951 年夏季，他当时任教的肯尼恩英语学院归入印第安纳大学，成为其文学院。

的论文，分析了正在迅速传播的美国大众文化；而祖克曼那时还在上高中，从菲利普·怀利[1]和他的芬妮·雷恩[2]那儿接受叛乱训练。五十年代初，祖克曼在迪克斯堡服役了两年，期间写出了一篇十五页的《军中来信》，描述了刚从朝鲜半岛归来的黑人干部、重新归队服现役的白人指挥官和像他那样的年轻大学生入伍者之间浓浓的阶级敌意。尽管这篇文章被《党派评论》退了回来，但随手稿寄回的还有一封短柬。他看到这短柬的时候兴奋莫名，简直像收到了采用通知书一样。短简上写着："多多钻研奥威尔，下回再试一次。米·阿。"

阿佩尔自己在早期《党派评论》上发表过许多文章，其中一篇是他刚从二战战场返回后写的。这篇文章在五十年代芝加哥大学祖克曼的朋友圈中极受推崇。就他们所知，至今无人能如此毫无悔歉地描写出价值观一直和美国文化对着干的粗鲁犹太籍父亲与书呆子气十足又神经质的美国儿子之间无法逾越的鸿沟。阿佩尔将这一主题推到超越道德的高度，成为一个关于宿命论的话题。任何一方都不可能接受对

1　Philip Wylie (1902—1971)，美国作家。他悲观和批判的态度很好地体现在《奸诈的一代》(1942) 中，这是一部抨击美国社会的写实文学。在这部作品中，他引入了"母亲崇拜"这个词，描写他所说的美国人对母亲的崇拜来自于母亲对儿子情感上的优势。在《道德随笔》(1947) 中他严厉地批判了当代道德问题。

2　菲利普·怀利 1934 年出版的同名小说里的主人公。

方的观点——这是思想品性的冲突。每次祖克曼在新泽西度过鼻青脸肿的假期后返校时，他总会从名为"米尔顿·阿佩尔（1918—   ）"的文件夹里拿出那篇文章的复印件，从头再读一遍，为的是从与家族渐行渐远中重获展望。他并不孤独……他是一种社会类型……他和父亲的争斗是悲剧的必然性……

的确，阿佩尔结合自身早年经历描绘的知识分子型犹太裔男孩的痛苦挣扎，在祖克曼看来比他自己的经历更糟糕。也许是因为有些男孩想得更多更深，也许是因为他们的父亲更加愚昧。不管是哪一种缘由，阿佩尔都没有将这种痛苦渺小化。疏离，漂泊，痛苦，困惑，沉思，折磨，软弱——这些词让人恍然以为描绘的是密西西比河上做苦力的囚犯们的内心世界，而不是一个崇拜书本的少年面对愚昧无知的父亲时的困境。当然，祖克曼在二十岁的时候，并没有感受到折磨加软弱加痛苦——他只不过希望父亲能稍微放下"父亲"的架子而已。尽管这篇文章给他带来了慰藉，祖克曼还是忍不住觉得这些冲突之中的喜剧感也许比阿佩尔本人预计的要来得多。

否则，阿佩尔的成长过程很可能比他自己的更令人丧气，而年轻的阿佩尔则是今后也被他自己归类为"案例"的那种人。对阿佩尔来说，在他的青年时代，有一个以拉马车为生、只会用意第绪语跟他交流的父亲，是一桩奇耻大辱。而等他到了二十多岁，等儿子能够脱离这种贫困的移民之家，并在文坛拥有一席之地的时候，父亲却完全不理解他为何要走上这条路，更不理解他将走向何方。父子俩互相怒骂、吼叫、哭喊、掀桌子、摔门，直到事情演变至此，年轻的米尔顿才离开了家。而另一方面，祖克曼有这样一个父亲，他会说英语，是纽瓦克市中心一家诊所的足部疾病专家，从他的办公室窗口往外看，可以看到栽种在华盛顿公园里的悬铃树；同时，这个父亲还读过美国历史学家威廉·夏伊勒所写的《柏林日记》[1]，以及温德尔·威尔基的《天下一家》[2]，并为自己跟得上时代潮流而自豪万分；此外，他公共意识强，消息灵通。诚然，他所从事的领域给病人以纯粹医学上的建议较少，但毋庸置疑他是那个领域的专家，这在他的家族里可是第一个。他的四个哥哥不是零售店主就是推销员；祖克曼医生是几个孩子中第一个拥有超过美国小学以上学历的。祖克曼的问题在于，他的父亲对于他的情况一知半解。他们也怒骂，也吼叫，但除此之外，

---

1 《柏林日记》，作者威廉·L. 夏伊勒担任驻德记者多年，本书是他 1934 年至 1941 年间有关二战的见闻实录。日记记载了大量关于二战的珍贵史料，内容涉及波兰战役、苏芬战争、挪威战役、西线战役和英吉利空战。人们能够真切感受到二战前后欧洲政治局势的发展脉络，以及当时人们日常生活的画面。
2 美国共和党的总统候选人温德尔·威尔基 1943 年出版的一部政治学著作，宣扬"天下一家"的国际合作思想，呼吁战后合作，甚有影响。

他们也会坐下来相互理论，因此这样的争论就没完没了。谈谈什么是折磨吧。对一个儿子来说，与其虔诚地坐下来理论一些根本没什么好理论的东西，真不如一刀杀死老父后踩着他的内脏走出门去来得更为仁慈。

祖克曼在迪克斯堡服役时，阿佩尔出版了他自己翻译的意第绪语小说选集。祖克曼万万没有料到，在发表了那篇充满苦痛、冲突、宣告作者和犹太背景划清界限的文章之后，阿佩尔会有这样的举动。也正是这些批评文章，自此之后不仅为阿佩尔在季刊中的名气奠定了基础，还让他不用攻读更高学位就在新学院大学获取了讲师职称，此后更是在哈得孙河上的巴德学院获得了教职。他开始写各种作家评论：加缪[1]、凯斯特勒[2]、维尔加[3]、高尔基、梅尔维尔、惠特曼，还有德莱塞；写关于艾森豪威尔新闻发布会[4]上表现出来的内在个性，以及阿

1　Camus（1913—1960），法国小说家、剧作家，"荒诞哲学"的代表，曾获 1957 年诺贝尔文学奖。

2　Koestler（1905—1983），生于匈牙利的英国著名的小说家、新闻记者、政治活动家和哲学家。

3　Verga（1840—1922），意大利作家，毕业于卡塔尼亚大学法律系，但热衷于文学创作，发表了体现民族复兴运动精神的小说《烧炭党人》和《濒海湖》。

4　二战期间，艾森豪威尔在新闻发布会上表现非常出色。每当回答一个问题时，他都会用两到三句辞藻华丽的句子呈现所有的数据。而当上总统后他思绪混乱、语无伦次。他向来不擅长听取提出的任何问题，总是顾左右而言他。原因是之前事先知道问题内容而当总统后都是即时提问。

尔杰·希斯[1]的心理分析——他几乎无所不写，除了他父亲每天骂骂咧咧的那些话语。而这显然不可能是因为犹太人躲了起来。好辩的姿态，过度的敏感，断绝和社区的联系，喜欢把社会实践当做梦境或一件艺术品细致分析——对祖克曼来说，这些是三四十岁的犹太知识分子的标志，他本人正是据此建立他自己的思维模式。阅读阿佩尔以及他那代人刊登在季刊上的文章和小说——描写比他父亲晚来十多年的移民家庭里的犹太儿子——只能让他更加确信自己在芝加哥大学上学时的最初感受：在美国的犹太移民家庭里长大，就像是在贫民窟里获得一张可以通往自由思想世界的门票。没有古老国家的羁绊，没有像意大利人、爱尔兰人或波兰人那样教堂的禁锢，没有上几代的美国祖先逼迫你选择美国式生活。或让你因盲目的忠诚而对那些畸形现象视而不见，你想读什么就可以读什么，想写什么就可以随意书写什么。疏离感？那只不过是"获得自由"的另一种表达方式。一个从犹太人之中获得自由的犹太人——但唯一的方法是不断提醒自己是犹太人。这是一个令人震颤的悖论。

不过，尽管阿佩尔最初想编写意第绪语小说集的动机很可能纯粹

---

1 Alger Hiss (1904—1996)，美国国务院官员，被控在二十世纪三十年代向将政府机密情报透露给苏联间谍，被捕入狱，但一直宣称自己是清白无辜的。

是出于兴奋——他发现这种被他父亲粗俗地使用的语言竟然有如此大的表现力——但或许也含有刻意鼓动的意图。这看起来远非宣告天才儿子归宗认祖那样温情真诚，其实反而是一种针锋相对的立场：至少祖克曼认为，这个立场反对主张社会同化者的隐秘耻辱，反对对犹太怀旧者的形象扭曲，反对无聊无情的新兴市郊信念——其最振奋人心的立场，就是反对这些著名英语文学系学者自命不凡、居高临下的态度，犹太裔文人杂种式的谈吐和叫春般的音调，直到昨天都被尖锐地排除在英语文学无懈可击的基督教等级之外。在阿佩尔这个焦躁不安、想法初具雏形的年轻崇拜者看来，这些意第绪语作家的复活意味着某种强大的反叛行为，这是为了削弱文选编者自己早期反叛行为而让自己变得更为可敬的反叛。犹太人解放了，这只自由了的动物被自己不竭的新欲望搅得狂喜激动，禁不住抬起前腿暴跳嘶鸣，疯狂撕咬自己的尾巴，即便在疼得尖声吼出痛苦的字句时，也不忘尽情享受自己迷人的滋味。

读了阿佩尔的意第绪语小说集后，祖克曼连夜奔向纽约，在第四大道的书店里四处搜寻。平常他总是在书店里买一摞一摞的"现代文库"书籍，每本二十五美分。而那天他拼命翻找，直到他找到一本二手意第绪语语法书以及一本英语-意第绪语词典。他买下这两本书，带回迪克斯堡，在食堂吃完饭后回到安静又空无一人的办公室，白天他一般在这里为新闻发布官写新闻稿。他坐在书桌前学习意第绪语。他觉得如果每天晚上学一课，那等到他退伍之时，应该就可以读懂他的文学先人们所写的原文了。最终，这样的学习坚持了六周。

祖克曼脑海里对阿佩尔外表的印象只停留在六十年代中期那模糊的影子上。圆脸，戴眼镜，有点高，略微秃顶——他只记得那么多。也许一个人的外表并不如他的思想来得重要。但对他妻子的印象则要深刻得多。他还和那个美丽优雅、肤色稍暗的女人在一起吗？他们曾一起手挽手地走在巴恩斯霍尔沙滩上。祖克曼记得当时一度有关于婚外情的传言。那么她是被抛弃的那个还是被珍视的那个？按照《调查》杂志里的作者生平简介，米尔顿·阿佩尔在暂别纽约大学的教授生涯后，曾在哈佛大学待过一年。当文学界的曼哈顿谈到阿佩尔时，祖克曼总觉得人们的语气里充满了不同寻常的热情和尊敬。他不可能找到任何对这个混蛋心怀怨恨的人。他四处踅摸，却一无所获。这里可是曼哈顿啊。真难以想象。据说阿佩尔有一个反传统文化的女儿，从斯沃斯莫尔学院退学，还嗑药。很好。这肯定会让他痛不欲生。后来又有人说米尔顿因肾结石住进了波士顿医院。祖克曼将很乐意看到这些小石头的运行过程。有人说一个朋友看到阿佩尔在剑桥拄着拐杖走路。肾结石的后遗症？万岁。这满足了他心里小小的恶意。恶意？他很愤怒，尤其是当他得知，阿佩尔在出版《内森·祖克曼案例》之前，还曾到处巡演，在各个大学讲坛告诉学生和教授这个作家是多么可恶。然后，祖克曼听说《调查》杂志曾收到过一封为他辩解的信。这封信阿佩尔写了一行驳斥的话就给打发了，而信的作者却是祖克曼某个夏天在面包房里曾睡过的女人。好吧，当时他过得很愉快，但是其他支持者都哪里去了？那些有影响力的同盟者呢？作家们不应该——他们不只自己告诉自己不应该，所有不是作家的人也应不断地提醒他们——作家当然不应该对此耿耿于怀，但他们有时候确实也会把这些事暗自记在心里。阿佩尔的攻击——不，阿佩尔整个人从里到外，他那整个令人愤怒的肉体存在——是他现在唯一能集中精神思考的事（除了他的痛苦和情人们之外）。

那个白痴给一帮傻瓜带来了慰藉！就因为无懈可击的阿佩尔做出了高雅的定论，那些仇外者，那些神经过敏、盲目爱国又市侩平庸的犹太人们对祖克曼的评价就被世人认为是中肯正确的。这些犹太人，他们对政治的评论、娱乐消遣、社交安排，他们在餐桌边的粗俗谈话，全都让这位"令人尊敬"的教授无法容忍，连十秒钟都容忍不了。他们那些低级趣味本身就令阿佩尔作呕；他们对犹太消遣的趣味成了他简短檄文的主题，他仍安分守己地在文化期刊的最后几页发表此类文章。他们也无法长期容忍阿佩尔。他对于他们无害的娱乐追求所作的严厉道德剖析——如果这些话不是在他们连听都没听说过的杂志上发表，而是在基督教青年会的牌桌上说出口——他们一定会觉得很刺耳。他对他们最喜爱的节目的谴责，则无疑等同于反犹太意识。噢，他对那些喜爱那个低级平庸废物的成功犹太人态度严苛。有了米尔顿·阿佩尔做参照物，祖克曼在那些人眼中形象应该会更好。这真是个大笑话。祖克曼是在热爱那个废物的阶层中长大的，一生都对他们熟悉得像家人一样，和他们一起访友，和他们一起吃饭，和他们开玩笑，一连几个小时倾听他们的意见，而那时阿佩尔正在他的编辑部里和菲利普·拉夫争辩，或是在约翰·克劳·兰塞姆这边假装绅士。祖克曼仍旧了解他们。他还知道，即使是在他最具讽刺意味的少年作品里，也没有一处能和阿佩尔对那些在百老汇证实自己"犹太性"的观众的厌恶和轻视相提并论。这一切祖克曼又是怎么知道的呢？噢，这是对待憎恨对象所应具备的常识：他用他自己的罪行来起诉你，在你身上斥责他自己。阿佩尔厌恶那些在熟食店做礼拜又热爱《屋顶上的小提琴手》[1]的乐天派民众，这种厌恶远超祖克曼所写的最恶毒的篇什。为什么祖克曼能如此肯定？因为他恨阿佩尔，这就是理由。他恨阿佩尔，并且永远也不会忘记或原谅他的攻击。

迟早有一天，每一个作家都会面临长达两千、三千甚至五千字的

1　百老汇音乐剧，并于 1971 年改编为同名电影，讲述了犹太移民的生活。

猛烈抨击，使得他不仅仅灼痛七十二小时，而且让他一辈子都隐痛不已。祖克曼此刻正在经历这一切：在他值得借鉴的仓库里珍藏所有恶意的评论，直到他死去，这些评论就如他在高中英语课上背得滚瓜烂熟的两首诗歌：《阿布·本·阿德罕姆》[1] 和《安娜贝尔·李》[2] 那样，深深地刻在他的脑海里，永远无法抹消。

《调查》杂志刊登阿佩尔的短文——以及祖克曼恨意的爆发——是在一九七三年五月。十月，五千辆埃及和叙利亚的坦克在犹太教赎罪日[3] 那天下午开进了以色列。以色列人被打了个措手不及，不过三周后他们就击败了阿拉伯军队，并逼近大马士革和开罗的郊区。可就在举国欢庆胜利之后，以色列人却失败了：联合国安理会、欧洲通讯社，甚至美国国会，都强烈谴责犹太人对他国的侵略。而在拼命搜寻盟友的过程中，米尔顿·阿佩尔转向言辞最反叛的犹太作家，求文支持犹太国。

阿佩尔并没有直接求助，而是通过他们都认识的一个人，伊万·菲尔特，此人曾在纽约大学担任阿佩尔的助教。而祖克曼是在艺

1　英国新闻记者、散文作家、诗人暨政论家利·亨特的诗作。
2　美国著名作家、诗人埃德加·爱伦·坡的诗作。
3　赎罪日是在希伯来历民用年的一月或是教会年的七月之第十天，也是敬畏之日（Yamim Noraim）之一，是犹太人每年最神圣的日子，当天会全日禁食和恒常祈祷。

术家聚集区认识菲尔特的，还在一年前把他介绍给了自己的出版商。

菲尔特的第一部小说即将出版，封套上还有一段祖克曼的激赏嘉言。

菲尔特的写作主题是六十年代毁灭性的愤怒，这种傲慢的无政府主义

和醉生梦死的放荡行径甚至摧毁了前途最渺茫的美国人的生活，而林

登·约翰逊总统则在忙于蹂躏越南以扩大势力范围。这本书和菲尔特

本人一样稚嫩粗糙，但是，哎，好歹蛮横程度只有其本人的一半；据祖

克曼猜想，如果他能把自己这种骄傲自大在文章中充分表现出来，放

弃他那半调子的客观性，放弃对道德主题拖泥带水的推崇，伊万·菲

尔特说不定能成为疯狂恶毒一派的真正艺术家。祖克曼写信给菲尔

特，称后者的作品一定会名留青史，成为偏执狂的编年史——即使他的

小说做不到，他写的信也一定能做到。至于文中那些鲁莽自大的过度自

信以及流于浮夸的自我中心主义到底为这场拉锯战提供了多少保护，则

依然有待观察：菲尔特刚满二十七岁，他的文学生涯才刚刚开始。

写于锡拉丘兹，1973 年 12 月 1 日

内森——

　　随信附上本人与 M.阿佩尔关于祖克曼事件往来信件中一个

段落的复印件。(其余有关波士顿大学的空职一事，先前我曾请

他——现在我请你——给予我支持。）十天前我在波士顿时，顺道在他的哈佛讲坛稍作停留。从几周前报纸对他失去兴趣以后就没再听到什么风声了。他告诉我他读了一章，但对"这种幽默想要表现什么"无法"做出回应"。我怕他只是想把一切东西的"威望"外衣撕掉。我问他这样有何不可，但他毫无谈话的兴趣，说他对我的书不再有什么印象，他的思路完全不在小说上，全在以色列的敌人身上了。"他们会很乐意把我们全部干掉的，"他跟我说。我告诉他我看**任何事**都是这样。后来我又提到了以色列，"谁会不担心呢？"他以为我想从中牟利——想拿这个写个剧本。所以我就针对你遭到他抨击的事进行了激烈的反驳。他说如果我想辩论，可以写给杂志。他现在没有精力或意图来干这个——"我脑子里想的都是别的事。"离开的时候，我又补充说，要说犹太人中有谁关心以色列，那个人一定就是你。给你的复印件中有他对我临别时撂下的这句狠话的反应。一个文明的世界都知道像他这样知名的偏执狂对这种事的回应会有多快。不知道这会在你这样拥有仁爱灵魂的人的心里激起怎样的愿望，来为你的良心申辩。

供你发泄的公共厕所

伊·菲

"隐忍的怒火，稀世的珍品"；这是年轻的菲尔特博士就祖克曼的痛苦根源所说的话。菲尔特初次听到这个消息是在祖克曼被迫住院一周的前一年，他从锡拉丘兹打来电话询问怎么回事，并在路过纽约附近时前来拜访他。在门厅里，这个穿着高中生连帽防风卫衣的年轻人抓住祖克曼的胳膊——这条胳膊的力量正在日渐衰弱——半开玩笑半是认真地宣布了他的这个判断。

菲尔特的身材如码头工人一样健壮，像马戏团的大力士一样昂首阔步地来回走着，身上的衣服层层叠叠，像个种田的农民，平凡的脸上表情如犯罪高手那样高深莫测。短小的脖子，宽厚的脊背，相当具有减震功能的双腿——把他卷起来，你完全可以把他塞到加农炮里当炮弹用。锡拉丘兹的英语系里一定有不少人拿着火柴和火药在排队等着想把他从炮筒里射出去。但伊万对此并不在乎。他早已弄清了伊万·菲尔特和其同胞之间的合理关系。祖克曼在二十七岁的时候也是如此，即卓尔不群。就像斯威夫特、陀斯妥耶夫斯基、乔伊斯还有福楼拜那样。顽固倔强的独立自我。毫不动摇的藐视一切。危险重重的自由率真。不，身处惊雷之中。

这是他们第一次在第八十一街碰面。菲尔特刚踏入起居室，就开始脱掉他身上的夹克，他的帽子，以及穿在卫衣里面各种各样的旧毛衣，直到只剩一件T恤。接着他开始大声赞美起他所看到的一切："天鹅绒窗帘；波斯地毯；古色古香的壁炉台；头顶上是雕刻精美的石膏，底下是铮铮发亮的拼花地板。啊，但同时又如此符合苦行者的起居。没有一丝享乐主义的痕迹，但是却有一点——舒适。非常优雅的低调装潢，内森。这是个富裕修道士的公寓。"

但是比起菲尔特对装潢的这番讽刺性评价，祖克曼对他的那句诊断更感兴趣。总是不断地有人进行分析诊断。每个人都有自己的看法。这个疾病有上千种含义。他们把这种痛苦当做他的第五本书来阅读分析。

"隐忍的怒火？"祖克曼问他。"你这想法是哪来的？"

"《卡诺夫斯基》。发泄你无处宣泄的怒气，这是一条无与伦比的渠道。你的愤怒简直像洪水一样不可阻挡——你这血肉之躯根本装不下如此高涨的怒火。但是，在作品之外，你却表现得几乎毫无存在感。简直就是'中庸'这个词的代言人。总之，你的作品比你本身散发出更多的现实气息。我第一次看见你是在你去艺术家聚集区吃饭的那个晚上，当月最闪亮的来宾。我跟小吉娜——就是那个女同性恋诗人——说：'我打赌这家伙在他这些畅销书之外肯定从来没发过火。'是不是？你知道怎么发火吗？"

"你比我强硬，伊万。"

"这是相对'我比你卑鄙'来说，更为委婉的说法而已。"

"那在写作之外，你又会在什么时候发火呢？"

"我会在想摆脱某人的时候发火。他们挡着我的路了。怒火是一把枪。我瞄准，然后开火，一直射击，直到所有挡路的都消失。我不论是在写作时还是在写作之外，都像你在写作时那样的状态。你在现实中会三缄其口。我是什么都说。"

此刻，菲尔特身上所有的衣服都已剥了下来，散乱地扔在地板上，使得这个"富裕修道士"的公寓看起来好像被洗劫过一样。

"那么，"祖克曼问，"你在说某些话的时候，是真心相信自己所说的吗？"

菲尔特坐在沙发上盯视着他，仿佛祖克曼精神错乱了一般。"我到底相信与否并不重要。像你这样一个好兵，是没法了解这点的。关键是要让别人相信。你是个好兵。你认真取悦反方的观点。你做那一切的方法很对头。你不得不这么做。你总是感到很惊讶，为什么你把自己阴暗内心生活的秘密掏出来给大家看会激怒那么多人。你很震惊。你很伤心。你搞不懂为什么你会招致这样的反感。而让我搞不懂的是你居然会在意这一切。你，因为这种事而一蹶不振！还想要求得到男人的尊敬和女人的爱抚。还想得到老爸的赞同和老妈的怜爱。内森·祖克曼！谁会相信？"

"那你呢，你就什么都不需要吗？你相信是那样？"

"我当然不会让罪恶感无孔不入，不像你们这种好兵那样。这没什么啊，所谓的罪恶感——只是自我放纵的结果而已。他们鄙视我？他们辱骂我？他们不同意？那再好不过了。上礼拜有个姑娘在我的住处自寻短见。带着她自己的药片跑到我这倒了一杯水。趁我下午给那帮笨蛋上课的时候吞下了那些药。我发现她的时候简直快气疯了。我打电话叫了救护车，但要让我跟她走就是活见鬼了。要是她死了怎么办？我是无所谓的。要是她真想死，那就让她去死好了。我不挡他们的路，别人也别想挡我的路。我说：'不，我受够了——这不是我想要的。'然后我开始开火，直到那些讨厌的东西消失。你从别人那里所需要得到的只是金钱——其他的你就自便吧。"

"多谢您的教导。"

"别谢我，"菲尔特立刻说。"我是上高中的时候，看了你写的文章学会的。怒火。瞄准，开火，不停地开火直到他们消失。你很快就会成为一个健康的作家的。"

阿佩尔的短评被菲尔特复印后寄给了身在纽约的祖克曼：

说实话，我不知道我们还能做些什么——犹太人先是毁于毒气，现在又可能要毁于石油。纽约有太多人在这个问题上应该感到耻辱：

仿佛他们的割礼是出于别的原因才进行的。那些指责越南战争的人对以色列倒没有什么说法（只有几个人例外）。但是，考虑到公众意见的重要性，或者说为了达成其中的一小部分，让我来提个建议，也许这会激怒你，但尽管如此我还是要说。你为什么不让你的朋友内特·祖克曼给《纽约时报》的专栏版代表以色列写点东西呢？他很容易办得到。如果我在那儿支持以色列，那称不上是严格意义上的新闻，只会是预料之中的。但如果祖克曼能在那上面直抒胸臆，那就能称为新闻了，因为他在那些对他人毫不关心的公众之中有些许威望。也许他曾经谈论过这件事，但我从来没看见过。又或者他仍然如同《卡诺夫斯基》里说的那样，他觉得可以让犹太人带着他们的历史伤痛去吃屎？（是的，我知道作家和其笔下人物是不同的；但我也知道成年人不该否认这其实和老师告诉学生的不一样。）无论如何，撇开我对他这种观点的敌意态度不谈，我真诚地相信，他要是想公开坦诚地谈谈，倒还有点意思。我觉得我们已经面临一种困境，全世界都在准备干掉犹太人。在这种时刻，即使是犹太人中最独立孤傲的人也应该站出来说几句话。

好吧，现在他的怒火已经出离书本之外了。中庸？从没听过这个词。他有《卡诺夫斯基》的翻印本。难道他在书里真的写过让犹太人把他们在历史上的遭遇贴在屁股上之类的话？那么深刻的感情就这样弃之如敝屣？他在自己的书里寻找让阿佩尔如此憎恶的文字来源，结果发现有三分之一的地方都这样写：有两千字描写半歇斯底里地反抗家庭对民族困境的狂热，其中的倒数第二行是卡诺夫斯基十四岁时在卧室里对他的姐姐发表的独立宣言。

因此：阿佩尔没有被大人教育小孩的话骗倒，把作者归为患有幽闭恐惧症而反叛呐喊的十四岁少年。这就是一个职业文学评论家的结论？不，不——这对处于险境中的犹太人来说是个过激的好辩分子。这封信大可以是出自《卡诺夫斯基》里的父亲之手。可以是出自他自己的亲生父亲。要是用意第绪语，甚至可能出自阿佩尔那个文盲父亲，要不是他把年轻的米尔顿逼到比卡诺夫斯基更疯狂的境地，可能早就让米尔顿心碎了。

他像个职业诉讼当事人那样潜心钻研那段评论，沉浸在愤怒中。接着他打电话给还在学校上课的戴安娜。需要她来给自己打字。必须立刻见到她。怒火是一把枪，而他已经准备开火。

戴安娜·拉瑟弗德是一个在芬奇上学的学生，那是一所给富家女设立的大学，尼克松总统也曾将爱女特里西娅送到那里读书。祖克曼和戴安娜初次相遇时，他正在寄信。当时她穿着一身标准的牛仔装，裤子和上衣在里奥格兰德河里烈日曝晒下的石头上毫无知觉地被拍打，然后用船一路向北运到了邦威特百货公司。"祖克曼先生，"她边说边用手拍他的肩膀，后者正把一封信扔进信筒里，"我是校报的，可以采访你吗？"而就在几码远的地方，她的两个室友正因为她的鲁莽大胆而显得局促不安。这很显然是校园里才会出场的人物角色。"你给校报写稿？"他问。"没有。"回应他的是一个大大的坦诚的微笑。坦诚，是真的吗？二十岁已经可以用谎言骗人了。"你跟我一起走回去吧，"他说，"我们可以谈谈。""太好了，"这个角色回答。"像你这样聪明的女孩在芬奇这种地方做什么？""我家人认为我应该学习如何在穿裙子时交叠双腿。"但是等他们走到离街区五十英尺远的大门口，他问她是否愿意上去坐坐，她的大胆消失无踪，她迅速溜回同伴之中。

第二天下午，门铃嗡嗡地响了，他从对讲机里询问来者是谁。"我是那个不在校报工作的女孩。"他打开门让她进来时，发现她的手一直在颤抖。她点燃一支烟，接着脱掉外套，还不等招呼，就开始翻看主人家的书本和图片。她在每间屋子里都拿起各种东西翻看。祖克曼跟在后面。

在书房里，她问："你这里难道就没有什么东西是不放整齐的吗？"

"只有你了。"

"你看，只要你一开始过分讥讽，就没法争论了。"她的声音有些发抖，但她仍然大声说出自己的想法。"像你这样的人不应该害怕像我这样的人。"

等他们再度回到客厅，他把她的外套从沙发上拿起来，在挂到衣柜里之前瞟了一眼商标。在米兰买的。让某人花了上万的里拉。

"你总是那么鲁莽吗？"他问。

"我正在写一篇关于你的论文。"她坐在沙发角上，又点燃了一支香烟。"骗你的。这不是真的。"

"你是来这里玩大冒险的吧。"

"我觉得你应该是我能够交谈的对象。"

"谈什么？"

"男人。我实在受不了他们了。"

他给俩人都倒了些咖啡，她开始说她的男朋友，一个法学院学生。他常常忽视她的存在，而她搞不清这到底是为什么。这个男友在半夜三更打电话来，哭着说他不想再看到她，但又不愿意失去她。最后她写了封信问他到底是怎么回事。"我还年轻，"她告诉祖克曼，"我想做爱。而他不想，这让我觉得很不爽。"

戴安娜是个修长苗条的姑娘，臀部狭小，胸部小而尖，还有一头充满男孩子气的深色卷发。她的下巴有如小孩一般圆润，还有一双同样孩子气的、印第安人一般的眼睛。她的身材凹凸有致，柔和又不失棱角，要是不撅嘴的话，绝对称不上是难看的；只要她一开始抱怨，嘴角就会出现《穷途末路》[1]中那些年轻演员的表情。她身上穿的衣服也像童装：黑色的紧身连衣裤，紧窄的麂皮裙，还有一双为了震住其他女孩而从妈妈的衣柜里偷拿的黑色鱼嘴高跟鞋，上面有根镶满亮片的带子。她长了一张娃娃脸，但微笑时却有着成熟的吸引力。而当她大笑的时候，又像一个看透一切却依然出淤泥不染的人，一个年过半百的幸运女人。

而让她见识了一切并幸存下来的是这些男人。他们自她十岁起就对她展开了不懈的追求。

"你都活了半辈子了，"他说。"你都学到什么了？"

"一切。他们想射在你的头发上，他们想打你的屁股，他们想在上班时打电话来让你在做作业时自慰。我对男人没什么幻想，祖克曼先生。自从我上七年级开始，父亲的一个朋友每个月都打电话给我。他对他的妻子和孩子好得不得了，但却从我十二岁开始一直给我打电

1　《穷途末路》是1935年百老汇上演的一部戏，后此戏被改编为电影，由同一批年轻演员出演，他们因此名噪一时。

话。他总是伪装他的声音，而每次都问同样的事：'你想如何骑我的老二？'"

"那你怎么办呢？"

"一开始，我除了傻傻地听他说不知道该怎么办。我吓坏了。后来我买了只哨子，对着话筒猛吹。我是想让他鼓膜震破。结果当我真的吹哨子的时候，他只是哈哈大笑。这好像让他更加性致高昂。这事到现在也有八年了。他每个月给上学的我打一次电话。'你想如何骑我的老二？'后来我跟他说：'就这样？没了？'他不回答。他不需要回答。因为这就够了。根本用不着做。只要说说就行。跟我说。"

"每个月，持续八年，而你除了买了只哨子以外什么也没做？"

"那我应该怎么做呢，报警？"

"你十岁的时候发生什么了？"

"我们家的司机载我去学校的时候曾经玩弄过我。"

"这是真的？"

"《卡诺夫斯基》的作者问我这是不是真的？"

"呃，你也许会为了哗众取宠而编造这种事。很多人都这么干。"

"我向你保证，只有作家才会编造故事，而不是女人。"

一小时后，他有种错觉，仿佛谭波尔从孟菲斯市跑来跟纳撒尼尔·霍桑[1]谈论金鱼眼[2]。他目瞪口呆。要相信她描述的她所看见的一切，实在有点难度——要相信她口中曾经的自己也有难度。"那你的父母呢？"他问。"他们对于你和所有这些可怕男人的令人不寒而栗的冒险有什么看法？"

"父母？"她噌地一下站起来，好像被这个词从柔软的沙发垫上弹起来一般。那裹着紧身裤的修长双腿，那敏捷小巧的手指，在说到正题前那充满嘲弄和高傲的语气——这是一个正在觉醒的女性斗牛士，祖克曼暗自认定。她穿上那套衣服一定棒极了。一开始她可能会吓得发抖，但他能预见到她一定可以成功。来抓我吧。她正在挣脱枷锁奔向自由，勇敢无畏——或是在玩命地努力学习。当然，她身体的某一部分欢迎这种带有性意味的关注——但同时另一部分却对此感到愤怒和困惑；不过无论如何，这比所谓青春期的小冒险要有趣得多。这个有趣而紧绷的女孩（同时又是女人、孩子）身上笼罩着一种反常的自主

1 Nathaniel Hawthorne (1804—1864)，美国小说家，其代表作品《红字》已成为世界文学的经典之一。

2 谭波尔和金鱼眼都是福克纳小说《圣殿》中的人物，该小说情节黑暗狂暴，描写二十年代美国禁酒期间，南方小镇有一帮以金鱼眼为首的私酒贩子，女大学生谭波尔被男友抛弃后混到这帮人中，惨遭强奸，后又被金鱼眼送进孟菲斯城的妓院。金鱼眼杀了人，嫁祸于戈德温。律师说服谭波尔出庭作证，但她已被金鱼眼的变态性行为折磨得精神失常，戈德温还是被判死刑，被群众劫出私刑烧死。出逃的金鱼眼也终因一桩他并未参与的谋杀案而被判死刑。

权。他记得自己说"来抓我啊"这句话时是怎样的语气。那当然是在他们真正抓住他之前。某种东西抓住了他。不管那是什么，他被抓住了。

"你到底有没有在听我说话？"她问。"别提什么父母。父母的话题结束了。你看，我想要和那个法学院学生愉快相处。我以为他会帮我把注意力集中在这愚蠢的学校里。他喜欢学习，喜欢慢跑，也不会吸食过量兴奋剂，而且只有二十三岁——这对我来说太年轻了。我在他身上很花工夫，该死的，他以及他的那些朋友，而现在，现在他却一点也不想做那件事。我真不知道那男生是怎么回事。我高傲地盯着他看，而他就好像变成了婴儿一样。我猜那是恐惧。那些神志正常的人把你烦得要死，而吸引你的人却都是些疯子。你知道别人催我干什么吗？知道我要准备做什么吗？去结婚。去结婚然后怀孕，然后跟和我签订婚约的人说：'把赌注都押在这个上。'"

在接到祖克曼电话的二十分钟后，戴安娜就已经坐在他的书房里，手里拿着那些让她打出来寄给阿佩尔的信件。祖克曼足足写了四大张黄色信纸，才艰难地跌坐回地垫上。他躺着，揉搓着上臂的肌肉，努力想让那种刺痛感消退。他的脖子底部火烧火燎地疼，这可是一年多来他坐着写下的最长的文章。枪膛里的子弹还多着呢。假设通过对那些早期文章的详尽分析，我已展示了阿佩尔是如何因为自身和父亲之间的未解冲突而草率地谴责祖克曼——这说明他之所以会对我的"案例"进行重新评价，不仅是因为来自伊斯兰国家的威胁，还因为欧申希尔-布朗斯维尔[1]以及那里反犹太族群的黑人，联合国安理会对以色列的定罪，甚至是纽约的教师大罢工；这说明招摇的犹太异皮士[2]在媒体上宣扬达达主义[3]，他却荒谬地将他们那种儿戏般的目标和我联系在一起。现在轮到我来对他进行重新评价了。一九五九年，阿佩尔并没有认为自己对祖克曼的评价是错误的，同样，一九四六年他也不认为自己的无归属感是错误的。这是那时候的想法，结果，现在，他改变想法了，又一次改变了。"想法"也许能改变，或者说看起来能改变，

1 欧申希尔-布朗斯维尔位于纽约布鲁克林区，在二十世纪初是著名的贫民窟和犯罪温床，到六十年代为止一直是犹太人聚集地，此后该地的居民以黑人为主，并且失业率急剧上升。1967年此地一个十一岁的黑人儿童因被警察怀疑抢劫了一名年长犹太人而遭击毙，导致极大的骚乱。1968年这里爆发了大规模长时间的教师罢工事件。

2 异皮士，1968年年轻激进分子的自称。这个词来自嬉皮士，但本身没有任何含义。后来为了给记者们一个好听的说法，把"异皮士"解释成"国际主义青年党"。这个组织的宗旨是：把致幻剂和革命精神结合起来，做一个嬉皮的革命者。

3 达达主义，一种无政府主义的艺术运动，它试图通过废除传统的文化和美学形式发现真正的现实。达达主义者的行动准则是破坏一切。他们宣称：艺术伤口应像炮弹一样，将人打死之后，还得焚尸灭迹才好；人类不应该在地球上留下任何痕迹。他们主张否定一切，破坏一切，打倒一切。

但绝不能用审判官式的盛怒来给人定罪。在看似绝妙明智的重新评价背后，理论信念仍然如防弹工事般牢不可摧：没有人能像阿佩尔这样严肃认真。"对米尔顿·阿佩尔无可辩驳的反思"、"正确而严格的十年：关于冷血法官的争论"，他可以随便想出十几个这样的题目来。

"我从来没有碰到过像你这样打电话的，"戴安娜说。她全身裹着一套秘书打扮的衣服坐在沙发上：一套显不出任何身形的工作服，一件肥大的毛衣，这些衣服最初是为了帮助他专心口述他脑海中的小说构想。她要是穿着儿童款式短裙，祖克曼可没办法口授任何东西。短裙是放弃写作的另一个理由。"你看看你自己，"她说。"那副棱镜，那张扭曲的脸。你真该看看你现在什么样子。你就是让这种事溜进心里，然后任由这种情绪一天天壮大，直到你自己崩溃为止。还有你的头发。这就是你为什么会脱发的根本原因。这就是你现在遭受病痛的根源。看看你。你到底照过镜子没有？"

"你难道不会为某些事情发怒吗？我非常愤怒。"

"当然，我当然会发怒。每个人的生活里面总有某个人让你发疯，甚至让你憋出膀胱炎。但我会思考这些事。我会去做瑜伽。我绕着街区慢跑，打网球，我会尝试忘记这些事。我不能总带着愤怒的情绪生活。否则我接下去一辈子都会难受得胃痛。"

"你不明白。"

"是么，我觉得我明白。在学校里也有这种烦心事。"

"你怎么能把这和学校里的事相提并论。"

"当然能。在大学里会遭到差不多的打击，而且还很难克服。特别是在你看来那些打击完全是不公正的。"

"把信打出来。"

"我觉得我最好先看一遍。"

"没有这个必要。"

透过厚重的棱镜，他一边不耐烦地瞪着正在读信的戴安娜，一边揉捏着自己的上臂，想要减轻疼痛。有时候电子疼痛压制器能让三角肌感觉好些。但若说神经元细胞对这种低电压电击做出了反应，那么到底是什么造成了他脑中不断放大并燃烧的怒火？

"我不会帮你打这封信的。如果这就是这封信的全部内容的话。"

"这封信什么内容关你他妈的什么事？"

"我拒绝打这封信，内森。你每次处理这种事的时候都是个疯子，这封信太疯狂了。'如果阿拉伯国家明天被廉价的太阳能灾难毁灭了，你也不会重新考虑如何评价我的作品。'你神经错乱了。这话根本毫无意义。他写了他对你的作品的评价，那只是因为这是他的真实想法。就是这样。你就是你，而他们根本是无名小卒，为什么还要去在意别人怎么想？看看你。这是一张多么不堪一击、愤懑不平的嘴！你已经怒发冲冠。这位夜郎自大的小人是谁？米尔顿·阿佩尔是何许人也？我从来没看过任何一本他写的书。学校里也不教他写的东西。我真搞不懂你这样的人怎么会在意这些。你是一个那么老于世故、彬彬有礼的人——你怎么能就这样掉进这些人设下的圈套还让他们把你折磨到这种程度？"

"你是个来自康涅狄格州、拥有基督教背景、超级幸运的二十岁女孩，所以我接受你不能理解这一切。"

"是吗，但是还有许多人不来自康涅狄格州，没有基督教背景，既不幸运也不是二十岁，看到你这副样子他们也照样不能理解。'为什么《高等教育》中刻画的那些犹太人，一九五九年时在你眼中还是真实可信的，而突然之间就成了粗鄙污秽的臆想之作？这是因为联合国在一九七三年认定犹太人入侵埃及、叙利亚以及巴勒斯坦解放组织。'内森，你不会认为巴勒斯坦解放组织是他写那篇文章的原因吧。"

"但事实如此。要不是因为亚西尔·阿拉法特[1]，他永远都不会来找我的碴。你不了解犹太人那种敏感脆弱的神经。"

---

1 Yasir Arafat (1929—2004)，巴勒斯坦民族解放运动的发起者，一位出色的民族领袖，也是二十世纪的一位重要历史人物。正是在他的带领之下，巴勒斯坦民族解放斗争成为国际政治中的备受关注的重大事件之一。1994 年，他与以色列总理伊扎克·拉宾、外长佩雷斯共同获得该年的诺贝尔和平奖。

"我正在学习如何了解。拜托,吃片镇定剂吧。或者抽点大麻。来点伏特加。但请务必镇定下来。"

"你给我坐到那张桌子旁边打字去。我付你薪水是让你给我打字的。"

"喔,那这钱还不够。还没多到能让我帮你打这封信的程度。"她又一次高声朗读那封信上的内容。"'在你看来,会给予我们致命打击的其实并不是疯狂的伊斯兰教或是逐渐衰弱的基督教,而是写我那种书的犹太佬,他们世世代代自我仇恨、自我咒骂。而这一切都只是为了挣点钱而已。死了六百万人——卖了六百万本书。这不就是你看待这件事情的方式么?'内森,这实在太荒谬太夸张了。你是个四十岁的男人了,却像个被勒令罚站的小孩一样乱吵乱嚷。"

"你回家去吧。我非常敬佩你如此泰然自若地告诉我这些,但是我现在希望你离开这里。"

"我会在这里待到你平静下来为止。"

"我才不要平静。我已经平静够长时间了。回去。"

"你真的认为对针对你的误解这样耿耿于怀、不肯原谅是明智的做法吗?这天大的误解?"

"哈,我是否该原谅他?"

"是的。你知道,我是个基督徒。我确实信仰耶稣,也信仰甘地这样的人。而你的做法却和可怕的《旧约》里写的一样。那本冷酷如石头的书。以牙还牙，以眼还眼，不原谅任何人。是的，我说我信奉宽恕敌人。我相信这是对每个人来说最好的结局。"

"拜托你不要开这种爱与和平的药方好吗。不要把我当成你这代人。"

"甘地不是我这代人。耶稣不是我这代人。阿西西的圣弗朗西斯[1]也不是我这代人。而且你应该最清楚，连我都不是我这代人。"

"但我不是耶稣，不是甘地，不是圣弗朗西斯，也不是你。我是个心胸狭隘、易怒记仇、绝不原谅的犹太人，而我又一次次地被另一个心胸狭隘、易怒记仇、绝不原谅的犹太人所侮辱。如果你坚持要留下来，那就把我写的东西打出来，因为我可是忍着关节的剧痛才写下这封信的。"

"好吧。如果你是这样的犹太人，而这些犹太人一直是你思考的中心——他们有这样的力量真是让我无法理解——但如果你真那么沉迷于犹太人的世界，如果以色列对你来说真的那么重要，那我一定会打的——前提是你为《纽约时报》写一篇关于以色列的文章。"

"你不懂。他的这种要求，在他在《调查》杂志上刊登了那种文章之后，是对我的最后侮辱。《调查》杂志的创办者是他在开始攻击我之

---

1 St. Francis of Assisi (1181—1226)，意大利天主教的行乞修道士，生活在意大利的城市阿西西，宅心仁厚，是宗教历史中举足轻重的人物。

前一直攻击的对象！”

“问题是这并不是侮辱。他只是向你提了这样的要求，因为大家知道你是谁，因为你很容易会被视为美国犹太人。我不明白的是你为何会处于这种状态。要么就写，要么就不写，但不要把这种根本没有侮辱意味的要求看成是侮辱。”

“那这是什么意思？他想让我写一篇文章，说我不再是个反犹太分子了，还要说我衷心热爱以色列——这样就能好好教训我。”

“我不相信他想让你这么写。”

“戴安娜，要是有人说起我和我的作品还有我所描写的犹太人，接着转身说你干吗不把我们写得好点以换换口味——唉，你怎么会不能理解这对我来说是尤为难堪的事？‘为以色列写点东西。’但我出版的书里字里行间流露的对犹太人的敌意怎么办？他在《调查》里对我公开大加讽刺，这边私下里又偷偷建议我写这种文章——至少是希望我能和反犹太人士秘密接触建立联系！‘他在那些对他人毫不关心的公众之中有些许威望。’对——人渣，他的小说就是取悦那些人渣的。如果祖克曼，这个让人渣们觉得犹太人和他们一样粗鄙难堪、令人憎恶，由此而大受尊崇的犹太人，能对那些人渣说点犹太人的好话，‘倒还有点意思’。没错！就好像精神分裂症那样有点意思！另一方面，当阿佩尔为了犹太人危机说点什么仗义之言，则是‘预料之中的’。这显示了他深厚的人文关怀以及高人一等的同情心。显示了他是犹太族群中最善良、最负责、最有爱心的子孙后代。这帮犹太人，这帮犹太人还有他们那负责任的子孙！他先指责我打着小说的幌子诽谤犹太人，现在又想让我在《纽约时报》上为他们进行政治游说！可笑的是，发自内心痛恨中产犹太人，并对他们的日常生活极度鄙视的，正是这些复杂的知识分子翘楚。他们厌恶中产犹太人，同时又对无产犹太人完全不管不问。现在传统祖先们要进入贝斯莫斯公墓[1]好好保护了，这些人倒突然同情起传统祖先的聚集区了。在这些祖先们活着的时候，他们恨不得将这些混蛋移民除之而后快，因为他们竟然斗胆认为自己十分重要——虽然连普鲁斯特的《追忆似水年华》第一卷都没读过。而犹太人聚集区——那里的人只能看见这些家伙的脚后跟：向外奔跑，向外奔跑，尖叫着要呼吸外面的新鲜空气，写写像拉尔夫·沃尔多·爱默生[2]和威廉·迪安·豪威尔斯[3]这样大名鼎鼎的犹太人的事迹。但现在到处都

1　纽约长岛的犹太人公墓。

2　Ralph Waldo Emerson (1803—1882)，生于波士顿，美国思想家、文学家，先验主义奠基人。爱默生是确立美国文化精神的代表人物，被称为"美国的孔子"、"美国文明之父"。

3　William Dean Howells (1837—1920)，小说家、文学批评家。豪威尔斯在担任《大西洋月刊》和《哈珀》杂志的编辑时，曾竭力反对当时盛行的浪漫主义小说。他认为小说的首要目的是教诲，而不是娱乐；文学作品应该采用现实主义的创作方法。

是'气象人党'[1]，还有我和我那些激进主义伙伴杰里·鲁宾[2]、赫伯特·马尔库塞[3]以及拉普·布朗[4]。哦，天哪，那温馨有序的希伯来上学时光哪去了？油布地毡哪去了？罗丝阿姨哪去了？那让人想给它一刀的美妙、刚强的家长权威哪去了？你要知道，我显然不希望看到犹太人被毁灭。那没有多大意义。但我并不是以色列方面的权威。我只是个纽瓦克方面的权威。甚至连纽瓦克都不算。确切地说是纽瓦克的威夸伊克地区。如果再说得精确一点，甚至还不是整片威夸伊克地区。我从来没有走出过伯根大街。"

"但这跟你是不是权威并没有关系。关键是人们会看你说了什么，因为现在，你非常有名。"

---

1 二十世纪六十年代美国学生运动发展到后期而成立的最激进组织。这个组织实质上乃是一都市游击队型态的暴力组织，有沙皇时代俄国虚无党的遗风余沫。在六十年代美国学生运动期间，"气象人党"和"黑豹党"、"白豹党"等类似组织齐名，由于它们的激进，肇致官方的严加取缔。

2 Jerry Rubin (1938—1994)，芝加哥七君子之一。1968年民主党大会在芝加哥召开，反越战示威群众在会场外与警察发生激烈冲突，后来有七名激进分子被控"阴谋煽动骚乱"。1968年初，鲁宾和七君子的另一成员成立了一个松散的组织，名叫"异皮士"。

3 Herbert Marcuse (1898—1979)，德裔美籍哲学家和社会理论家，法兰克福学派的一员。早年试图对马克思主义作一种黑格尔主义的解释，并以此猛烈抨击实证主义倾向。从二十世纪五十年代开始，主要从事对当代资本主义的分析和揭露，主张把弗洛伊德主义和马克思主义结合起来。

4 Rap Brown (1943—)，美国二十世纪六十年代社会运动中美国学生非暴力行动协调委员会主席，起因主要是反对越南战争。

"萨米·戴维斯[1]也很有名。伊丽莎白·泰勒也很有名。他们比我更有名。而且他们是真正的犹太人，没有因为写了什么粗俗的书而毁坏信誉。他们还没有释放出眼下正在腐蚀犹太文化的非法力量。如果他想要的是名人，他为什么不去找他们？他们一定会抓住这个机会的。更何况，我之所以出名的理由对阿佩尔来说正是应该被谴责的地方。他想谴责我的正是这点。事实上，他把那本书当做是本能生活的宣言。好像他从没有听说过强迫症或压抑这类词似的。或者换句话说，内心压抑而患有强迫症的犹太人。好像他自己不是这种人似的，这个该死的内心压抑的疯子！阿佩尔要我说说以色列，戴安娜，但我没什么可说的。我倒可以写一篇关于小说家的文章，不过那也需要六个月的时间，但我绝对不会写有关国际政治的文章，不会为任何人写的。我不干这种事，从来没干过。我不是琼·贝兹[2]。我不是伦纳德·伯恩斯坦[3]那样伟大的思

1　Sammy Davis (1925—1990)，踢踏舞手比尔·罗宾逊的继承人，是爵士乐手路易斯·阿姆斯特朗、杜克·埃林顿和歌星莱纳·霍恩的同时代人。他是第一批冲破种族界限的黑人演员之一。

2　Joan Baez (1941—　)，美国著名民歌手。她的声音高亢清晰，演唱传统和当代谱写的民歌时风格简洁。她的政治观点、参加民权运动与和平示威的经历也常常备受争议。

3　Leonard Bernstein (1918—1990)，美国指挥家、作曲家。伯恩斯坦的父亲是俄罗斯犹太移民。他是美国历史上最杰出的音乐指挥大师，是一位集指挥家、作曲家、演奏家、教育家、理论家于一身的艺术大师，其艺术造诣举世推崇。国际舆论认为，"他所留下的空白是难以填补的"。

想家。我不是政治人物——而他有意奉承我，暗示我是这样的人。"

"但你确实是个犹太人，不管你愿不愿意。而既然你似乎想要当个犹太人，你最好还是照办。你为什么要把一切弄得那么复杂？只要发表你的意见就可以了。就这么简单。声明你赞成哪一边。"

"我绝对不会因为自己的书被他指责而在特写版发表赎罪声明的！我编了几个关于在纽瓦克玩押韵游戏的笑话，你就以为我会炸了以色列议会。不要用你那套满是漏洞的大道理来糊弄我——'没什么问题。'明明就有问题！这不是我作为'本月自我厌恶之犹太人'第一次荣登什么见鬼的《包皮》杂志。"

"但那只不过是个小小的关于聚集区的争吵，没有什么人会感兴趣。有多少犹太人能在一个大头针尖上跳舞？根本没人在乎。你不可能记得那些愚蠢的杂志是怎么评价你的——你的脑子里是一坨屎。如果这杂志真像你说的那么糟糕，你又何苦去担心？不仅如此，一个如此严重的问题和一个如此渺小的问题在你身上的结合实在太过古怪，我没法理解，不管你用什么方法给我解释。对我来说，你就是在把一座大山和一个小土堆放在天平两端企图让它们保持平衡，说真的，如果有人在我认识你之前告诉我你是这样的人……或者说犹太人是像你这样的。我本来以为他们只不过是些移民——仅此而已。不，我没法理解。也许我只有二十岁，但你已经四十了。这就是人到了四十岁以后会发生的事情吗？"

"一点没错。他们已经受够了这他妈的一切了。毫无疑问这就是四十岁会发生的事情。你已活了二十年，而你到底知不知道该怎么做，甚至究竟该不该做，都还是一个需要公开辩论的问题！而你自己也仍然充满疑惑。我怎么知道阿佩尔是错误的？要是我的写作真的和他说的一样糟糕怎么办？我痛恨他的勇气，很明显，步入六十岁让他变得疯狂，但没让他变成一个傻瓜，你懂的。他是个讲道理的人，这样的人现在已为数不多。让我们面对现实，即使是最垃圾的批评也会有些道理。他们总是能看透某些你想隐藏的东西。"

"但他夸大了那些事。这完全是比例的问题。他没有看到好的那一面。他甚至不肯承认你幽默风趣。这实在太荒谬了。他只看到你做得不好的地方。怎么说呢，每个人都有缺点。"

"但假设他是对的。假设没有人需要我的书。假设我自己都不需要我的书。我幽默风趣？如果我确实是这样，那又如何？里茨兄弟[1]也很幽默风趣。也许更风趣。假设他所说的都是真的，我的确用我那粗俗

1　美国电影中的喜剧组合，由四兄弟组成，活跃于二十世纪二十年代到六十年代。

的想象力玷污了他们对真实犹太世界的感受。假设有一半是真的。如果这二十年来的写作生涯，到头来只是在冲动面前的无助——屈服于一个我想尽一切办法伪装打扮但实则卑微而渺小的冲动，这种冲动也许和我母亲每天花五小时打扫房间的冲动没有什么太大不同。我说到哪里了？对了，我要去上医学院。"

"你说什么？"

"医学院。我敢肯定我成绩不错。我想当个医生。我要回芝加哥大学。"

"噢，你给我闭嘴。到刚才为止，这场谈话一直都让人沮丧，但现在开始变得弱智了。"

"不，这个问题我已经考虑很久了。我想成为一名妇产科医生。"

"你这把年纪？真的？再过十年你就五十了。原谅我的直接，不过那已经很老了。"

"再过六十年我就一百岁了。不过我会到那时再担心这个问题。你为什么不和我一起去呢？你可以把你在芬奇的学分转过去。我们可以一起做家庭作业。"

"你到底写不写有关以色列的文章？"

"不写。我要忘掉以色列。我要忘掉犹太人。我当初离家的那天就该忘掉的。只要你当众掏出阴茎，警车立马围了过来——不过，真的，这一切如今也搞得太久了。我从孩童时期就被许多想法束缚着，到了四十岁还是这样，但现在我找到了摆脱这一切的方法。受够了我的写作，受够了他们的指责。反叛，顺从——约束，爆发——强制，反抗——指责，反对——藐视，耻辱——不，这所有该死的一切都是个巨大的错误。这不是我一直苦苦追求的生活状态。我想当一个妇产科医生。谁会跟妇产科医生争论呢？就算是接生了巴格斯·西格尔[1]的产科医生晚上也可以安然入睡，丝毫不用接受良心的谴责。他接住滑出体外的小东西，而每个人都爱戴他。当婴儿生出来的时候，他们不会大喊：'你把这个叫做婴儿？那根本不是婴儿！'不，不管他递给他们什么，他们都会高高兴兴地带回家。只要有他在身边陪伴，他们就会很高兴。想象一下那些浑身像涂满黄油一般的新生儿吧，戴安娜，他们那眯缝的双眼，想象一下看到这一切会多么振奋精神啊，而不用每天早上生拼硬凑出两页自己都没有把握的文字。受孕？怀孕？艰难费力的分娩？那都是母亲们的事。你只要洗干净双手，把婴儿抱出来即可。在文坛混迹二十年已经足够了——现在是转战产房的时候了。膨胀的腹部，慢慢渗出的羊水，黏稠滑腻。只有实物。没有文字，只有实

1　Bugsy Siegel (1906—1947)，美国黑帮头子，和好莱坞明星往来密切，是他推动了拉斯维加斯赌场的繁荣发展。

物。每样东西都能取代文字。形式的最低级形式——生命本身。该死的我知道确实再过十年我就五十了。不想再搞文字了! 趁还不太晚，向产房进军。一头扎进最大的下水道系统以及里面的污水中。你离开芬奇，跟我一起飞回芝加哥吧。你可以在我的母校上学。"

"离开芬奇，我就会失去信托基金。而且你并不想要我。你只是想要个保姆。你想要个女管家。"

"如果我说我要和你结婚，会有所不同吗? "

"别跟我玩这套。"

"但是会有所不同吗? "

"是的，会，当然会有不同。就这么干吧。现在就干。我们今晚就结婚吧。然后我们可以逃离你现在的生活，你会成为一名医生，而我则是医生太太。我来负责接听电话。我来负责帮你预约病人。我来帮你为手术器具消毒。去他的信托基金。我们现在就这么干吧。我们今晚就出去把证办了，再做个验血。"

"今晚我的脖子疼得厉害。"

"不出我所料。你真是个混蛋，内森。你现在只需做一件事，就是继续做你该做的。再写一本书。《卡诺夫斯基》又不是世界末日。你不能让你的生活因为一本书的莫大成功而变得一团糟。这不该阻止你前进的脚步。从地板上爬起来，让头发长回去，把脖子矫正回来，再写一本跟这帮犹太人无关的书。然后犹太人就不会再让你陷入这种境地了。哎，你无法摆脱这一切，真是太可怜啊。仍然要被这些事激怒，然后受伤！你始终在跟你父亲斗争吗？我知道这话听起来有点老土，也许对其他人来说是挺老土，但我认为发生在你身上的这些事是真的。我翻看了你书架上的这些书，什么弗洛伊德、埃里克森[1]、贝特尔海姆[2]、德意志帝国，每本书里有关父亲的文字你都划了线。但是当你给我形容你父亲的时候，他听上去却不像什么高尚人士。他也许是纽瓦克地区最优秀的足科医生，但在其他方面显然不足以构成挑战。一个像你这样知识渊博、渴求自由的人……而将你击倒的却是这一点。你竟然会因为这些犹太人崩溃到这种地步。你恨阿佩尔这个批评家？你甚至从没想过不再恨他？他给你造成了如此惨痛的伤害？好吧，让这四页疯狂的信纸见鬼去吧——直接去当面给他一拳。难道犹太人害怕肉体对抗？如果我父亲觉得自己受到了像你这样的侮辱，他会直接上前给那人迎面一拳。可你却没有足够的勇气这么做，也没有足够的勇气来忘记这件事——甚至也没有足够的勇气给《纽约时报》的特写版

1　Erikson（1902—1994），美国神经病学家，著名的发展心理学家和精神分析学家。他提出人格的社会心理发展理论，把心理的发展划分为八个阶段，指出每一阶段的特殊社会心理任务，并认为每一阶段都有一个特殊矛盾，矛盾的顺利解决是人格健康发展的前提。
2　Bettelheim（1903—1990），美国心理学家，儿童自闭症经典研究的发起人。

写文章。你只能躺在这里，戴着棱镜，编造童话故事，臆想着医学院、医生办公室，桌上还放着医生太太的照片，下班回家，接着出门放松，然后当某人在飞机上晕倒，空中小姐询问在座的是否有医生的时候，你可以站起来说我是。"

"为什么不能？有人昏倒的时候，他们从来没人询问在座的是否有个作家。"

"再多来点你这可怜巴巴的幽默吧。再回学校学习，去当教授的宠物，做个优秀学生，为去图书馆办身份卡，参加所有学生社团。你都四十岁了。你知道我为什么不会跟你结婚吗？无论如何我都会说不，因为我没法嫁给一个孬种。"

第三章

病房

　　几天后的一个早晨——一九七三年十二月一个阴郁的早晨，在祖克曼几乎一夜未眠、一夜徒劳地想着在磁带上录制一份对米尔顿·阿佩尔更为合理的回话之后，他戴着矫形围领走到信箱前，想看看邮递员按门铃是要送什么东西。他有点后悔没把外套一起拿出来：他本来打算一直在冷风中走下去，走到转角，然后从斯坦霍普旅馆的屋顶上跳下去。他觉得自己继续活下去没什么意义。从凌晨一点到四点，他用一块窄小的电热毯裹住自己的背，和阿佩尔又展开了十五回合的较量。现在又是新的一天了：还有什么事具有同样的效果能伴他熬过无法入睡的漫长时间？舔阴呗。笔直地站起来，又笔直地坐下去。他只擅长干这些了。彻底忘记其他的一切。忘记那件事还有可恶的阿佩尔。同母亲一起消逝于这世上，对着犹太人怒吼。是的，病痛完成了这一切：祖克曼已经成为了卡诺夫斯基。记者们早就知道了。

　　从屋顶跳下去的后果是头骨碎裂。那滋味肯定不怎么好受。而万一他最后只是在旅馆的遮雨棚上损伤了脊柱——好吧，那他将一辈子瘫痪在床，这样的命运比他现在的境地还要凄惨成千上万倍。另一方面，就算他没有瘫痪，自杀未遂也许会给他造成更多话题——比他的成功更有料可挖。但如果在他下落的途中痛苦像来时一样凭空消失了，在他从房顶上滑下来时从他的身体里溜走了——那时该怎么办？要是他脑海中突然浮现出清晰的下一本书的细节，一个新的开始，该怎么办？下落到一半的时候很可能发生这些事。假设他只是去斯坦霍普做个实验。所有的痛苦要么在我走到转角前消失，要么在我走进旅馆等电梯时消失。要么在我进电梯前痛苦消失，要么就在我上到最高层出来，穿过防火梯爬到屋顶时消失。我径直走向护栏，从十六层楼高的地方往下看，然后这种痛苦就会意识到我并不是在开玩笑，意识到十六层高楼是非常令人敬畏的高度，意识到在折腾了我一年半之后它可以放任我不管了。我身体前倾，朝向马路，对痛苦说——我说的一切都是当真的——"你敢再给我施加一分钟的痛苦，我就跳下去！"我要把它从我体内吓跑。

但被他这种想法吓到的只有他自己。

两张马尼拉信封躺在邮箱里，相互之间插得紧紧的，以至于他在扯开信封时由于过于激动而抓破了自己的指关节。是医学院的宣传册，他的申请表！他没敢告诉戴安娜，早在几个星期之前，他就已经给芝加哥大学寄去了咨询函。当时他坐在医生的候诊室里，望着病人们来来去去，他开始思考：为什么不这么做呢？四十年了，四本小说，父母双亡，还有一个永远不会再交谈的弟弟——这些证据表明我的驱鬼任务已经完成了。为什么不把这当成是我的第二次生命呢？他们每天和五十个有需要的人促膝交谈。从早到晚，被不同的故事轰炸，却没有一个是需要他们自己编造的。而这些故事意在指向一个明确、有用、权威的结论。这些故事有着清晰而现实的目的：把我的病治好。他们遵照一切医嘱，然后去上班。不管他们的工作是不是可行，我所做的充其量能叫做工作，大部分时候还够不上这个词。

他撕开两张信封中较大的那个——哦，自从一九四八年秋季第一份大学资料寄达之后，他就再也没有体会过这种激动的心情了。每天他都在上完课后飞奔回家，喝完一夸脱牛奶，狂热地阅读有关未来的生活；即使是收到他处女作的首版平装本，那种喜悦的心情也无法和收到这些大学资料相提并论。在他手上这本大学手册的封面上，印着一副大学塔的光影画作，突兀、高耸、充满学术感的塔里克山[1]，是医

---

1 公元八世纪的倭马亚王朝时期，塔里克·伊本·齐亚德为丹吉尔总督。公元711 年，齐亚德率七千精兵横渡海峡，在 7 月 19 日强行登陆，站在如今的直布罗陀港口的一块巨大的山岩上指挥作战，击溃了十万西班牙守军，创造了以少胜多的典范。为纪念这次渡海作战的胜利，这块山岩被命名为"直布尔·塔里克"，在阿拉伯语中，就是"塔里克山"的意思。海峡称为"直布尔·塔里克海峡"，英文译名为"直布罗陀"。

护职业无可厚非的稳定性的象征。翻开封面，是大学的校历。一月四日—五日：冬季生注册……一月四日：开学……他飞快地翻到"录取要求"一栏读起来，直到他看到"筛选方式"这四个能改变一切的字。

录取委员会将竭尽所能，力争以报名者的能力、成就、个性、性格以及学习动机等要素作为是否录取的依据。种族、肤色、宗教信仰、性别、婚姻状况、年龄、是否少数民族、地理位置等因素不会对申请普里茨克医学院造成任何影响。

他们不在乎他已经四十岁了。他可以被录取。

但是前面一页却印着令人沮丧的消息。十六小时的化学课，十二小时的生物课，以及八小时物理课——这是入学的最低要求，比他预计的课程数量多了两倍。全是理科。好吧，越快越好。等到一月四日开学那天，我就能在那里点燃我的本生灯。我会把行李打包好，飞到芝加哥——一个月后就可以在显微镜下做观察了！他这个年纪的许多女性都在这样做——还有什么能阻止他？一年辛苦的预科学习，四年专业学习，三年实习，等到了四十八岁他就可以自己开诊所了。这意味着他将有二十五年的行医时间——如果他身体健康硬朗的话。改变职业正是让他恢复健康的良药。身体的痛苦将逐渐消散；即使没有，他也可以自己想办法把病治好：一切都在他的掌控之中。再也不用把自己托付给那些无动于衷、没有耐心，甚至对这种怪异病症毫无兴趣的庸医了。

这样他的写作生涯就派得上用场了。一个医生会想："每个人都会死，对此我无能为力。他快死了，而我无法治愈生命本身。"但是一个优秀的作家却无法对自己笔下人物的遭遇视而不见，不管面对的是麻醉剂还是死亡。他也无法将笔下人物直接交给命运决定，含沙射影地说他的痛苦是他自己造成的。作家得学会伴随在笔下人物的左右，他必须这样做，以使这无可救药的生活有了意义，为的是描绘通向沉重未知事物的转折点，即使那毫无意义。他已经和医生打了许多次交道，而那些误诊母亲早期肿瘤症状以及后来对他的病痛无可奈何的庸医们，让祖克曼确信即使他是个作家，干医生这行也不可能比他们更糟糕。

正当他站在门厅把一叠叠厚厚的申请资料从信封里拿出来时，一个联合包裹公司快递员打开楼道大门，说有个包裹要他签收。是的，这种事真的会发生：当厄运过去之后，甚至连包裹都是你的。什么东西都是你的。自杀的威胁看来让命运之手有所松动——一个本质上十分愚蠢的想法，但现在他却深信不疑。

包裹里装的是一个长方形的氨基钾酸酯枕头，大约长一英尺半，宽一英尺。是一周前答应寄给他的东西，而他自己却早已将这件事忘了。在无所事事的单调无聊中度过的五百个空虚的日子里，他已然把什么事都忘记了。傍晚时分服用的大麻看来也没什么效果。他的精神活动完全集中在如何忍受疼痛以及如何管理他的几个女人上：他不是在思考该服用什么药剂，就是在安排不同女人的往来时间以最大限度地减少撞车的概率。

这个枕头是他去银行的时候得到的。当时他在排队等候支票兑现——现金是要支付给戴安娜的——他强迫自己保持耐性，但是灼热的痛感却沿着肩胛骨左叶边缘发散开去。这时身后有人轻轻地敲了敲他的肩膀，他回过头去，只见一个体型矮小、满头白发的绅士，晒得十分均匀的脸上挂着同情的神色。他穿着一件裁剪精良的灰色双排扣外套，戴着灰色麂皮手套的那只手里拿着一顶灰色帽子。"我知道如何让你摆脱这玩意儿。"他用手指着祖克曼脖子上那圈矫形围领说道。是温和的老派口音。善解人意的微笑。

"用什么方法？"

"科特勒医生的枕头。可以消除睡眠导致的慢性疼痛。建立在科特勒医生的研究基础上。一个设计科学的枕头对像您这样的患者十分有效。您肩膀宽阔，脖颈修长，一个普通的枕头只会压迫您的神经，造成疼痛。肩膀也痛吧？"他问。"同时延伸到双臂？"

祖克曼点点头。到处都痛。

"但是用 X 光检查却查不出什么问题？没有颈部扭伤的历史，没有出过事故，没有摔过跤？但就是有这些症状，无法解释？"

"一点没错。"

"这全都是由于睡眠引起的。这就是科特勒医生的发现，因此他设计了一种新型的枕头。这种枕头可以让您重获毫无痛苦的生活。二十美元含邮费。附送一个绸缎枕套。只有蓝色。"

"您不会碰巧是这个科特勒医生的父亲吧？"

"我没结过婚。我们永远也无法知道我是谁的父亲。"他从口袋里掏出一个空白信封递给祖克曼。"在这上面写上您的姓名以及邮寄地址。我会让他们明天给您寄一份出去，货到付款。"

好吧，他已经尝试过其他一切可能了，而这个看上去幽默风趣的老家伙显然没什么恶意。那白色卷发，褐色的脸庞，以及全身柔软的灰色毛料衣服的装扮，让他看上去好像从童话故事里走出来的一样，如精灵一般上了年纪的犹太人，长着一对心形大耳朵，如菩萨一般巨大的耳垂，暗色的耳孔，仿佛老鼠打出来的洞一般；他身高只及祖克曼的胸部，却长了个上窄下宽的长鼻子，煞是引人瞩目，两个鼻孔均呈月牙状，生生地躲在宽大、厚重的鼻尖下；一双看不出年龄的褐色眼睛突兀在脸上，目光如炬，就像你在一幅幅可爱的三龄巨童照片中所见。

看着祖克曼在信封上写自己的名字，老者发问了："这里'内'的缩写，是代表内森吗？"

"不，"祖克曼立刻否认，"是代表内伤。"

"当然了。你就是那个带给我许多笑料的年轻人。我刚才就觉得我好像认出了你，但不太肯定——你跟我上次看到你的照片时比起来，少了不少头发啊。"他脱下一只手套，伸出手来。"我是科特勒医生。一般我不在陌生人前小题大做。但你显然不是陌生人，内森·祖克曼。我曾在纽瓦克行医许多许多年，早在你出生前就开始了。我的办公室就在克林顿-海街的里维埃拉酒店，后来它被迪万神父[1]买下了。"

"里维埃拉？"祖克曼哈哈大笑，暂时忘却了他那疼痛的肩胛骨。他的思乡之情被调动了起来。这确实是个童话故事里的人物：只属于他一个人的童话。"我父母就是在里维埃拉酒店待了一个周末度蜜月。"

"幸运的一对。在那个年代这可是家相当豪华的酒店。我的第一家诊所在《纽瓦克纪事报》旁边的学院大街上。我事业刚起步时是买了

1　Father Divine (1876—1965)，美国黑人宗教领袖，和平布道运动的发起人。

张二手的检查台，治好了报纸上登的患腰痛病的男孩。消防局长的女
朋友在街的那头开了家内衣店。麦克·沙姆林，就是那个剧院老板赫
曼的弟弟，开了几家亚普特克斯服装店。所以你就是我们这一代的作
家啊。我从你跑跑跳跳的样子推测，你应该是像我这样的最轻量级拳击
运动员呢。我读过你的那本书。坦白地说，到第五百次看到'阴茎'这
个词时，我已经受够了，但你真是打开了我记忆的阀门，让我想起我的
青葱岁月。每一页对我来说都是震撼。你提到了斯普林菲尔德大道上
的月桂园。我曾经看过马克斯·施姆林[1]在美国的第三次比赛，就是由
尼克·克莱一九二九年一月在月桂园举办的。当时他的对手是个意大
利人，名叫科里，第一轮的一分半钟就被施姆林打出局。当时纽瓦克
的所有德国人都在那里观战——你肯定听说过。那年夏天我还目睹威
廉·拉·莫代打败了伊兹·施瓦兹下士——打了十五轮，获得次最轻
量级职业拳击手冠军。你在书中提到了华盛顿街上的帝国滑稽歌舞杂
剧院，就在马克特街附近。我认识那个安排这次演出的老家伙，他头
发斑白，名叫萨瑟兰。欣达·华苏，那个金发碧眼的波兰籍脱衣舞女
王——我跟她私底下也很熟。她是我的一个病人。我还认识制片人鲁
伯·伯恩斯坦，他是欣达的丈夫。你提到了古老的纽瓦克黑熊棒球

---

1 Max Schmeling (1905—2005)，德国著名世界重量级拳王。

队。我曾为年轻的查理·凯勒治过膝盖。球队的经理乔治·赛尔柯克也是我一个好朋友。你书里还写了纽瓦克机场。那机场刚开放的时候，市长还是杰罗姆·康格尔顿。我参加了机场的揭幕仪式。那时候只有一个飞机库。揭幕仪式那天早上，他们在普拉斯基悬臂桥上剪彩。真是精彩的一幕——在新泽西的沼泽地里竟然矗立着拥有古罗马时代风格的高架桥。你还提到了布兰福德剧院。这是我最喜欢去的地方。我生平第一次在那里看了舞台剧，该剧描述了查理·梅尔森和他的乐队。乔·彭纳尔[1]，还有他那"想买只鸭子吗"的名言。噢，那时纽瓦克算是我的地盘。莫里店的烤牛肉。迪奇店里的龙虾。地铁车站，通往纽约的大门。街道两边的洋槐树结出了干涩紧实的豆荚。WJZ 电台的文森特·洛佩兹。WOR 电台的约翰·甘柏林。清真寺的雅沙·海菲兹[2]。基斯大剧院——以前的普罗克特剧院——上演出自百老汇的剧目。凯蒂·多纳和她的姐姐露丝以及弟弟泰德。泰德唱歌，露丝跳舞。梅·茉莉简直光彩照人。亚历山大·莫伊希[3]，著名的奥地

---

1 Joe Penner (1904—1941)，美国二十世纪三十年代轻歌舞剧及电影滑稽演员，著名标志性台词是"想买只鸭子吗"。

2 Jaschal Heifetz (1901—1987)，公认为是世界上最好的小提琴家。自从 1917年在纽约的演奏会一举成名后，二十年间，海菲兹在他的第二故乡美国变得尤为出名，至今仍为人们津津乐道。海菲茨为小提琴演奏技巧建立了全新标准，是现代演奏风格的奠基人。

3 Alexander Moissi (1879—1935)，奥地利演员，曾出演过罗密欧。

利演员，在布罗德大街的舒伯特剧院演出。还有乔治·阿利斯[1]、莱斯利·霍华德[2]、埃塞尔·巴里摩尔[3]。在那个时代真是个好地方啊，我们亲爱的纽瓦克。既大到有充足的场地举办大型活动，又小到可以沿街散步和熟识的人聊天。现在这一切都没了。所以对我来说最重要的一切都随着二十世纪的人口流失消失了。我的出生地维尔纳，被希特勒下令屠城，接着又被斯大林占为己有。纽瓦克，我的美国，被白种人抛弃又被有色人种毁灭。一九六八年的某个晚上他们在城里放火，当时我就是这么想的。先是二战，再是铁幕[4]，现在又是纽瓦克大火。那次骚乱爆发时我哭了。我那美丽的纽瓦克。我爱那座城市。"

"我们都爱那座城市，科特勒医生。那您现在在纽约做什么？"

"一个很好的实际问题。为了生计。已经八年了。一个被放逐的男人。时代的孩子。我放弃了我辉煌的业务，还有我珍爱的朋友，带上书本和纪念品，打包好我的行李，于七十岁的高龄在这个城市安顿下

1　George Arliss (1868—1946)，英国演员，第三届奥斯卡影帝。
2　Leslie Howard (1893—1943)，英国演员，曾出演《乱世佳人》中的阿希里一角。二战中所乘飞机被纳粹击落而去世。
3　Ethel Barrymore (1879—1959)，美国早期极负盛名的演员，影、剧两栖。1900 年，她首次在百老汇主演了《海马号船长金克斯》一剧，从此开始了跨时半个世纪的红运。美国剧评界誉称她是"美国戏剧第一夫人"。
4　西方报刊及政界用语，指二战后前苏联及东欧国家为阻止同欧美各国进行交流而设置的一道无形屏障。

来。我在地球上度过的第八个十年是崭新的生活。现在我正要去大都会博物馆。我是去瞻仰伟大的伦勃朗的。他的画作值得我一英寸一英寸地研究。相当有条不紊。收获很大。此人简直是个魔法师。此外我还在研究《圣经》，深入钻研《圣经》的所有译本。那里面真有不少让人惊叹的地方，但我不喜欢那里面的写法。《圣经》里的犹太人总是出现在戏剧性的时刻，却从来没有学到如何写出好的戏剧。依我看，不像希腊人。希腊人就算听到有人打喷嚏都会模仿。打喷嚏的人会成为英雄，报道打喷嚏的人则是传令官，而那些听见打喷嚏的人则成了合唱团。作品里充满了悲剧和恐怖，充满了悬念和激情。你在《圣经》里的犹太人这可找不到这些。那里只有和上帝进行的全天候谈判。"

"听起来您知道如何让生活继续下去。"

真希望我也可以对我自己说这种话；我真希望，他幼稚地想着，你可以教教我。

"我就做我喜欢做的事，内森。一直这样。从来不拒绝我觉得重要的事。因为我相信我了解什么才是重要的，而我对他人也有所帮助。你也许会说这是保持一种生活的平衡。我想给你寄一个枕头，完全免费，为了感谢你让我想起那么多美好的回忆。你没有理由遭受这样的痛苦。我相信你不是趴着睡的吧。"

"侧着睡或是仰躺着，就我所知。"

"这样的故事我听过无数遍了。我会给你寄一个枕头和一个枕套。"

现在枕头和枕套就在这里。不仅如此,盒子里还夹着一张打在医用文具上的便条:"切记,不要将科特勒医生的枕头放在任何普通枕头之上。这个枕头本身就能发挥效果。如果两周之内没有明显的改善,请给我打电话 RE 4－4482。如果是长期病症,开始时可辅以推拿。对于顽疾,则可采用催眠技巧。"这张便条署名是"疼痛病症专家,查尔斯·L.科特勒医生"。

说不定,这个枕头真的起作用,能让疼痛完全消失?他简直等不及天黑,这样他就可以枕着这个神奇的枕头睡觉。他迫不及待地期盼一月四日开学那天的到来。他迫不及待地期盼一九八一年的到来——到了那一年他就可以开自己的诊所,最迟也就一九八二年。他将把这个枕头带到芝加哥——而抛弃他的情人们。他和格洛丽亚·加兰特的关系实在有点过分,即使对像他这样的残障人士而言。当祖克曼头枕《罗热同义词词典》躺在地垫上,而格洛丽亚跨坐在他脸上之时,他终于明白,人实在无法指望痛苦的遭遇能带来什么高尚的影响。她是别人的妻子,一个被丈夫宠爱、无可替代的妻子,而她的丈夫是个亲切的理财魔术师,曾成功地劝祖克曼远离 3A 级债券,并在三年内成功地让他的资产翻了一倍。马文·加兰特是《卡诺夫斯基》的忠实粉丝，一开始甚至拒绝向祖克曼收费；在他们初次会面时，这位会计说，如果国税局质疑内森的合理避税手段，他将自掏腰包支付一切罚金。马文宣称《卡诺夫斯基》是他自己的人生写照；而对于此书的作者，他将竭尽所能为其效劳。

　　是的，无论如何他都必须让自己至少不能对格洛丽亚出手——但他实在无法抵御她美胸的诱惑。孤独地躺在地垫上，遵循风湿病专家的建议，拼命想找出能让他分散注意力不去关注病痛的方法，而每当此时，他总是不由自主地想起她那一对傲人的丰胸。在由四位美女组成的"后宫"中，只有和格洛丽亚在一起时，他的无助感才能降到最低——而格洛丽亚看起来则是四人中最开心的一个，看上去有些一反常态的兴奋，仿佛在快乐中获得了独立，尽管她是为了满足他那低级的需求。她的胸不仅能让他浑然忘我，还具备传送食物的功能：格林伯格的巧克力蛋糕、赫布斯特太太的果馅饼、扎巴的黑面包、卡维阿特里亚餐厅里拿来的大鲟鱼、珍珠中餐厅的柠檬鸡块、热腾腾的烤宽面条。她派私人司机开车去阿伦大街的西摩山公园路买青辣椒塞肉，然后回车里加热青椒作为他的晚餐。她则穿着红狐狸毛做的俄罗斯骑兵款式外套冲进厨房，出来的时候手里端着冒着热气的锅，而全身上下只穿了一双高跟鞋。格洛丽亚年近四十，黑发褐肤，身材结实强壮，她那一对高耸的圆润乳房像两张箭靶,乳头边缘还长着令人欲血贲张的细幼毛发。她的脸很像西班牙裔的黑白混血儿:一双杏眼,宽阔突出的下颚,饱满的嘴唇弯起一个特别的上扬角度。她的背上有些擦伤。祖克曼并不是她野性宠溺的唯一对象,但他不在乎。他享受美食,品尝美胸。他在她的胸上舔舐食物。格洛丽亚绝不会忘记在包里放进各种小道具:乳头开洞的胸罩、无裆的内裤、宝丽来照相机、震动式阳具、润滑剂、古奇蒙眼布,还有一条天鹅绒编织的绳子——以及在他生日时附送的额外款待:一克可卡因。"时代变了,"祖克曼说,"你所需要的只是一个避孕套。""小孩一生病,"她说,"你就得带玩具来。"没错,人们曾经相信酒神节仪式对肉体的痛苦有治疗的效果。此外还有一种古老的疗法,即覆手礼[1]。格洛丽亚身上体现着古典史学。而当祖克曼高烧卧床时,他母亲的治病方法是和他一起在床边玩纸牌。为了让家务不至于中断,她会在他的卧室里支起熨衣板,边熨衣服边和他聊学校和朋友。他仍然喜爱熨斗的气味。而此时,格洛丽亚用手指沾了点润滑剂伸进他的肛门,开始谈论她和马文的婚姻。

祖克曼说:"格洛丽亚,你是我见过的最淫荡的女人。"

---

1 覆手礼,或称按手礼,用于洗礼、坚振、圣秩(神品)圣事,主礼在教友头上覆手,以示祝福或领受圣神的礼仪。

"如果我不是你见过的最淫荡的女人，你就有麻烦了。我每个礼拜和马文干两次。每次我都要放下手中的书，熄灭手中的烟，把灯关掉，然后和他滚到床上。"

"你躺着？"

"不然还能怎样？然后他就插进来，我非常清楚怎么做会让他高潮。接着他嘴里嘟囔了几句乳头啊爱啊什么的，就射了。然后我打开灯，从床上爬起来，点上一支烟，继续看我的书。我正在看你跟我说过的那本。简·里斯[1]的。"

"你怎么做会让他高潮？"

"我像这样转三圈，再反向转三圈，然后像这样用指甲沿着他的脊柱往下滑——他就射了。"

"也就是说你做了七件事。"

---

1 Jean Rhys (1890—1979)。1966 年，在英国文坛出了件震撼人心的事：销声匿迹多年的英籍女作家简·里斯在七十二岁高龄时推出了她的最后一部长篇小说《藻海无边》，此书一出，轰动了英伦三岛，评论家们称之为里斯的"了不起的东山再起"。在此书中，简·里斯借用了夏洛蒂·勃朗特的名著《简·爱》中罗切斯特的疯妻这个角色，根据《简·爱》中留下的蛛丝马迹，凭自己对西印度群岛的了解，以及她对生活在那儿的白人后裔的了解，把夏洛蒂未详细叙述的这个来自西印度群岛的克里奥尔姑娘的故事再现出来，挖掘了伯莎·梅森这个形象的潜在意义，从正面塑造了伯莎·梅森的形象——一个从小受歧视、受迫害、嫁给罗切斯特以后被逼疯的女人。

"对。七件事。接着他说了一些关于我的乳头和爱情的话，然后就
射了。之后他就睡熟了，这样我就能打开灯继续看书。这个简·里斯
吓到我了。有天晚上读过她书里写的关于那个疯女人和贫穷生活的内
容之后，我躺到他身边吻他，说：'我爱你，甜心。'但和他做爱太难
了，内森。越来越难。在婚姻中你总是想：'情况不可能更糟糕
了'——而第二年情况却更糟。这是在我必须履行的职责当中最令我
厌恶的一条。他快高潮的时候有时会对我说：'格洛丽亚，格洛丽亚，
快说点色情的话。'于是我不得不努力想，然后照做。他是个很棒的父
亲，也是个很棒的丈夫，他理应得到他应得的帮助。但即使如此，有天
晚上我真的觉得我无法再这样忍受下去了。我放下书，关了灯，然后
等一切结束之后终于对他开口了。我说：'马文，我们的婚姻中缺少了
某样东西。'但那时他已经昏昏欲睡，开始打呼噜了。'安静，'他喃喃
着。'嘘，睡觉吧。'我实在不知道该怎么办。我什么都做不了。最奇
怪、最可怕，也最让我困惑的是，毫无疑问，马文是我这辈子的真爱，
而且不容置疑地，我也是马文这辈子的挚爱，尽管我们从来没有不幸
福，这十年来我们拥有充满激情的婚姻，还有许多婚姻带来的额外好
处：健康、金钱、小孩、奔驰车、双洗涤槽、避暑别墅以及所有的一
切。如此悲惨又如此依恋。这简直毫无道理。现在我有三大恐惧，三
个巨大的恐惧：贫穷，死亡，衰老。我无法离开他。我会崩溃的。他也

会崩溃的。孩子们会发疯，而这样他们就毁了。但我需要寻求刺激。我三十八岁了。我需要别人额外的关注。"

"所以你开始出轨。"

"这也很要命，你知道。做这种事情你没法一直控制自己的感情，也没法控制别人的感情。我有个情人，想和我一起私奔到加拿大的不列颠哥伦比亚。他说我们可以靠种地生活。他很英俊，很年轻。头发茂密，非常野性。他上门来维修古董，结果却开始维修我了。他住在一个可怕的阁楼里。他在和我上床的时候说：'我真不敢相信我在干你。'这让我非常兴奋，内森。我们一起洗澡，这非常有趣。但是有什么理由能让我放弃做亚当和托比的母亲，放弃当马文的妻子？如果孩子们丢了东西，而我又在不列颠哥伦比亚，那谁能帮他们找呢？'妈咪，我的橡皮在哪儿？''等一下，亲爱的，我正在厕所里。等等啊。我会帮你找到的。'有人要寻找某样东西，而我能提供帮助——那就是母亲的职责。你丢了东西，我必须帮你找。'妈咪，我找到了。''我很高兴你找到了，亲爱的。'而我确实很高兴——当他们找到橡皮的时候，内森，我真的很高兴。我就是因为这样爱上马文的。我第一次去他的公寓，结果不到五分钟，他就看着我问道：'我的打火机在哪里，格洛丽亚，我可爱的小打火机？'然后我就站起来四处寻找，并且真的被我找到了。'在这里，马文。''噢，太好了。'我立刻就对他着迷

了。就这么回事。你看，我和我那可爱的意大利小情人一起洗澡，为
他浓密的头发和他坚硬的二头肌着迷，这是我生活的目的——但是我
怎么能离开那些人，指望他们能自己找到丢失的东西？和你是没有关
系——和你在一起就像和弟弟的感觉一样。你有需求，我也有需求，
仅此而已。还有，你也知道那个来自康涅狄格的可爱的小淫妇有多
好。"有一天下午她不请自来，让司机把一株盆栽棕榈树拖进病房给房
间来点绿意，结果偶然撞见了戴安娜。"她对你来说非常合适。年轻，
出身良好，而且穿着那条短裙非常性感——甜美多汁，就像咬一口新
鲜的苹果或梨一样。我喜欢她的毒舌。和她的高 IQ 形成恰到好处的对
比。当我们在为了把树摆在哪里而争论不休的时候，我看到她在走廊
深处——在厕所里补妆。就算有个炸弹扔在那里，她也不会知道的。
我要是你的话，不会抛下她的。"

"我无法，"祖克曼的下体被格洛丽亚的手指穿透，艰难地说，"抛
下任何人。"

"那就好。有些女人也许只把你当成猎物。这就是那些女人想要的
一切——一个正在遭受痛苦的男人，除此之外，生活富足。她们悉心
照料，抢占功劳，而如果上帝发难，他没能挺过来，就可以在他死后拥
有他的生活。哪个女人不想成为名人的寡妇，你指给我看。她可以拥
有他的一切。"

"这是指所有的女人，还是光指你？"

"内森，如果上帝要让这一切发生，我不能想象有哪个女人会无法忍受这样的安排。幸运的是，这个女孩子还太年轻，不知天高地厚，她还不了解这些基本法则。好吧。在你开始抱怨这一切时，让她在你心中葆有新鲜感吧。你的生活优越。没有哪个犹太母亲会像我这样低估病痛折磨的重要性。不信的话就看看《卡诺夫斯基》这本书。犹太母亲懂得如何对待她们受苦的孩子。如果我处于你这样的境况，我肯定会留心的。"

在他去安东毛发研究诊所就诊时，雅嘉总是扎着白色方巾，身穿白色长袍，开始给他的印象像是个写护嘱的新手；她讲话时带着斯拉夫人的口音——她一身医生的打扮，一直以负责而让人生厌的专家态度，用手指轻轻按摩他的头皮——这让他想起《癌症病房》[1]里的女医生，那是他在牵引病房里度过漫长一周时引以为指导的另一部作品。他是那天最后一个病人。第二次治疗结束后，当他离开科莫多尔酒店回家时，偶然在范德比尔特街区看见雅嘉走在前面。她穿着一件久经磨损的黑色毛毡外套，背后的红色绣花镶边已经开始松动。这件曾经

1　《癌症病房》，俄罗斯作家索尔仁尼琴的小说，揭露专制政治对人性的戕害。

在别处十分时髦如今却显得廉价的外套，某种程度上破坏了她在小诊室里让脱发病人感受到的无形压力。她那急匆匆的步伐让她看上去像是正在逃跑。也许她确实在逃跑：为了躲避他在享受温柔的指尖按摩时向她提出的各种问题。她瘦小而脆弱，肤色呈现出脱脂牛奶的色泽，脸型狭长尖窄，没有多少肉，略带倦容，看上去有点像只小老鼠，直到治疗结束，她解开头巾，露出一头散发着玉米穗光泽的浅褐色头发，去掉了这层头巾的遮掩，她便微妙地流露出一种娇弱且过度紧张之状，她深不可测的紫色双眼也突然变得惊人的深邃。不过他并没有试图在街上追赶她。因为病痛，他没法跑动，尤其是想起自己几次友好提问却被她语带讽刺地鄙视，他决定假装没有看见她。"帮助他人，"当祖克曼询问她为何会进入毛发研究诊所时，她这样回答。"我喜欢帮助有困难的人。"为什么她要移民到美国来？"我这一辈子都梦想到美国来。"她觉得这里怎么样？"每个人都很好。每个人都希望你过得愉快。我们在华沙可没有那么多好人。"

第二个星期，对于他提出的喝一杯的邀请，她表示同意——回答得非常简短，听上去像拒绝一样。她表示自己很赶，只有喝一杯酒的时间。在酒吧的包厢里，她很快喝完了三杯酒，接着，没等他提问，就解释了她之所以留在美国的原因。"我在华沙感到很无聊。我感到倦怠。我想要改变。"又过了一周，她对于饮酒的邀请再度表示同意——

虽然看上去还是像拒绝，而这次她喝了五杯。"真不敢相信你离开华沙只是因为你感到很无聊。""别来那么陈旧的套话，"她说，"我不想要你的同情。需要同情的是诊所的病人，不是头发茂盛健康的技术员。"

又过了一周，她来到了他的公寓。祖克曼透过棱镜看着她喝干了他让她打开的一瓶酒。由于病痛，他已经没法旋开红酒瓶的木塞了。他用一根可弯折的吸管慢慢啜饮着伏特加。

"你为什么躺在地上？"她问。

"这个问题细说起来就太乏味了。"

"你出过事故？"

"就我所记得的，没有。你呢，雅嘉？"

"你必须多多忍受别人，"她说。

"你怎么知道我应该怎么生活？"

她醉醺醺地又强调了一下她的论调。"你必须学会忍受别人。"但是，由于酒精的作用，再加上她的口音，她说的话有三分之二对祖克曼来说根本无法理解。

他在门口帮她穿上外套。自从他第一次看见她在范德比尔特街区匆匆赶路之后，那件毛毡外套的镶边已经缝补好了，但这件衣服需要的是一件新的衬里。而雅嘉自己看上去就像没有衬里的衣服。她看上去像是被剥去了外壳一样，露出了半透明的白色物质，而那外面甚至

没有膜裹着，只有裸露在外的苍白果肉。他觉得如果伸手触摸她，这
种刺激一定会让她尖叫起来。

"我们两人都有某些地方腐坏了，"她说。

"你在说什么？"

"你我都是偏执狂。我绝不能再到这里来了。"

很快，她每天晚上回家路上都到他这里顺道拜访。她开始画眼
影，往身上喷胡椒味的香水，而当他坚持问一些愚蠢的问题时，雅嘉的
脸就会像一只小老鼠一样绷紧。她穿着一件和她双眸颜色一致的紫色
丝质衬衫；尽管最上面的纽扣没系，她也并没有流露出要移到地垫上
的意思。相反，她在沙发上舒展四肢，惬意地裹着阿富汗毛毯，给自己
一杯杯地倒红酒——然后返回自己在布朗克斯区的住处。她穿着丝袜
爬上祖克曼藏书室的梯子，浏览整个书柜。她在最上层的隔板处探头
问是否可以借本书，却忘记把书带回家。每一天，都有一本十九世纪
美国经典小说加入他书桌边的书堆，全是她想借却没有带回去的书。
她半是藐视半是认真地讽刺她自己，讽刺祖克曼以及他的藏书室和梯
子，仿佛对一切梦想和抱负都嗤之以鼻，同时把她堆积书本的地方命
名为"我的地盘"。

"为什么不把书拿回家呢？"祖克曼问。

"不，不，我从不把伟大的小说拿回家。这种形式的诱惑对我这把

年纪来说已经没用了。话说回来，你又为什么会准许我来这里，这片艺术的圣地？我并不是什么'有趣的角色'。"

"你在华沙是做什么的？"

"我在华沙做的事和现在的一样。"

"雅嘉，你就不能放过我吗？为什么不能坦率地回答这样一个低级问题？"

"拜托，如果你在寻找一个有趣的人写进你的小说里，就去邀请安东诊所里的其他姑娘吧。她们比我年轻，比我漂亮，比我愚蠢，你问这些低级问题会让她们感到很得意。她们比我有更多的冒险故事要告诉你。你可以脱下她们的裤子，这样她们就会出现在你的小说里。但如果你找我是为了性方面的需要，那我只能告诉你我没有兴趣。我痛恨色欲。这事很令人讨厌。我不喜欢那种气味，我不喜欢那种声音。和某个人做一次两次没有关系——但超过这个范围，就是污秽的男女关系了。"

"你结婚了吗？"

"我结婚了。我还有个十三岁的女儿。她和她外祖母一起住在华沙。现在你是不是知道关于我的一切了？"

"你丈夫是做什么的？"

"他'做'什么？他显然不是像你这样的写作爱好者。为什么一个像你这么聪明的文化人要问关于人们'做'什么这样愚蠢的问题？因为你是个美国人，还是因为你是写作爱好者？如果你正在写书又想让我的回答对你有所帮助，我是做不到的。我太乏味了。我只是雅嘉，每天在你的梯子上爬上爬下。而如果你试图用你得到的回答来写书，那你就太乏味了。"

"我问你问题只是为了打发时间。你一直都是这么愤世嫉俗的吗？"

"我不懂政治，我对政治不感兴趣，我不想回答关于波兰的问题。我不关心波兰怎么样。让那些事见鬼去吧。我来这里是为了摆脱那些烦人的事，而如果你能让过去的事就这样过去了，我会感激你的。"

在十一月一个风声呼啸的夜晚，雨点和冰雹敲击着窗户，温度骤然跌至零度以下。祖克曼给了雅嘉十美元，让她打车回家，结果她把钱甩在他脸上走了。几分钟后，她又出现在门口，黑色的毛毡外套早已湿透。"你什么时候想再见我？"

"由你决定。任何你感到愤怒的时候都可以。"

仿佛要撕咬一般，她猛地冲向他，狠狠地吻他的嘴唇。第二天下午她说："这是我两年来第一次吻别人。"

"你跟你丈夫呢？"

"我们早就不这样做了。"

她所叛逃的那个男人并不是她丈夫。这是雅嘉第一次解开新丝质衬衫的其他纽扣并在地垫上跪在他身旁时，告诉他的。

"你为什么要叛逃他？"

"你瞧，我真的不该告诉你那么多。我一说'叛逃'你就兴奋。果然是有趣的角色。你听到'叛逃'这个词比看到我的身体时还兴奋。我太瘦了。"她脱下衬衫，摘掉胸罩，把衣物扔在书桌上，就在那堆借来的书旁边。"我的胸对美国男人来说太小了。我知道的。也不是美国人喜欢的形状。你肯定没料到我看起来会这么老吧。"

"恰恰相反，这是孩童的身材。"

"对，孩童的。她因为共产党而受了很多苦，可怜的孩子——我会把她写进书里。你为什么一定要那么老套？"

"你为什么要那么难以相处？"

"难相处的是你。为什么不能就让我到这里来喝喝酒，假装借点书再吻吻你，如果我觉得这样做挺好的话。任何一个有点良心的男人都会这么做。有些时候你应该忘掉写书的事。这里"——等她把裙子脱掉，撩起衬裙，她手撑着地背过身去，把全身的重量都放在她撑地的手掌上。"这里，你可以看见我的屁股。男人都喜欢这样。你可以从后面干我。这是我第一次这么做，你可以对我做任何想做的事，任何能让你开心的事，但不要再问我那些问题了。"

144

"为什么你在这里那么讨厌被人问问题？"

"因为我被抛弃在了这里！愚蠢的男人，我当然痛恨被人问问题！我和一个被抛弃的男人住在一起。他在这里能做什么？我在毛发诊所里工作没什么问题，但男人干这个不行。他要是做这种工作，不出一年一定崩溃。但是我恳求他和我一起逃跑，求他把我从那种疯狂中解救出来，所以我没法要求他在纽约市里干那些清洁地板的工作。"

"他来这里之前是做什么的？"

"我要是告诉了你，你一定会误解的。你会觉得这非常'有趣'。"

"也许我不像你想的那样那么容易误解。"

"他把我从那些摧毁我生活的人当中解救了出来。所以现在我必须把他从这种流放生活中解救出来。他把我从我丈夫手中救了出来。把我从我情人手里救出来。他把我从那些毁灭我热爱的一切的人手里解救出来。在这里，我就是他的双眼，是他的声音，是他生存的源泉。如果我走了，他一定会痛苦而死。这不是被不被爱的问题，这是爱某人的问题——不管你信不信我说的话。"

"没有人让你离开他。"

雅嘉拔去第二瓶红酒的木塞，赤身裸体地坐在他身边，飞快地喝下半瓶酒。"但是我想离开他，"她说。

"他是谁？"

"一个男孩。一个不用大脑的男孩。我的情人在华沙就是这么问他的。他看见我们俩在咖啡店，就径直火冒三丈地朝男孩走去。'你是谁？'他对那男孩怒吼。"

"那男孩怎么回答？"

"他回答：'不关你的事。'对你来说可能并不觉得这是什么英勇行为。但他确实是英勇的，当面对一个年龄是他两倍的男人的时候。"

"他为了成为英雄而和你逃跑，而你和他逃跑是为了逃跑。"

"你现在一定觉得你理解了我为什么喜欢你书桌边自己的地盘。你现在一定觉得你理解了我为什么喝你那贵重的葡萄酒喝得烂醉。'她正盘算着把那男人踢了，换成我。'但事实并不是这样。尽管我是个脆弱无助的逃亡者，但我绝对不会爱上你的。"

"很好。"

"我会让你对我做任何你愿意做的事，但我不会爱上你。"

"可以。"

"只是很好，只是可以？不，对我来说这应该是好极了。因为我是这个世界上最容易和错误的男人陷入情网的女人。我在共产主义国家里保有这项记录。这些男人不是已婚，就是杀人犯，要么就是像你这种不会再爱别人的人。温柔、富有同情心、和蔼、有钱有酒，但对你感兴趣的原因主要是把你当成一个研究对象。温暖的坚冰。我了解作家。"

"我不会问你是如何了解的。请继续说。"

"我了解作家。美好的感情。他们用美好感情的洪流冲昏你的头脑。但一旦你不再为他们提供素材，这种感情很快就消失不见了。一旦他们把你研究透彻写下来，你就出局了。他们所给予的只有关注而已。"

"你可能会更惨。"

"啊，是啊，诸如此类的关注。对被关注的模特来说，在这种关注持续的时候，还是很诱人的。"

"你在波兰是什么样的人？"

"我告诉你了，是全世界最容易爱上不该爱的男人的女人。"她再度表示可以摆出任何体位来让他感到快乐和满足。"你想怎么射都可以，不用等我一起高潮。比起提更多问题，这对作家来说更有好处。"

那什么对你才更好呢？想要满足她的要求不对她提问实在太难了。雅嘉关于作家的说法是对的——自始至终，祖克曼都在盘算要是她能告诉他足够多的故事，他也许能从她说的事情中找到灵感开始写作。她侮辱他，她痛斥他，告别的时候，她有时会变得无比愤怒，必须极力控制自己不伸手打他。她想要崩溃，想要被救赎，同时也想变得英勇，想要战胜自己，而似乎她最痛恨祖克曼的地方在于，尽管他只是默默地听着这一切，却总是让她想起自己哪一样也做不到。作为一个日益衰落的作家，祖克曼竭尽全力让自己无所畏惧。绝不能把享乐和工作混淆起来。他是来倾听的。倾听是他能给予的唯一治疗手段。他想，她们来我这，向我倾吐心声，而我用心倾听，偶尔会说："也许我比你所以为的更了解，"这些病人和我的人生之路相逢，被生活的重担和各自的悲哀压弯了腰，但是，对于他们所受到的苦痛，我却无法提供治病良方。多么可怕，这个世界的苦难对我来说竟然是有益的，因为对我这座磨坊来说，苦难正是难得的原料——原来，当我面对任何人的沉痛往事时，我所能做的一切只是希望能将之转化为写作素材，但如果这也算一个人着魔的方式，那这就是他着魔的方式。这个行业有其疯狂的一面，而这点诺贝尔奖委员会是不会讨论的。像别人一样拥有纯洁并无关利益的动机是好的，尤其是面对需要帮助者的时候，但是，哎，这行不通。作家能治愈的唯一病人只有他自己。

　　等到雅嘉离开，等到格洛丽亚过来和他吃过晚餐后，他又花了几个小时试图继续往磁带里录制另一份针对阿佩尔的回复。之后，他告诉自己："今晚就开始吧。今晚就着手做这件事。"然后尽他所能，他把下午雅嘉躺在他身上时发表的慷慨激昂的长篇演说一字不落地誊写下来。她的骨盆在他身上有规律地上下起伏，就像一丝不苟的钟表滴答声，又像某种有节奏地自动震动的节拍器。轻轻的，规律的，不知疲倦的抽插，如脉搏一般清晰可辨，却又如此轻微，让人无法忍受，而全程她都滔滔不绝地讲着，说话的方式和她做爱的方式一样，持久、撩人而又冷漠，仿佛他这个人以及他们正在做的这件事是她还没有彻底鄙视的行为之一。他觉得自己就像一个犯人，企图用勺子挖通地道越狱。

"我恨美国，"她说。"我恨纽约。我恨布朗克斯区。我恨布鲁克纳大道。在波兰，即使是村庄里也至少有两幢文艺复兴时期的建筑物。这里只有丑陋的房子，一幢接着一幢，而且美国人还会直截了当地问你问题。你没法和任何人进行精神上的沟通。在这里你不能贫穷，我很痛恨这点。"滴答。滴答。滴答。滴答。"你认为我精神病态。认为我是疯狂的雅嘉。你觉得我应该学学美国女人——典型的美国人：精力充沛，积极向上，才华横溢。就像所有那些聪明的美国姑娘所想的：'我可以成为演员。我可以成为诗人。我可以成为老师。我很积极，我一直在成长——我在该成长的时候没有成长，但现在我成长了。'你觉得我应该学学这些无聊的美国好姑娘，学学她们那由善良、热情、才华构成的天真和质朴。'像内森·祖克曼这样的男人怎么可能在和我相爱两个星期后就把我抛弃？我是那么善良那么热情那么积极那么聪明又在不断成长——怎么可能会发生这种事呢？'但我可没这么天真，所以你别担心。我的心里有许多阴暗面供我受伤时回归。无论他们心里有

149

什么样的阴影，都求助于心理医生为他们解释疏通。这样，他们就痊愈了。生活变得充满意义。成长。他们信这一套。有些人，那些聪明人，他们兜售这种观念。'在这段关系中，我学到了很多。这让我更成熟了。'如果他们的心里有阴影，那也是有好处的阴影。当你和他们睡觉的时候，他们会微笑。他们让这一切变得美妙。"滴答。"他们让这一切变得美丽。"滴答。"他们让这一切变得温暖柔情。"滴答。"他们让这一切变得充满爱意。但我没有这种美国式的乐观主义。我无法忍受失去恋人。我受不了。我不会为此微笑。我也不会为此成熟。我会消失！"滴答。滴答。"我有没有告诉你，内森，我被强暴了？在我冒雨从这里离开的那天？""不，你没告诉过我。""那天我冒雨走向地铁，喝得很醉。我当时觉得自己没法走到车站——我醉得走不动路。然后我招手要了辆出租车，让司机载我去车站。一辆轿车停下了。我记不太清楚。是这辆车的司机。他也有一个波兰名字——我只能记得那么多。我想我上车以后一定是晕过去了。我甚至不知道我是否做了什么挑逗对方的事情。他就这样载着我开啊开啊开。我以为我正在前往地铁站，然后他停下车，说我应该付他二十美元。但我身上没有二十美元。然后我说：'嗯，我只能给你写张支票了。'而他说：'我怎么知道这张支票是可以兑现的？'我只好说：'那你可以打电话给我丈夫。'这是我最不情愿做的事，但我当时喝醉了，我也不知道自己在做什么。然后我给了他你的号码。""这个时候你在哪里?""不太清楚。我想是在西岸。于是他说:'好吧,那我们给你丈夫打电话吧。这里有家餐厅,我们可以进去打电话。'于是我就进去了,结果那并不是餐厅——就是一段楼梯。在那里他把我推倒,强暴了我。完事后他又开车送我到车站。""这感觉很恐怖,还是没什么?""啊,你想要'素材',我懂的。那没什么感觉。我喝太多了,什么都感觉不到。他怕我之后会报警,因为我跟他说我会这么做。我告诉他:'你强暴了我,我不能就这么算了。我离开波兰不是为了到美国来被波兰人强暴的。'而他说:'是吗,你可能已经和上百个男人睡过觉了——没有人会相信你的。'我根本没有报警的打算。他是对的——他们不会相信我的。我只想告诉他,他做的事情非常可怕。他是个白人,有一个波兰名字,长得很帅,很年轻——为什么?为什么男人喜欢强暴喝醉酒的女人?那样有什么乐趣?他把我载到车站,问我怎么样,一个人是否能上车。甚至还陪我走到站台,给我买了车票。""非常慷慨。""他后来一直没有打电话给你?""没有。""对不起,我给了他你的号码,内森。""这完全没什么关系。""那个强暴本身——完全没有意义。我回到家洗了个澡,发现那里有一张寄给我的明信片。是我在华沙的情人寄来的。结果当时我就开始大哭。那终究还是有意义的。我,收到明信片!他终于写信给我了——而且是一张明信片!在他给我寄明信片之后,我总觉得我眼前出现幻觉，仿佛看到了战前我父母住的房子——所有关于以前的幻觉。你的国家也许从伦理上讲比波兰要好，但即使是我们，即使是我们——你现在想射了吗？"即使是我们怎么样？"即使是我们也理应拥有比那更好的国家。我几乎从出生开始就没有过过正常的生活。我不是一个很正常的人。我曾经有个孩子，告诉我我身上的味道很好闻，我做的肉丸是世界第一。这一切也消失了。现在我连半个家都没有。现在我有的是'无家'。我说了这么多是想说，在你厌倦和我做爱以后，我会表示理解的——但是请求你，"她边说边抽插着，而此刻他已毫无预兆地射了出来，"求求你，不要把我当成一个朋友那样抛弃。"

就像他和雅嘉喝酒、和格洛丽亚抽烟那样，他尽全力从地上撑起来，坐在椅子上，膝上的小桌板上放着一本摊开的笔记本，脖子上固定着围领，极力想象他仍不知道的那部分内容。他思考着自己和她相差无几的自我流放。而她的自我流放又和科特勒医生有几分相似。像他们这样的自我流放也应该是一种疾病吧；这种孤独感也许两到三年就能消散，也可能永远萦绕在脑海里，一辈子挥之不去。他试图在脑海里勾画他想象中的波兰，一段过去，一个女儿，一个情人，一张明信片，仿佛只要他能以作家的身份重新开始创作和他自身经历不同的全新故事，他的病就能治好。《雅嘉的痛楚》。但他什么也写不出来。尽管在地球的每个角落，都有人因折磨、毁灭、残忍、失落而痛苦落泪，也并不意味着他能随意把别人的故事变成自己的，无论他们的故事相对于他平凡琐碎的生活而言，是多么激情洋溢而震撼无比。任何人都能像读者一样，被一个故事征服感动，但读者毕竟不是作者。绝望也同样没有帮助：写一个故事一定不止耗费一个晚上的时间，即使是坐着写也是一样。此外，如果祖克曼写了这些他不了解的事，那么谁又要来写他了解的事呢？

只是，他究竟了解什么？那个他可以掌控、禁锢了他所有情感的故事，已经完结了。她的故事不属于他，而他自己的故事同样也不再属于他了。

为了让自己准备好离开地垫并跋涉八百英里飞往芝加哥——而这一年来他到过最远的地方也不过是去长岛拿镇痛仪——他先花了十五分钟在价值上百美元的全新淋浴头下洗了个澡，这是因为哈马赫尔·施莱默信誓旦旦地保证说接连不断的热水冲击对他的病情恢复很有好处。但事实上喷出来的水却有如毛毛细雨般绵软无力。一定是住同一幢褐石老楼的邻居在用洗碗机或是给浴缸蓄水。等他冲完澡，他看上去确实得到了热水的充分滋润，却没感觉比洗澡前好多少。即使在水压充足、水流够大的时候，他也从来没觉得有任何变化。他擦去药柜镜上的水蒸气，凝视着自己刚洗完热水澡而红彤彤的身体。看不出身上有什么对身体有害的地方，连一小块红斑都没有；只是他那曾经引以为豪的上半身，如今看起来如同每天晨浴后刚从睡眠造成的僵硬中苏醒那样脆弱。按照理疗师的建议，他每天进行三次滚烫的热水淋浴。水流的冲击力使得水温翻倍，这样有利于舒展痉挛的肌肉，用高温激起的局部疼痛来化解肌肉的痛楚。"高度刺激止痛"——这个原理被他运用于针灸、热水澡间隙的冰敷以及从旅馆屋顶往下跳。

他边擦干身体，边用手指在身上按捏，直到确定肌肉最酸痛的位置，那是肩膀到左侧斜方肌的中间地带，火辣辣地一直延伸到颈椎第三节的右方，头颈和左二头肌腱的交界处也是一动就疼。第八和第九根肋骨之间的肌肉只是有些许酸痛，比他两小时前自我检视时确实有所改善，而左三角肌的沉重感或多或少处在可以忍受的范围内——大约和一个棒球投手在寒冷的九月晚上投了九局比赛后的感觉差不多。如果疼痛的范围只限于三角肌部位，他完全可以幸福快乐地生活下去；如果他可以和一切疼痛之源签订契约约定他必须承担的痛苦，甚至死亡，那么不论是斜方肌的酸痛，或是颈椎的刺痛——他所遭受的多重病痛的任何一处，他都愿意拿来换取永远的解脱……

他在脖子底部和肩胛带处喷洒了早晨第二支霜状氯乙烷（这是他上一个整骨专家送他的礼物）。他把围领（这是神经病学专家帮他戴上的）粘得更紧以支撑脖子。吃早饭的时候，他已经服用了复方羟可酮止痛药（这是风湿病学专家勉强同意开给他的）并进行自我辩论——胆怯的受难者对战有责任感的成年人——关于那么快就服用第二颗药的是与非。一连几个月，他都努力让自己两天内只服用四颗复方羟可酮，以免形成药物依赖。可待因[1]让他脑筋变得迟钝，而且整天昏昏欲睡，而复方羟可酮不仅能让痛感减半，还能温柔地刺激他想起那可悲地早已衰弱的健康感。复方羟可酮对祖克曼来说，就如同莫洛伊[2]的吮吸石一般——没有了这个他无法继续活下去。

尽管内心有个老声音在发出为时过早的警告，他还是不介意抽上一口大麻烟：八百英里的旅程实在让人不安，让他无法思考除此之外的事。他在冰箱放鸡蛋的隔层里储存着一打大麻烟，以便随时取用，还有装在塑料袋里约莫一盎司的量（是戴安娜从芬奇的药典得到的）储存在放黄油的隔间里。一根长条大麻烟，以免他去招出租车时支撑不住：他戴着围领准备搭乘的不过是从布拉柴维尔出租车公司船运来的二手车而已。尽管他并不能指望大麻能像复方羟可酮那样让疼痛缓

1　可待因，采自鸦片的镇痛止咳剂。

2　塞缪尔·贝克特的三部曲小说《莫洛伊》中的人物。贝克特是二十世纪爱尔兰作家，创作的领域包括戏剧、小说和诗歌，尤以戏剧成就最高。他是荒诞派戏剧的重要代表人物。1969 年，他因"以一种新的小说与戏剧的形式，以崇高的艺术表现人类的苦恼"而获得诺贝尔文学奖。

解下来，但吸上一两口确实能让他从对疼痛的被迫专注中抽离出来，效果甚至能长达半小时。等他抵达机场，第二颗复方羟可酮（尽管欲言又止，但是果断服下）就该开始发挥作用了，这样他就可以将剩下的大麻烟留到旅途上再使用。很快地吸上两口——在抽完第一支长条大麻烟之后——然后，他可以小心地掐灭烟头，放进他衣袋里的火柴盒中妥善保管。

他开始打包：灰色的西装、黑色的皮鞋、黑色短裤。他从衣柜里选了一块颜色最暗淡的薄绢手帕，再从抽屉里挑了一件领尖有纽扣的蓝色衬衫。这是去医学院面试时穿的衣服——这是他二十五年来出席所有公开场合的装扮。为了继续对抗脱发，他把荷尔蒙滴剂、粉红色的七号敷料、一罐安东特制的护发素以及洗发水装进包里。为了继续对抗疼痛，他把电动镇痛仪、三种品牌的药片、一瓶未开封的氯乙烷喷剂、大冰袋、两块电子加热板（形状狭窄类似绳索的加热板用来绕在他的脖子上，那块又长又重的板则盖在他的肩膀上）、冰箱里剩下的十一支大麻烟以及印有他名字首字母图案且装有浓度百分之百伏特加（这是马文的公司赠送的：一箱苏联红牌伏特加以及一箱香槟作为他四十岁的生日礼物）的蒂芙尼银质细颈瓶（这是格洛丽亚给他的礼物）装进包里。最后他把科特勒的枕头也放进了包里。而以前他如果去芝加哥，总是带着一支笔、一本本子，以及一本书以供旅途中阅读。

他决定在到达拉瓜迪亚之前绝不打电话告知任何人他预定去哪
里。甚至到了拉瓜迪亚他也不一定打。他知道，只要女人们的几句嘲
笑，就能动摇他此行的决心，而一想到布拉柴维尔出租车以及东河岸
的路面坑洞以及不可避免的飞机晚点，他的决心已经动摇了。也许他
不得不排队。也许他不得不拎着手提箱到达终点。而就在今天早上，
他连把牙刷伸进嘴里都十分费力。并且所有他无法完成的事情里，手
提箱只是一切的开始。十六小时的有机化学课？十二小时的生物课？
八小时的物理课？他连《科学美国》里的一篇文章都看不懂。而以他
的数学水平，他甚至无法看懂《一周财经》里的商业记账。当个理科
生？他一定是在开玩笑。

还有个问题必须搞清楚：他究竟是神志清醒的，还是正处于慢性
病痛导致的某种被称为"为寻求奇迹般的痊愈而造成的歇斯底里症
状"。这也许是他此次芝加哥之行的唯一用处：朝圣者奔赴圣地朝拜。
如果是这样，那就要小心了——接下去就会轮到占星学。而更糟糕的
情况是，基督教。只要屈服于渴求奇迹的欲望，你就会踏入人类愚蠢
的终极境界，进入罹患疾病的人所独有的最荒谬的白日梦魇——进入
福音书中，会见我们最伟大的疼痛治疗专家、巫毒派医生耶稣基督。

为了让因打包而紧张的肌肉休息一下，也为了恢复自己飞往芝加
哥的勇气——或者换句话说，为了打消这可能会让他真的飞（下斯坦

霍普旅馆房顶）的疯狂念头——他躺在凌乱的床单上，在黑暗的斗室中舒展着四肢。这个卧室相较于一楼客厅更为突出，一直连到后院的楼梯井处。要不是有这个房间，这本应是间漂亮舒适的公寓，这间屋子阴郁沉闷，狭小阴冷，只能说比地下室的阳光略微充足一些。两扇无法擦洗的窗户上装着防盗铁栅栏。侧窗在院子里垂死枯树干的遮蔽下显得更为阴暗，而后窗则被一台空调遮住了半边。地毯上躺着一堆凌乱的接线——是镇痛仪和加热板的电线。床头柜上则堆了厨房里近一半的玻璃杯——他用这些杯子倒水服药——旁边还有一个卷烟机和一叠卷烟纸。一张餐巾纸上散落着绿色的大麻种子。两本打开的书叠在一起，是在旧书店买来的二手货：一本是写于一九二〇年关于整形外科药物的书，里面配有让人毛骨悚然的手术照片，还有一本是亨利·格雷[1]长达一百四十页的《解剖学》（一九三〇年版）。他已经花了几个月的时间研究医学书籍，并不是为了获得入学许可而临时抱抱佛脚。牢狱律师会在床下和监狱的墙上储存他翻烂了的书，而一个认为自己被非法执行刑期的病人也会做些类似的事情。

卡带式录音机放在双人床空着的另一边，他和这个录音机一起在

1　Henry Gray（1827—1861），英国外科医师与解剖学家，著有经典教科书《格雷氏解剖学》，在二十五岁时获选为皇家学会会员。

凌晨四点坠入梦乡，一整夜他手里都一直紧紧抓着米尔顿·阿佩尔的文件夹，而非戴安娜。格洛丽亚已经回到马文的身边，雅嘉则哭着回了布朗克斯区，他在椅子和地板之间来回折腾，想要从雅嘉说的话中构思出一些属于她而不属于他的故事。终于，他给戴安娜打了电话，苦苦哀求她留下来陪他，却遭到了拒绝。绝望——不仅仅是因为大麻和伏特加。如果你跳出自我的框框，你就无法成为作家，因为你的灵感源泉是个人经历，而如果再依靠个人经历来写作，他很快就会完蛋的。但丁逃离地狱都比你逃离祖克曼-卡诺夫斯基的牢笼容易得多。你没法代表她的华沙——是她的华沙代表了你想要的东西：不掺杂搞笑的痛苦，巨大的历史之痛，而不是脖颈的疼痛。战争，毁灭，反犹太主义，极权主义，承载了文化命运的文学，在动乱的中心诞生的写作，这种牺牲至少比忍受作为迪克·卡韦[1]的节目嘉宾进行些鸡尾酒会式的闲聊要有意义得多——有些意义，任何意义。被自我意识束缚。被追忆束缚。被我自己导演的剧本束缚，直到我死去。关于米尔顿·阿佩尔的故事？关于我脱发的小说？我无法面对这些。谁脱发都可以，但不能是我。"戴安娜，过来陪我过夜吧。""不。""为什么不？为什么不

---

1 Dick Cavett (1936—)，美国著名电视访谈节目主持人，从上世纪六十年代到二十一世纪连续五十余年一直活跃于美国电视界。

来？"因为我不想连续十小时在地垫上安抚你，再花十小时听你尖声控诉这个米尔顿·阿佩尔。""但这一切都过去了。"可是她已经挂断了电话：祖克曼已经成为另一个骚扰她的可怕男人了吧。

他摆弄着录音机，倒带，然后按下了"播放"键。因为放音系统的缺陷，他听见自己的声音阴森可怖，忧郁哀伤，不由得想：我还不如揿下"倒退"键好。我从这开始录的。

"亲爱的阿佩尔教授，"他那如鬼魂般颤抖的声音吟诵着，"我的朋友伊万·菲尔特把你给他的信转发给了我，在信中你向他提了一个古怪的要求，让我代表以色列在专栏版上写一篇文章。也许这并没有那么古怪。也许你已经对我和犹太人改观，因为你把艾尔莎·斯特朗伯格从像戈培尔[1]（她把我在《调查》杂志信件专栏写的文章和这位戈培尔先生相比）那样的反犹太者与祖克曼那样不喜欢犹太人的群体中区分了出去。这真是最高尚仁慈的妥协之举。"

他按下了"停止"键，然后又按下"快进"，再按"播放"。他的声音怎么可能像他听到的这般愚蠢呢。问题一定是出在磁带的速度上。

1　Goebbels (1897—1945)，德国政治家。曾担任纳粹德国时期的宣传部长，被称为"宣传的天才"，以铁腕捍卫希特勒政权和维持第三帝国的体制。最后据希特勒遗书被任命为第三帝国的总理。

"你给菲尔特写信，说对于'人物角色与作者之间的差异'，我们这样的'成年人'不应该哄骗自己（哄骗学生倒是可以的）。然而，这难道不会造成矛盾——"

他躺在床上倾听着，直到带子卷到头。任何说出"这难道不会造成矛盾"这种话的人都应该被干掉。你说我说过。他说你说过。她说我说他说你说过。这种黏稠、迂腐、可怕而单调的声音。我的生活是艺术。

不，他需要的并不是大吵一架；他迫切需要的是和解，但并非是和米尔顿·阿佩尔。他仍然无法想象自己和亲弟弟的关系如此疏远。当然这种事确实会发生，但是如果你真的听说亲兄弟彼此不说话，那真的是一件可怕、愚蠢而令人难以置信的事情。他无法相信一本书对亨利来说相当于一件杀人武器。对于像亨利这么聪明睿智的人，不可能因为这么愚蠢的理由而和他断绝来往长达四年。也许他只是在等作为兄长的内森主动给他写信或打电话。祖克曼无法相信亨利这样可爱体贴、心胸宽广又宅心仁厚的孩子，会真的这样年复一年地仇恨自己。

毫无根据地，祖克曼将他真正的敌人锁定在卡罗尔身上。是的，他们就是那种知道如何憎恨并且会一直憎恨他人的人，就像卑怯的老鼠，永远无法直视你的双眼。不要和他接触，她一定是这样和亨利说的，否则你会变成他书上的一个可笑角色——还有我，以及我们的孩子。或者是因为财产问题：像这样的家庭分裂，通常不可能是文学作品造成的。卡罗尔憎恨内森分享了亨利父母留下的一半家产，而内森早已通过污蔑赐予他财产的人而获得百万财富，交完税后还到手一大笔钱。哎，但是卡罗尔不是这样的人。卡罗尔是个自由、有责任心、善良的女人，她那富有开明思想的忍耐度正是她值得自豪的优点。但如果没有什么原因让亨利止步不前，那为什么内森过生日时都没有收到过来自弟弟的祝福消息？自从他去读大学后，每年生日都会接到亨利打来的电话。"哎，感觉怎么样，内森，十七岁的生日？"接着是二十五岁的生日。三十岁。"四十岁？"祖克曼本可以这样回答——"亨利，如果我们可以少说废话一起吃个午饭，会感觉好多了。"但是四十岁的生日来了，又过去了，而他没有收到任何来自家族里其他人的电话、卡片或电报；只有马文在那天早上送了他香槟，马文的妻子在下午把自己送给了他，而傍晚，喝醉的雅嘉把脸颊贴在地垫上，屁股抬起对着他，失声喊道："钉死我，钉死我，用你那犹太人的尖刺把我钉死吧！"祖克曼总是在想，到底是没有抓住机会宣布休战的亨利愚蠢，还是自己更愚蠢，以为步入四十岁会自动解除亨利身为内森·祖克曼弟弟所承受的压力。

他抓起床边的电话，却连个区号都拨不下去，疲惫得不得了。每当他想要给亨利打电话时，类似的事情总是重演。他对自己的多愁善感觉得厌烦，一如他厌烦他们的正义感一样。他无法在拥有他作品的同时拥有弟弟。

他拨的是珍妮的号码。这是至今为止他唯一不亏欠任何解释的人。

他让电话铃声一直响着。她也许正拿着画板在果园里画雪堆，或是拿着斧头在小木屋里砍柴。就在一天前，他收到了一封来自贝尔斯维尔的信，在这封既长又迷人的信里，她这样写道："我感觉到你正处于某种疯狂的边缘。"为此他不得不仔细端详了好几遍，以确认她写的是疯狂的边缘而非已经发疯了。和真正的崩溃做斗争是可怕的。也许会耗费和念医学院一样长的时间。甚至更长。即使是在他解除婚姻后——他仍然无法和像他一样井井有条的人和睦相处——他也没有发疯或是消沉。不管当时情况有多么糟糕，他都能保持理智，直到新的伴侣出现，帮他找回往日的平衡。只是在最近的半年里，一阵阵阴暗可怖的混乱迷惑才开始侵蚀他的平静生活，而这一切并不全都是病痛造成的：更多的原因是，他无法精心呵护曾呵护了他的书籍。在以前，他实在无法想象度过哪怕一个礼拜没有写作的日子。他甚至曾经纳闷，千千万万的普通人不事写作是如何熬过每一天的狂风骤雨的——那些苦恼充斥着他们的大脑，却不知来由，也无法道出原因。如果他不培育他假想中的祖克曼家族，他的生命便毫无意义，大概只能用消防栓来诠释自己的存在了。但是他既没有什么存在需要诠释，也没有足够的想象力将看似自我暴露他现在究竟是怎样存在于这个世界的存在转化为小说。他那辞藻华丽的语言已经消耗殆尽：他被那些不公正的事捆缚了手脚，堵住了口鼻，被碾压得粉碎，只剩自己这颗无法假设的脑袋。他无法再假装自己是别人，而他也不再这样是自己作品的媒介。

在电话铃声响到第十五声的时候，珍妮气喘吁吁地接起了电话，祖克曼却立刻挂断了。如果他告诉她自己要去哪里，她一定会像戴安娜那样阻止他的。她们全部都会阻止他的，正如理智突破重围一样。雅嘉会用她那含糊的口音给他波兰式的绝望洗礼："你想要和那些心中拥有普通而热情的追求的人一样。你想要和中产阶级一样拥有美好的感觉。你想要成为医生，就和某些人承认没有犯过的罪行是一个道理。你好，陀思妥耶夫斯基。别来这种老一套了。"格洛丽亚则会大笑着说些荒谬的话："也许你需要个孩子了。我可以冒着重婚的危险给你生一个。马文不会介意的——他比我还更爱你呢。"但珍妮拥有真正的智慧，她一定会阻止他的。他甚至不明白为什么她会愿意继续搭理他。为什么她们都愿意搭理他。对于格洛丽亚来说，也许到他这里穿着丁字裤懒洋洋地或坐或躺是她一周里有几个下午都会做的事；戴安

娜，这个正在萌芽的斗牛士，任何事情都愿意尝试；雅嘉则需要在她那
不像家的家和安东诊所之间寻找一处避难所，而他的地垫是她能找到
的最好的地方。但为何珍妮也会掺一脚呢？珍妮属于冷静妻子中的一
员，作家的妻子，和爆破专家一样能够娴熟地拆除作家可怕的多疑症
和酝酿中的怒火，并定期砍掉在书房里悄悄萌芽的不和谐的欲望，她
们是可爱的女人，不会咬断你的命根子，漂亮可爱、头脑清楚、可以依
赖的女人，从小在充满纷争的家庭中就是尽职的女儿，长大后成为完
美的女人，但最终他还是和她们离了婚。既然珍妮有强烈的意愿，又
有一颗从不绝望的心，你想要一个人走下去是想证明什么呢？

纽约，贝尔斯维尔

更新世早期

亲爱的内森：

我感到自己坚强乐观，并像往常一样，在我有这种感觉时
吹着进行曲的口哨，而你却变得越来越绝望。这几天你的脸上
总是闪过某些表情，只有在性生活之后才会消失大约五分钟。
最近我感觉到你正处于某种疯狂的边缘。我了解这点，是因为
我心中有某些东西被瓣成跟你一样的形状（这听起来比我真正
的意思要淫秽下流些）。有很多事是你不需要为了取悦我而做

的。我的祖母（她让我告诉你她穿十六号的外套）曾经说过：
"我只希望你幸福快乐"，而这曾经让我很恼火。幸福并不是我
所追寻的一切。多么无趣啊！最后，我终于对这个词有了更深刻
的了解，我在大自然中找到了简单的幸福。你找到了一个可以让
她幸福快乐的女孩。我就是这样的女孩，如果你有兴趣的话。

　　我从来没告诉过你，从法国回来时我内心困惑，所以去找
了个心理分析师。他说，那些拥有难以驾驭的性本能的男女往
往容易走上极端的自我压抑；而拥有不那么强烈的性本能的
人，则能放任野兽在体内奔腾。我说我心中有某些东西被掰成
跟你一样的形状，这句话需要进一步解释其意。（从色情的方
面来说，我们——女人——在很年轻的时候就决定了自己或是
女祭司，或是祭品。我们坚持这点。接着，在步入事业的中途
时，你会渴望改变，当初你给了我一千块让我在波道夫挥霍一
空，这就是你给我的机会。这点需要进一步解释。）

　　大雪封山了。从昨晚开始，十二英寸的积雪上又增添了十
英寸。今日山上的最高温度：○度。一个崭新的冰川世纪正在
到来。我正在把这一切画下来。古怪，苍白。我觉得我要是照
镜子，会发现自己长了剑齿虎那样的牙齿。你还活着吗，还好
吗，还住在纽约吗？从周一我们的谈话看来，我觉得你过得不

太好。我挂了电话，觉得你跟我以前认识的某人很像。米尔顿·阿佩尔真的是最后的结局吗？我们就叫他特维[1]好了，这样你还会生气么。他觉得你所做的一切都是为了残酷的玩笑？我觉得你的作品里到处都是亲切温情的玩笑。对你的自我质疑我感到很吃惊。在我看来，一个好的小说家与其说是像世俗文化的大祭司，倒不如说像一只聪明的狗。对某些刺激尤为敏感，就像狗敏感的嗅觉一样，在他们的相互交流之中有选择性地提取需要的部分。这样的组合产生的不是说话，而是吠叫、哀鸣、狂躁不安地挖洞、瞄准、噪叫、匍匐，什么都行。一只好狗，一本好书。你就是一只好狗。这还不够吗？你曾经写过一本名为"百感交集"的小说。为什么不读一读呢？至少读一下标题。由于对自己的家庭、国家、宗教信仰、教育甚至自身性别怀有复杂的情感而书写作品和自己的命运。就我而言，我无法什么都不说，对我自己说这是不一样的。这里有一栋可供出租的小房

---

1 特维 (Tevye)，根据阿来赫姆的犹太文学作品改编的两幕音乐剧《屋顶上的小提琴手》中的男主角特维。他是一位养乳牛的东欧犹太人，平时以给人们送牛奶为生。他具有非常开明的思想，并深爱着他五个未出嫁的女儿。为了她们的幸福，一开始他虽然接受了富有的屠夫向大女儿的求亲，最后还是同意让大女儿如愿嫁给了青梅竹马的穷裁缝，并勇敢地破坏了传统，让二女儿和激进的大学生自由恋爱；甚至突破了心理上极大的矛盾，最后接受三女儿和俄罗斯族青年的私奔。他是一位非常了不起的慈爱父亲。

子，你一定会喜欢的。不像我的房子那么原始，但很温暖舒适。离我的房子也很近。这样我就可以知道你一切安好。我可以把你介绍给住在周围的人，和你聊聊天。我可以把你介绍给大自然。没有任何事物比得上大自然：**最抽象的艺术也会使用来自大自然的颜色**。你已经四十岁了，身处人生的中点，而你已经精疲力竭。我不想妄自给你诊断，但你已经厌烦自己，厌烦为自己想象的目的服务，厌烦与犹太人阿佩尔们格格不入的目的斗争。而在这里你可以把这一切都抛诸脑后。如果你没法克服你的病痛，至少你可以放下包袱：可怕的自尊以及寻找动机——无论好坏。我并没有建议你在我的白色魔山里进行七年的治疗，但何不看看七个月会发生些什么？我实在无法想象有人会把纽约当成家。我也不认为你曾经或现在把它当做家。你显然不是像那样住在那里的人。你根本没有住在那里。你把自己锁在病房里。而在这树林里，你很少需要战胜孤独感。大部分时候那是对人颇有补益的孤寂。在这儿，离群索居是顺理成章的。我就住在这儿嘛。如果情况恶化，你可以和我聊聊。我现在只有自己和猫咪可让我关切，这种生活已渐渐使我失衡了。

以下是更多对你的世界观有帮助的引文。（睿智的人说话也相当陈腐。)

我在人生旅程的半途醒转，

发觉置身于一个黑森林里面，

林中正确的道路消失中断。

——但丁

人生的乐事，莫过于在冬天能亲密接触深厚的积雪，秋天
身边落满金色的落叶，夏日沐浴在玉米田里，而春天则徜徉在
青草的海洋；人生的乐事，莫过于能一直和刈草机及乡下女孩
一起，夏日抬头看清澈的蓝天，冬天围坐在火炉边取暖，觉得人
生历来如此，将永远如此。你可以随意地在稻草堆上睡觉，嘴
里嚼着黑面包，嗨，你只会因此变得更为健康。

——凡·高

你亲爱的

乡下女孩

附：你的肩膀仍然不好，我感到很遗憾，但我觉得这并不会阻止

你。如果我是个恶魔，和我的属下一起密谋如何让祖克曼闭嘴，其中一个喽啰说："让他的肩膀疼痛怎么样？"我一定会说："不，不好意思，我可不觉得这会有效。"我希望你的痛苦能够平息，想想看，如果你到这里来，不多久你就会感到体内紧张的关节逐渐放松。但如果这没有效果，你也可以带着病痛生活，带着病痛写作。生命真的要比死亡强大得多。如果你不相信我所说的，就来看看我新出的十七世纪荷兰现实主义大开本画册吧（三十二美元）。扬·斯泰恩[1]如果不这样宣称，他也没法画出哪怕是装潢画里的一个大头钉。

不，他不想告诉她自己的计划，他也不想去附近租一栋小屋。我渴望的是我往日的活力，而不是隐居得更深；我的工作是让大众明理，不是为了高高在上地独自生存。即使有你陪我聊天，冬天有火炉，夏天看天空，这些都无法造就一个全新而有力的人——这只会让我们生出一个儿子。我们的儿子一定会跟我一样。不，我不能像这样在温暖舒适的小屋里受人关爱。我不想支持那分析师关于"回归婴儿模式"的虚无观点。现在是时候宣布放弃一切了——为了让我们的民族重聚！

1　Jan Steen (1626—1679)，荷兰现实主义画家。

　　但是，如果珍妮的黑面包真的能治愈我呢？有很多事是你不需要为了取悦我而做的。你找到了一个可以让她幸福快乐的女孩。我现在只有自己和猫咪可让我关切，这种生活已渐渐使我失衡了。不多久你就会感到体内紧张的关节逐渐放松。

　　这没错，但是在最初想要治愈我的新鲜感褪去之后呢？毫无疑问格洛丽亚是正确的，一个正在饱受病痛折磨的男人（此外一切正常）对某些女人来说是一种强烈的诱惑，但如果他无法逐步好转，对方也无法获得温柔的回报，那时该怎么办？每天早晨九点，她会准时去她的工作室，直到午饭时分才回来——全身沾满了各种颜料，满脑子都想着自己的画作，只想匆匆吞下一个三明治好赶紧回去工作。我明白那种投入。我的前妻们也明白。如果我身体健康，全神贯注地看书，我也许会动身前往，买一件风雪式大衣、一双雪靴，和珍妮一起变成农民。白天专注于自己的事，像大地的奴隶一样勤勤恳恳地耕耘脑力劳动的产物，然后在晚上一起放松，分享食物美酒，交流感情，纵情做爱。但是分享性爱容易，分享痛苦却难。她很快就会明白这点，而我最终只能一个人枕着冰袋阅读《艺术新况》，学习憎恨希尔顿·克莱默[1]，而她则不管白天黑夜泡在工作室里，和她的凡·高一起。不，他

1　Hilton Kramer（1928—2012），美国艺术批评家和文化评论家。

无法忍受从一名艺术家变成艺术家的宠物。他必须摆脱所有女人。尽管和像他那样的人厮混没什么可疑的，但他依赖她们之中任何一人都是错误的。她们用自己的善良、宠溺、顺从，带着我最需要用来逃离这个陷阱的工具逃走了。戴安娜更为聪明，珍妮是个艺术家，雅嘉是个真正的受害者。而和格洛丽亚一起时，我感觉自己更像格里高尔·萨姆沙[1]坐在壁橱下的地板上，等他的妹妹给他拿来残羹剩饭。所有这些声音，这持续不停的合唱，生怕我会遗忘一般地提醒我，自己是多么不可理喻，多么空虚无助，但又如此收入丰厚，即使在不幸时仍然如此幸运。如果再有一个女人向我说教，我一定会在精神病院的病房里度过余生。

他给科特勒医生打了个电话。

"我是内森·祖克曼。您所说的'疼痛病症专家'是什么意思？"

"你好啊，内森。这么说我的枕头你已经收到了。你已经在使用了。"

"枕头到了，是的，多谢您。您给自己的头衔是'疼痛病症专家'。现在我正躺在这个枕头上，想着我应该打个电话问问您这是什么意思。"

1　卡夫卡小说《变形记》中的主人公。

但是他打电话是为了查明在难以催眠的顽固患者身上实施催眠过程的效果；他打电话，是因为德高望重的医生用正统的医疗手段无法减轻他的痛苦，因为医生的年龄或古怪程度让他无法拒绝这种可能有效的疗法，或是因为这名医生刚好和他自己一样来自同样的废墟故乡，是个怀有思乡之情的自我流放者。每个人都来自某个地方，活到某个年纪，带有这样或那样的口音。治病的良药既不会来自上帝，也不会来自西奈山医院，现在这点已经很清楚了。在他自己接受催眠治疗那么多年后，催眠已经看似回天乏术了，但如果真的有人可以直接跟疼痛对话，无需探索疼痛的意义，无需干涉自我停滞状态……

"疼痛病症学究竟是科特勒自创的词，还是一种真正可以研究学习的医学分类？"

"这是每个医生每天都会学习研究的一门科学，只要有病人走来对他说：'医生，我这里痛。'但我凑巧想到以疼痛病症学作为我的专攻，是因为我的治疗方法：反药方，反机器。我重新使用听诊器、体温计，还有镊子。剩下的你只需要两只眼睛、两只耳朵、两只手、一张嘴，还有最为重要的一样工具：临床的直觉。疼痛就像是个在哭喊的婴儿。它无法表达它到底想要什么。而疼痛病症专家能发现它的需求。慢性疼痛是一块谜一样的境地，我的同行中很少有人花时间去研究。他们中的大部分人都很害怕这种病症。大部分医生都惧怕死亡和垂死症状。人们在临死的时候，需要常人无法想象的巨大支持。而一个惧怕死亡的医生是无法为他们提供这点的。"

"您今天下午有空吗？"

"如果对方是内森·祖克曼，我不管白天夜晚都是有空的。"

"我想来拜访您，我想和您谈谈如果枕头没有用的话该怎么办。"

"你听上去非常心烦意乱，我的孩子。过来吧，先吃个午饭。我这里可以眺望东河。我搬进来的时候曾想过我愿意一天花四到五个小时眺望这条河。但现在我是如此之忙，以至于几个礼拜过去了，我甚至忘记了这里还有条河。"

"我想和您谈谈催眠。催眠，按照您在便条里的说法，有时对我这种情况很有帮助。"

"在不低估你病情的情况下，它对于比你严重得多的病情都有效。哮喘、偏头痛、结肠炎、皮炎——我曾见过一个人因为三叉神经痛而企图自杀，对脸部来说，那是一种噩梦般的剧痛，而此人通过催眠治疗后重新开始了他的生活。在我的从业生涯里，我曾治疗好了无数别的医生认为已经没救的人，到现在，我甚至没空给这些被我用催眠治好的病人回信了。这些邮件多到我的秘书需要再雇一名秘书的地步。"

"我一个小时后到您那边。"

但是一小时后，他却坐在小房间里凌乱的床铺上，给马萨诸塞州的剑桥打电话。他已经受够了战斗之前的畏缩。但是我没有退缩，这也不是第一次攻击。如果我充满耐心地一一指出他那上百处的错误，他会坐起来认真听么？你指望他会感到悔恨？你以为打个长途电话告诉他他不识字就能获得他的祝福？他表达了关于犹太人的正确想法，而你表达了关于犹太人的错误想法，不管你如何嘶吼，都无法改变这点。但正是这些阿佩尔们用他们那邪恶的犹太之眼诅咒了我的肌肉。他们在我身上扎针，我大声喊疼，同时吞下一打止痛片。但对付邪恶之眼的方法是用一根燃烧的树枝把它挖出来！可他不是我父亲的代理人，更不是年轻的内森渴望取悦且忍不住与之对立的伟大勇士首领。我不是年轻的内森。我是安东毛发诊所里一名四十岁的患者。一旦你开始真的脱发，就不再在乎是否被"理解"。那个临终前还称你为混蛋的父亲已经死了，超越道德判断的所谓"犹太性"的忠诚也已经死了。而这一切是我从米尔顿·阿佩尔身上发现的，从他自己的某篇象征他思想的作品里发现的。而你犯不着去告诉他这一点。

然而理性分析已经太迟了：他已经接通了哈佛大学，正在等候接线员连接英语系。这是文学真正肮脏的一面，这些受到刺激而导致的言语交锋，但如果搅拌这堆狗屎是唯一能使之好转的方法，我就只能进入更烂的狗屎堆了。除了我的病痛，没什么能失去的。除非阿佩尔和我的病痛没什么关系。这种疼痛在那篇文章登出的一年前就已经开始了。并不存在什么犹太的邪恶之眼或是双重犹太不祥之物。疾病是一种器质性状态。疾病和健康一样自然。我的动机并非复仇。事实上并没有什么动机。只有神经元细胞，十亿两千万个神经元细胞，它们中的任何一个都能不借助某个书评的帮助而使你发疯。去接受催眠治疗吧。即使没有这个淳朴自然。就让这个玄妙的小小疼痛病症专家成为你童话里的教父吧，如果这是你所追寻的倒退的解决方法。去让他喂你午饭吧。让格洛丽亚过来，你们可以再给彼此戴上眼罩。出发去山上。和珍妮结婚。但不要再在阿佩尔们的法庭上提出上诉了。

英语系教学秘书将电话接到阿佩尔的办公室，一个研究生接了电话，告诉他尊敬的教授现在不在。

"他在家里吗？"

"不好说。"

"你有他家里的电话号码吗？"

"打不通。"

毫无疑问，这是个学徒，将尊敬的教授的所有观点都奉为神圣珍宝，包括那些针对我的观点。

"我是内森·祖克曼。"

祖克曼想象在电话那头的学徒窃笑着传了张隐晦的恶搞纸条给另一个窃笑的学徒。那边一定有几打这样的学生。我曾经也是他们的一员。

"是关于阿佩尔让我写的一篇文章。我是从纽约打来的。"

"他最近身体不好，"学徒回答道，"恐怕你得等到他回来才行。"

"等不及了，"祖克曼告诉他。"我身体也不好。"接着立刻打给了波士顿信息中心。当接线员寻找郊区的地址列表时，祖克曼把关于阿佩尔的文件夹中的内容都在床上摊开。他把那些医学书推到地毯上，在床头柜上把所有他戴着围领未写完的信件整理了一下。在他如此激动的时候，他对自己的即兴演讲能力产生了怀疑；然而，如果他可以静待到能够冷静思考理性说话的时刻，他也不会打这个电话了。

一个女人接起了阿佩尔在牛顿镇住处的电话。是那个在海滩上漂亮的褐发妻子吗？她现在一定是满头白发了。每个人都在逐步走向睿智，除了我。你在电话中需要做的是记录他的原创见解。你在电话中正在做的是成为那些给你打过电话的人中最疯狂的那一类。当你看见他在沙滩上闲逛着走过你的身边，你是否对他狭窄的肩膀和柔弱的白色腰肢留下了深刻印象？他当然痛恨你的作品。所有碍事的都不对他的胃口。从来都不对——至少在书里如此。你们两个是完美的最差配对。你从你的缺点中提取故事，为你的恶魔构想双倍的情节——而他认为批评是美德的呼声，是责备我们失误的讲道坛。美德伴随着特权。美德是目标。他教书，他审判，他纠正——正义才是一切。而对于正义来说，你通过伪文学途径把不合理的欲望付诸行动，犯下了去崇高化的文化罪行。这场争论就是如此陈腐：你不应该从生殖生活中编写一出犹太人的喜剧。把勃起迸发的阴茎留给异教徒吧。升华吧，我的孩子，升华吧，就像那些给了我们原子弹的物理学家那样。

"我是内森·祖克曼。我可以和米尔顿·阿佩尔说话吗？"

"他现在正在休息。"

"这件事相当紧急。"她没有回答，因此他又阴沉地补了一句，"是关于以色列的事。"

他边打电话，边翻看着床头柜上的信件，寻找适合开局的话。他选中几句（因为其简洁又富有攻击性），又放弃（因为缺乏技巧又缺乏尊重），又重新考虑了（为了这些缺点着想）前一天晚上他放弃描写雅嘉之后写下的三句话：关于雅嘉，他甚至无法写出三个字来。阿佩尔教授，我很确信，最易让一个人或一个团体招致神经质犯罪感的暴力特点，是大众的正义和无知。反犹太人的根源是如此深刻复杂，灭而不绝。然而，不管以什么形式，说到犹太人公开发表声明讨论关于异教徒的意见和偏见，这究竟是否有效，有一句写在厕所墙上的话也许比你想让我发表在专栏版上的文章对我们更有好处："犹太人天天手淫。"

"我是米尔顿·阿佩尔。"

"我是内森·祖克曼。很抱歉在您休息的时候打扰。"

"你想要什么？"

"你有时间和我说几句话吗？"

"请直言，究竟想要什么？"

他究竟病得有多严重？比我还严重吗？听起来很紧张。压力沉重。也许他一直这样，或者他肾脏里的东西比结石要严重得多。也许邪恶之眼对双方都发生了效力，我成功地让他得了恶性肿瘤。我不敢说我对他的恨意没有达到这种程度。

"我的朋友伊万·菲尔特把您寄给他的信转寄给了我，里面提到要求我写一篇关于以色列的文章。"

"菲尔特把那封信给了你？他没有权利这么做。"

"不管怎样，他已经做了。把你对于他朋友内森·祖克曼的那段话复印了一份。现在我手里正拿着呢。'你为什么不让你的朋友内特·祖克曼写点东西，等等……除非他觉得可以让犹太人带着他们的历史伤痛去吃屎。'古怪的要求。非常古怪。对我来说，在这样的语境下，是让人愤怒的古怪。"祖克曼此时已经开始朗读其中一封未写完的信件了。"尽管您总是定期改变对于我这个'案例'的观点，就我所知，自从您在《调查》杂志里将戈培尔这样的反犹太主义者和祖克曼这样'讨厌我们'的人做了区别对比后，您又一次经受了痉挛。"

他的声音早已失控，因为愤怒颤抖得如此厉害，他甚至想播放前一天晚上录好的磁带，让它来替代自己通话，直到他恢复往日那个成熟、自信、理智、权威的成年人的应有语调。但是不行——净化需要比这些更多的荡涤，否则你还不如躺在科特勒医生的枕头上喝喝酒。不行——用你那仿佛锤敲大钟般怦怦直跳的心脏把痛苦一股脑儿赶出去吧。他试着想象这一幕应该如何发生。痛苦从他的上半身轮廓里源源不断地喷涌而出，在地板上蜿蜒前行，弥漫到家具上，蜿蜒着穿透百叶窗，爬出他的公寓，穿过整栋大楼，让每扇窗户都在窗框中格格作响——这是他释放的痛苦吼声，在整个曼哈顿区回荡，于是夜晚的《邮报》上登了这样一则头条消息：**祖克曼释放痛苦，十八个月磨难以音爆告终。**"你给菲尔特写信跟他说的事显然不是你会直接跟我说的，而如果我对信的内容没有误解，你好像怀疑（当然这是私下的，没有发表在期刊或讲台上）我远不是像在作品里那样讨厌犹太人'生而为犹太人'并在病理学上辱骂他们，反而可能正在因为他们的烦恼而烦恼——"

"请等一下。你完全有权利生气，但不应该主要针对我。这段菲尔特好心发给你的话来自我写给他的私人信件。他从来没有询问过我是否能将其转发。而他这么做的时候，必须明白这样做只会激起你的怒火，因为我所写的内容显然不够礼貌，而且代表了某种个人情绪的爆发。不过，在我看来，这种事正是他写的那本书中足部畸形的角色干

180

得出来的。我认为这件事确实充满挑衅、充满敌意并且十分卑鄙——对我们两个人来说。不管你怎么看待我对于你作品的评价或是大致观点，你也许会同意这点，那就是如果我要直接写信给你，希望你给专栏版写一篇关于以色列的文章，那我一定会更有礼貌，绝对不会说出任何激怒你的话，不管那是正确的还是错误的。"

"就因为在给我直接写信的时候会更'礼貌'，却不管您在那篇文章中对我的作品是如何评论的——"虚弱的辩解。卖弄学问。绝不能即兴讲话了，免得失去了自己的立场。

他的目光在床上四处搜索，寻找前一天晚上写下的三行言辞尖刻的文字。这张纸一定是掉到地板上了。他努力不让自己弯曲脖颈或转头，从地上拾起了那张纸，却在匆忙反击的时候赫然发现自己读的那一页并不是他想说的内容。"考虑到你跟学生说作家和笔下角色之间是有区别的并不是你的真心话，假设这就是你所认为的——但除去这本书的语气不谈，除去环境的情节，除去动态的行为，完全抛开围绕主题的上下文语境，这本小说的精神、韵味、生命——"

"不好意思，不过我没有这个精力听你上文学课。"

"不要自吹了。我说的是矫正式阅读。不要挂电话——我还有其他要说的。"

"对不起，不过我没法再听下去了。我没有料到你会希望我对你的作品写些除了恶评之外的评论。在这样的时候，压力是不可避免的。但我真的感到，如果菲尔特有点节操的话，我们两个的关系可以不必像这样恶化。我给他写了一封私人信件以回报他对我的拜访。我有权利认为私人信件不应随意流传，除非我给予这样的权利。而他从没有问过我的意见。"

"您先是批评我，现在又开始批评菲尔特了。"那就是他生病的原因吧，祖克曼终于意识到了这点。沉迷于批评。他对于批评他人这件事已经无法自拔。所有的裁定，所有的审判——什么对文化有好处，什么对文化有坏处——而终于这一切开始侵蚀他，让他走向死亡。让我们期待吧。

"请让我说完，"阿佩尔说。"是菲尔特给了我暗示，说你确实对以色列怀有强烈的关切。如果你知道我为什么要这么写，可能不会减轻你的怒火，但至少你应该明白我的建议不仅仅只是无缘无故的挑衅。我只是把这条建议留给了我们的朋友伊万，就我所知，他的才能从这里完全可以看出。我的信只是给他看的。如果他能表现得更为得体——"

"像您一样。当然。有礼貌地、得体地、礼节性地、高雅地、正直地、有教养地——噢，这真是一块华丽的遮羞布！您真是干净清白！"

"那你的遮羞布呢？请停止辱骂吧。你的这个电话，除了想表示这是你的遮羞布之外，还有其他的目的吗？如果菲尔特表现得体，他应该这样写信给你：'阿佩尔认为，如果你能给专栏版写一篇关于以色列的文章会很有效，因为现在局势黑暗，而他觉得你祖克曼拥有他所没有的读者群。'"

"这所谓的读者群指的是什么人呢？像我这样讨厌犹太人的人？还是像戈培尔那样用毒气杀死犹太人的人？还是那些经过深思熟虑挑选的我要去迎合的人——正如您在《调查》杂志里文明、得体、高雅的说法那样——选择'受众'，而不是像您和菲尔特那样选择读者。我这精心算计的亚文学恶作剧，还有您那从不受到玷污的批判之心！您竟然还说菲尔特充满敌意，十分下流！菲尔特身上让人作呕的特点，在阿佩尔身上就是优点——在您身上一切都是优点，即使是最无耻的动机也可以。然后您又在那篇血淋淋的文章里厚颜无耻地说我站在'高人一等'的道德高度！您说我的罪是'歪曲事实'，然后又歪曲我的书，告诉世人这书有多么歪曲事实！你歪曲了我的意图，然后又指责我歪曲！您用您那十吨重的引力抓住我的喜剧作品，把它变成一出歪曲的滑稽戏！我这里是粗俗、充满恶意的想象力产物，您倒是充满高尚、理想的人文主义关怀！我是个投向流行色情文化的背叛者，您则是信念的维护者！西方文明！伟大传统！严肃观点！好像严肃不会和其他任何事物一样愚蠢一样！您这个好说教的混蛋，您这一辈子到底有没有不肆意进行道德审判的时刻？我怀疑您甚至都不知道如何才能不这样做。所有你们这些没被玷污、没有腐化、毫不自私、忠诚负责、思想高尚的犹太人，善良可靠的市民犹太人，背负了犹太人民的重担，开始忧虑以色列的未来——像健身者一样高抬着下巴对自己的美德沾沾自喜！米尔顿·阿佩尔，善良美德的查尔斯·阿特拉斯[1]！噢，那难度巨大的角色所带来的安慰啊！看看您是如何表演的吧！甚至还戴着谦虚的面具来把我们这些落伍之人踢出局！我是'时尚的'，您则是年长的。我四处乱搞，您在深刻思考。我那狗屎一样的书是现学现卖的，您则作出明智的重新评价。我是一个'案例'，我有'事业'，而您则有您的职位。噢，让我来告诉您您的职位吧——压制笑声弘扬崇高价值拉比学会会长！除割礼手册外犹太作品官方风格部长。规则一：不准提及你的生殖器。你这愚蠢的傻子！我要是抛出你年轻时写的文章看你怎么办，你说自己无法变成像老爸和其他犹太人那样完全的犹太人——那是在你还没僵化腐朽变成激进的成人主义分子之前你自己写的！我不知道那帮在《调查》杂志里吵得不可开交的人对此会说些什么。你自己变得如此合法纯洁之前，曾经写过这样的满腹牢骚；让我

1　Charles Atlas（1892—1972），意大利人，健身运动之父，以其为主题的广告宣传活动在当时历时最久、最令人印象深刻。

184

觉得百思不解的是，你竟然能把这件事忘得一干二净，偏偏却记得我出道时写的那几篇东西！"

"祖克曼先生，你有权对我个人抱有任何想法，我也会试着接受，正如你显然已经接受了我对你作品的评价一样。但让我觉得奇怪的是，你好像没有说到任何关于那个建议本身的意见，不管你对这个做建议的人抱有怎样的怒火。可是，即将发生在犹太人身上的事是比我如何看待你作品更为重要的事，不管那是我早期或晚期的看法，或是你对我看法的看法。"

噢，他如果是那个十四岁的吉尔伯特·卡诺夫斯基该多好啊，他会告诉他不管犹太人发生什么，都他妈的拿这个爆他的菊花吧。但现实中，他是四十岁的祖克曼，所以为了向自己展示作家和笔下人物的区别，他挂了电话，清楚地发现自己的病痛完全没有任何好转。站在堆满纸张的床上，他举起紧握的拳头，猛砸狭小斗室的天花板，他怒吼，他尖叫，发现给阿佩尔打电话发泄怒火之后，他的情况反而更糟糕了。

第四章

燃烧

起飞的时候喝下双份伏特加，飞越宾夕法尼亚的水路地带时再到飞机盥洗室里抽上三口大麻烟，于是祖克曼目前的情况一切良好。这样不比他在家里什么也不做只关注自己病痛的时候更痛苦。每当他的决心开始崩塌，告诉自己他是出于一种荒唐的冲动才落跑的——此行毫无意义又无法保证能让他摆脱痛苦，他只是想逃脱无法逃脱的地方而已——他就打开医学院的宣传图册，重读第四十二页上列出的医学院学生第一年每天的课程表。

八点半开始上生物学 310/311，一周五个早上。从九点半到中午是临床课 300 和 390。午饭一小时，然后从一点到五点，每天下午都是解剖课 301。接着是晚上的回家作业。白天和晚上，不是由他几乎不懂的东西填满，而是由他们用他完全不懂的东西填满。他翻到临床课 390 的描述那一页。

病人介绍。本课程在第一学年开设，目的是培养……每位学生将在小组成员面前和一名病人进行交谈，将重点放在病人的现病史、发病情况、发病反应和住院治疗上，牵涉到生活变化、个人性格、处事风格等……

听上去很耳熟。听起来像写小说的艺术，只不过处事风格和个人性格属于来往于大街上的病人。别的人。某人应该在很久以前就告诉我。

360. 母胎医学。学生将在产房进行全日制工作。在产妇阵痛和分娩过程中将需查阅与记录母胎生理参数有关的方法和技巧……

361. 产科学：产房。这门选修课主要包括住院病人产科学，尤其是产房的实践经验。可以对特定病人进行产后监督实施持续关怀……

直到飞机飞过密歇根州，祖克曼才发现如果以产科为专业，也就意味着同时精于妇科。肿瘤形成。受到感染的生殖器官。好吧，这将给他过去对女人的沉迷带来一个全新的观察视角。不仅如此，从《卡诺夫斯基》之后，他所有的一切都应归功于女人。从他在女性主义出版社上读到的几篇评论看来，他可以预见到，一旦女性主义激进分子占领了华盛顿，开始把艺术领域上千位臭名昭著的厌恶女性者送上断头台，那自己的照片一定会被挂在邮局里，旁边就是萨德侯爵[1]的嫌疑犯照片。他这样的境地不比现在面对对他不满的犹太人的局面好多少。甚至会更糟。他们已经把他登在其中一本杂志的封面上了。为什么这个男人如此痛恨女人？那些女人是来真的——她们想要一场血祭。好吧，他会扭转局势，在她们的炮火中转向变态。缓解了月经失调的痛苦，他说她说我说你说依照任何人的价值维度。纪念他永远不愿伤害的母亲。以那些做了最大努力的前妻们的名义。为了照顾他起居的情人们。我在哪里私通，我就在哪里诊断、开药、做手术并治愈她们。阴道镜为上，卡诺夫斯基为终。

去医学院上学简直是发疯，纯粹是一个病人想要自愈的妄想。珍妮早就预见到了这点：我真应该去贝尔斯维尔的。

但他并不是一个病人——他在努力同认为自己生病了这一想法斗争。所有被自私的痛苦引诱的想法和感觉，痛苦永无休止地自我循环，吞噬着一切，只留下孤独——痛苦先是吞噬了世界，接着又吞噬了想要战胜痛苦的努力。他绝对不想再多过一天这样的日

1　Marquis de Sade（1740—1814），法国贵族，一系列色情和哲学书籍的作者。他尤其由于他所描写的色情幻想和他所导致的社会丑闻而出名。以他命名的萨德主义是性虐待的另一个称呼。

子了。

他人。每天忙着诊断别人，以至于没有时间好好诊断自己。未经检查的生活——是唯一值得过的。

坐在他身旁走道位置的男人正在把登机时吸引他注意力的宣传纸往公文包里塞。随着飞机的下降，他转向祖克曼，用一种友好的语气问："去出差？"

"是的。"

"你是做什么的？"

"色情业，"祖克曼答道。

此人显然对这样新颖的回答充满了好奇。"是卖还是买啊？"

"是出版。我正准备去芝加哥见海夫纳。休·海夫纳[1]。《花花公子》的那个。"

"噢，任何人都知道谁是海夫纳。那天我在《华尔街日报》上看到篇文章，说他一年毛利有一亿五千万美元。"

"请不要戳我的痛处，"祖克曼回答。

男人亲切地笑了，好像打算就这样停止话题，直到好奇心再次战

---

[1] Hugh Hefner (1926—2017)，美国实业家、杂志出版商，世界著名色情杂志《花花公子》的创刊人及主编，以及花花公子企业的首席创意官。

胜了他。"你到底出版什么杂志？"

"《立可舔》[1]，"祖克曼回答。

"这是你出版的杂志的名字？"

"你从来没见过《立可舔》？在你们那的报刊亭里？"

"没有，好像没见过。"

"但你见过《花花公子》，不是吗？"

"我偶尔翻翻。"

"打开来看看，是吧？"

"时不时地。"

"这么说吧，从我个人的角度来看，《花花公子》是一本无聊的杂志，所以我才没有一年挣一亿五千万美元：因为我的杂志不像他的那么无聊。好吧，我承认，我非常嫉妒海夫纳有那么多钱。他是那么体面，他有市场准入权，他可以在全国发行，而《立可舔》还只属于色情范围。你没看过也不奇怪。《立可舔》不是那种大规模发行的读物，因为实在太色情了。里面没有让·保罗·萨特让杂志变得可口诱人，能让像你这样的男人在报刊亭花钱去买，然后回家对着杂志里的豪乳打

1　这是祖克曼杜撰的杂志。原文为 Lickety Split，意为"飞快地"，同时也是一
　　种冰激凌的品牌。据考证"lickety"一词源于"lick it"，因此有"舔"这个含
　　义。此处为音译。

飞机。我不相信这种。海夫纳基本上是个生意人，但我不认为这个词可以用来形容我。当然这是个高利润的行业——但对我来说金钱并不是最重要的事。"

至于"像你这样的男人"是否因这样的暗示而感觉受到了冒犯，不得而知。他穿着一套灰色底细白条纹的双排扣西装，系着一条枣红色的丝质领带，是个身材高挑匀称的五十岁男子。尽管也许不太习惯这样随意的侮辱，他也并没有将这样来自社会底层的挑衅太当回事。在祖克曼的想象中，戴安娜的父亲应该就是这种形象。这名男子又问祖克曼："你叫什么名字，先生——我可以冒昧这样问吗？"

"米尔顿·阿佩尔。A-p-p-e-l。重音在第二个音节上。我的名字叫阿佩尔。"

"好的，我会留心你的杂志的。"

让我出洋相。"是该这么做，"祖克曼回答。他的脖子又开始疼了，于是他站起来走到卫生间，抽完了这支大麻烟。

等他回到座位上时，他们正飞过一个湖的上空，往下看去，仍是波光粼粼的灰色湖面以及边缘呈锯齿形的块状浮冰。这片广阔的湖面已经完全结冰了，湖面上到处都是散落的冰渣。那一大片的银色碎渣，就像从天上扔下千万只霜冻的灯泡摔碎在湖面上。他本以为他们

已经飞过金色海岸塔并且可以系上安全带准备降落了。也许在他想象

中下降的并不是飞机，而是他自己。也许他应该忍耐这蠢蠢欲动的疼

痛，而不是在喝过伏特加吃过一堆药之后再拿大麻往上加。但在他的

计划里，他并不打算着陆后就躺着度过这一天剩下的时间。他翻看着

医学院的教职员名单，发现一个旧时朋友的名字，鲍比·弗雷塔。大

一的时候他们曾是室友，就住在米德韦街对面的伯顿贾森学生宿舍。

现在鲍比是医学院麻醉学的教授，同时在比林斯医院工作。认识鲍比

可以让所有计划加速进行。这是他一年半来第一次转运。现在没有什

么事情可以阻止他了。他已经放弃了纽约，重新回到芝加哥。从毕业以

来，他已经有二十多年没回去了。那时他是多么喜欢那里啊！那里离家

大约八百英里：宾夕法尼亚州，俄亥俄州，印第安纳州——是一个男孩所

能拥有的最好的朋友。在他第一天到达芝加哥后，就觉得自己应该会永

远在那里住下去。他觉得自己仿佛是从东部坐着大篷车来到那里，是一

次大规模的迁移，并且从此在那里定居。他好像一下子变成了一个魁梧

热忱的美国人，身高六英尺，目空一切，放荡不羁，回家过他的第一个圣

诞假期时重了十二磅，随时准备好和距离最近的腓力斯丁人[1]决一死

---

1 腓力斯丁人是居住在地中海东南沿岸的古代居民，被称为"海上民族"。公元
  前十二世纪在巴勒斯坦南部沿海一带建立加沙、阿什杜德等小城。据《圣经·
  旧约》所载，曾与以色列人长期作战，公元前卜世纪被打败。

战。到芝加哥的第一年，他会在星光满空的夜晚独自去湖边大吼大叫——模仿《时间与河流》[1]一书中主人公甘特式的大吼。他坐在高架铁道上时随身带着诗集《荒原》，一路读到克拉克大街，在那里，跟他一样年纪的女孩们在脱衣舞吧里脱去她们的层层服饰。如果你给她们买酒喝，她们就会从台上下来，帮你一个忙，把手放在你的裤裆处。他曾给许多人写过关于这些事的信。那时他十七岁，一直在关心他的课业、他的生殖器，以及他的伙伴宾夕法尼亚、印第安纳和俄亥俄。那时如果跟祖克曼提起关于医学院的事，他一定会当面嘲笑你：他才不要把自己的一生花在写处方上呢。他的人生远比这要重要得多。鼓舞人心的老师，艰涩难懂的文章，神经质的同学，严阵以待的事业，语义上的吹毛求疵——"你说的'意思'是什么意思？"——他的生活是宏大的。他碰见一些和他一样年纪的人，聪明无比却极端消沉，早上无法起床，不去上课，也没有完成学业。他见过不少十六岁的天才，花了两个季度学完了大学课程，已经开始进入法学院了。他见过从不换衣服的女孩，每天画着烟熏妆，身着相同的左岸风格服装，大胆、轻率、多

1　《时间与河流》，美国作家托马斯·沃尔夫的小说。作者曾获英国文学硕士学位，并在纽约大学任教。1929 年，他凭自传体小说《天使，望故乡》蜚声文坛，被认为是最有前途的美国小说家。1935 年《时间与河流》出版，成为畅销书，是《天使，望故乡》的续集，讲述了主人公尤金·甘特在哈佛大学学习，后回到纽约任教，又去欧洲旅行的经历。

话的女孩，长发披散在背部，腿上穿着黑色长丝袜。他曾有过一个穿披风的室友。他自己则穿野战夹克和卡其裤，就像一个前美国军人。在斯泰威药店里，他看见一些头发花白的老人，这些人早在战前就开始念大学，现在仍然在校园里游荡，盘算着未竟的学业，同时不忘泡妞。他加入了电影协会，看了《偷自行车的人》、《罗马不设防》[1] 和《天堂的孩子》[2]。这些电影启发了他。马库耶教授的"西方文明史"亦然——还有沉湎于拉伯雷作品中的戏谑撺弄，以及装点马丁·路德桌边谈话的种种污秽浊垢。他每天晚上从六点学习到十点，然后去吉米比萨外卖，在那里和朋友一起等候较为活泼的老师现身。某个研究流行文化的社会学家曾在《财富》杂志这个堕落的世界里工作过，有时

1　《罗马不设防》，根据塞吉欧·阿米迪的原著改编，描述反抗组织的领袖遭德
　　军追缉，一同志因掩护他而被捕，后来领袖仍被一吸毒女人密告，被纳粹逮捕
　　入狱。纳粹故意在同属组织内的一位神父面前严刑拷打领袖，领袖终气绝身
　　亡，翌晨神父亦被杀成仁。
2　《天堂的孩子》，讲述在十九世纪四十年代的巴黎一条叫做"犯罪大道"的地
　　方，脱衣舞女郎嘉杭丝一次被误作扒手，默剧演员巴普提斯特为她解了围。他
　　们二人各自都有情人，但他们还是相爱了。五年后他们在巴黎重逢，此时都已
　　成名，且已有了自己的归宿，但巴普提斯特还是旧情难忘，于是去找嘉杭丝，
　　二人共度一宵。翌晨巴普提斯特的妻子来找丈夫，嘉杭丝明白他们之间是没
　　有结果的，于是不顾他的挽留毅然离开。这部法国古典电影的经典作品，生动
　　地将十九世纪巴黎的庶民习俗呈现出来，透过缠绵的爱情和鲜明的人物性格，
　　仿佛是法国古典小说的立体再现，导演风格和演出都独树一帜。本片在法国
　　的地位跟《乱世佳人》在好莱坞可以媲美。

会和他们一起喝酒直到关门打烊。更富有魅力的是一个教人文学科3的老师，他是个"出版过诗集的诗人"，曾为战略情报局工作并作为伞兵空降至敌占区意大利，至今仍穿着军用雨衣。他的鼻子断了，常在班上高声朗读莎士比亚的作品，所有的女孩都热爱他，年轻的祖克曼也是如此。他教他们《诗学》、《俄瑞斯忒亚》、《印度之行》、《炼金术士》、《一个青年艺术家的自画像》、《李尔王》、《切利尼自传》[1]——所有的作品，都像圣书那样认真庄重地教给他们。恩利克·费米[2]曾给他们的自然科学研究课程做了一次演讲，在黑板上写了一堆讨好的数字表示数学的帮助必不可少。当学生们围上去询问被问滥了的名人问题时，他斗胆向这个理论学家提了一个他正在研究的原子弹的问题。费米大笑起来。"没什么重要的，"他说，"归根到底，我学的是前费米时代的物理。"这是他所听过的最聪明的回答。他自己也在谈话中变得越来越聪明了，滑稽逗趣、反应迅速、自我嘲笑——充满了对国家和其

1　《切利尼自传》，本威努托·切利尼是意大利雕塑家、金银工艺师、作家。他是文艺复兴时期艺术中的风格主义的代表人物。切利尼最著名的金银工艺品是为法国国王法兰西一世制作的盐罐与珀耳修斯雕像，而他写的回忆录也闻名世界。他的作家的称呼主要因本书而得。

2　Enrico Fermi (1901—1954)，美籍意大利著名物理学家，对统计物理、原子物理、原子核物理、粒子物理、中子物理都有重要贡献。在他领导下建成了世界上第一座可控原子核裂变链式反应堆，为原子能的利用做出了开创性的工作。

价值观的反感。在冷战最恶劣的那段日子里，他们在社会科学课上学习《共产党宣言》。他在信奉基督教的美国里，除了犹太人的身份之外，又成为另一个不受欢迎、可疑的少数群体分子之一，按照《芝加哥论坛报》商业社会文化第五专栏的嘲弄说法，叫做"书呆子"。他一连几个星期暗恋一个个子高挑、金发碧眼的女孩，她常穿一条法兰绒格子裙画抽象画。当他得知她是个女同性恋之后，震惊得说不出话。他迅速变得老于世故——以前他吃得起的几个食物牌子都已改名换姓：马尼舍维茨和维菲塔这两个名字现在已经被"红酒和奶酪"所取代，泰斯提面包被"法式"面包取代——但是女同性恋？这个想法从来没有出现在他的脑子里过。不过他倒是有过一个女朋友，时间非常短，是个黑白混血儿。在伊达诺伊斯厅的地下室里，他伸出手疯狂地在她毛衣下爱抚揉搓，那时他还能理智地分析思考："这才是真正的生活，"尽管当时一切都显得无比古怪。他和一个比他大几岁的人交了朋友，是个斯泰威药店的常客，学习精神分析学，抽大麻，精通爵士乐，还自诩为托洛斯基派[1]分子。对于一个一九五〇年的孩子来说，这是热门事件。他们一起去位于第四十六街的爵士俱乐部，两个白人犹太学生专心致志地倾听着音乐，周围到处都是肤色黝黑、不甚友好且十分不专

---

[1] 托洛斯基派，革命共产主义联盟。

心的面孔。在某个激动人心的夜晚，他在比萨店里听纳尔逊·艾格林[1]谈论职业拳击赛。托马斯·曼在他第一学期时到芝加哥大学讲课；他谈论的话题是洛克菲勒教堂。伟大的事件：歌德两百周年纪念日。托马斯·曼用他的德国口音说出了他这辈子听过的最丰富多彩的英文；他谈到了散文，优美，有力，清晰——随着文雅风格的凋零，他用辛辣的词汇亲切地描述俾斯麦[2]、伊拉斯谟[3]、伏尔泰等诸位天才，仿佛他们是他的同事，前一晚刚在他家吃过晚饭。歌德是"一个奇迹"，他说，但真正的奇迹是讲台下的两排美国人从欧洲人那里学习如何用自己的语言说话。曼在那个下午提到"伟大"一词有五十次之多：伟大，强大，崇高。他在那个晚上打电话回家，完全沉浸在曼的博学带给他的狂喜之中，可是在新泽西没有一个人知道托马斯·曼是谁，甚至连纳尔逊·艾格林都不知道。"对不起，"他放下电话后大声说道，"真是对不起了，那不是山姆·李文森[4]。"他开始学习德语。他阅读伽利

1　Nelson Algren（1909—1981），美国小说家。其作品主人公通常是遭到社会遗弃或不适应社会环境的人。1950年，《金臂人》获首届国家图书奖的小说奖。

2　Bismarck（1815—1898），普鲁士宰相兼外交大臣，是德国近代史上杰出的政治家和外交家，被称为"铁血首相"。

3　Erasmus（1466—1536），荷兰哲学家，十六世纪初欧洲人文主义运动主要代表人物。他知识渊博，忠于教育事业，一生始终追求个人自由和人格尊严，但忽视自然科学。

4　Sam Levenson（1911—1980），美国幽默家、教师、记者和主持人。

略、圣奥古斯丁[1]、弗洛伊德。他为在校医院工作的黑人薪水低廉而抗议。朝鲜战争爆发，他和他最要好的朋友宣布他们已成为李承晚[2]的敌人。他阅读克罗斯[3]，他点洋葱汤，他把蜡烛放在基安蒂酒瓶里开派对。他在卡柳梅特城里发现了查理·卓别林、W.C.菲尔兹[4]、纪录片和最色情的表演。他前往近北区去奚落广告人和游客。他和一个富有逻辑的实证主义者一起畅游密歇根湖的人工海角，他在《魔力红》[5]上麻辣点评颓废小说，他买了第一张古典乐唱片——布达佩斯弦乐四重奏——购自消费合作社一个同性恋店员，每次他都用名字称呼他。他开始在对话中称呼自己为"某人"。啊，每件事都如此美妙，生活是如此广阔而激动人心，正如想象的那样，然后他犯了他的第一个错误。他在本科阶段就发表了一则短篇故事，这是"第一次飞跃大西洋的壮举"——一共只有十页，说的是纽瓦克的犹太家庭和另一个叙利亚犹太家庭在泽西海岸的公寓发生的碰撞，这场冲突大致由一个头脑发热

1　St. Augustine (354—430)，古罗马帝国时期基督教思想家，欧洲中世纪基督教神学、教父哲学的重要代表人物。
2　Syngman Rhee (1875—1965)，号雩南，原名李承龙，朝鲜族，韩国首届至第三届总统。
3　Croce (1866—1952)，意大利批评家、理想主义哲学家、政治家。
4　W. C. Fields (1880—1946)，美国喜剧演员、魔术师、作家。
5　《魔力红》，芝加哥大学学生独立运营发行的报纸，创刊于1892年，每周发行两期。

的舅舅挑起，由他前来拜访的父亲叙述。第一次飞跃大西洋的壮举。看上去生活好像变得更宽广了。写作可以更深刻地强化一切事物。写作，正如曼所证实的那样——不只限于他自己的例子——是唯一值得的成就，是一种卓越的体验，是高尚的奋斗，而除了像一个狂热症患者那样写作之外，没有别的方法。没有狂热，就无法达成小说中的伟大之处。文学极具吞没和净化生活的能力，对此他有高度的认知。他想写出更多作品，出版更多作品，而他的生命将变得巨大无比。

但到底变得巨大的是什么，那是写在下一页上的。他以为他选择了生命，但事实上他选择的只是下一页。每天偷时间来写小说，他从没想过时间可能会从他这里偷走些什么。只是这个完善作家意志力的过程会逐渐让人感觉像是对经验的回避，是通向想象中的解脱，通向暴露、揭示、发明生活真谛的途径，就像最苛刻的监禁生活一样。他以为他选择的生活是对一切事物的强化，他以为他选择了禁欲主义和隐退生活。而在这样的选择内部，却存在着他永远无法预见的一个悖论。多年之后他去看荒诞剧《等待戈多》，散场后对当时还是他亲爱的妻子的女人说："这有什么好悲伤的？这只是每个作家每天的普通生活而已。区别只是你没有波卓和幸运儿[1]而已。"

---

1 波卓和幸运儿，《等待戈多》中的人物，幸运儿是波卓的奴隶。

　　芝加哥让他从新泽西的犹太人中脱颖而出，接着写小说占据了他的生活，同时也让他自作自受。他并不是第一个：他们逃离了新泽西的纽瓦克、俄亥俄的卡姆登、明尼苏达的索克中心以及北卡罗来纳的阿什维尔；他们无法忍受无知、世仇、无聊、正义、偏狭、唠叨而心胸狭窄的人；他们无法承受渺小；于是他们用余生只考虑这些事。在成千上万逃跑的人中，那些在逃离迁移中起带头作用的是那些没能逃脱罪责的流放者。不逃脱罪责成了他们的工作——是他们整天都在做的事。

　　当然了，他现在想成为一名医生——不仅为了逃离永无休止的往日追忆，同时也为了逃离从家庭纷争中提炼出的最后一部小说所导致的一切争吵。在他恶魔般的攻击行径大获全胜后，是屈服的忏悔。现在他的双亲已然离世，他可以昂然向前，让他们高兴了：从一个孝顺的被放逐者到一名犹太裔内科医生，终结所有的争执和丑闻。再过五年，他可以成为麻风病的住院医师，而所有人都会原谅他。就像杀人犯内森·利奥波德[1]。就像麦克白，在下令把最后一具无辜的尸体扔进水沟里之后，加入国际特赦组织。

1　Nathan Leopold (1904—1971)，与理查德·雷柏均为芝加哥大学法律系学生，家境富裕，因合伙谋杀十四岁的罗伯特·法兰克斯被判终身监禁。

没用的，祖克曼想。不，肯定没用。这是一个带有严重情绪化倾向的幻想。如果你谋杀了一个国王，谋杀了一个国王——你不是立刻崩溃并自我毁灭，就是选择更好的那条路，登上宝座，自己为王。而如果这顶王冠正戴在麦克阿佩尔头上，那就顺其自然吧。

"你知道我为什么没法在全国发行吗？"他转向坐在他身边的男人。"因为我的杂志不像他的那么无聊。"

"这点你说过了。"

"他只是热衷于大胸女人而已。除了这个，海夫纳对宪法第一修正案[1]夸夸其谈。《立可舔》是什么都有。我不相信任何地方的审查制度。我的杂志就是一面镜子，我们把一切都反映在里面。我希望我的读者知道，如果他们想做爱，不必为此而自我憎恨。如果他们手淫，并不会使他们为人不齿。他们并不需要萨特来让这一切显得正统。我不是同性恋，但我们已经开始在杂志里刊登这些内容。我们帮助那些想要寻找快速性爱的已婚男人解决难题。当今社会，大部分的口交都是

---

1 美国宪法第一修正案："国会不得制定关于下列事项的法律：确立国教或禁止信教自由；剥夺言论自由或出版自由；或剥夺人民和平集会和向政府请愿伸冤的权利。"前十条修正案于 1789 年 9 月 25 日提出，1791 年 12 月 15 日批准，被称为"权利法案"。其中关于新闻言论自由的这一条被列为第一修正案。

已婚男人干的。你结婚了吗？”

“是的，我碰巧结婚了，还碰巧有三个孩子。”

“那你不知道这点？”

“是的，我不知道。”

“这样啊，当然你从《花花公子》里是没法知道的。海夫纳的读者都不知道这样的事情。同样，《华尔街日报》的读者也不知道。但是在电影院的后台，在酒吧的卫生间，在卡车司机停车的车型餐馆外面——美国大部分的口交行为都发生在这些地点。美国的性爱观正在改变——人们群交、舔阴，女人越来越爱做爱，已婚男人则给人口交，所以《立可舔》就反映了这些现象。我们应该怎么做呢——说谎？我见过数据。这是真正翻天覆地的变化。作为一个革命者，我从没有觉得这样是足够的。我觉得这一切改变得太慢了。不过在过去的十年里，美国的精液产量至少提高了百分之二百。只不过你光看《商业周刊》是无法知道这些的。你们谈论《花花公子》。像你这样的已婚男人看《花花公子》时，他只能看看那些兔女郎，而那些女人都是遥不可及的，都是你永远无法得到的女人。很好。击退欲火，和自己的妻子回到床上去。但是，如果你看看《立可舔》里的女人，你知道你打一个电话花五十美金就可以得到她们。这就是幼稚的幻想与现实的区别。”

“好吧，”坐在他身边的男人转过头去重新整理文件夹，“我会注意找找这杂志的。"

"确实该这么做，"祖克曼回答。但他现在不想结束话题，即使对方有这个想法。当一个色情从业者米尔顿·阿佩尔开始让他感到很快乐。这是他得以摆脱祖克曼的小小假日。

好吧，也不完全是——但为什么要停止这个话题呢？"你知道我是怎么开始创办《立可舔》的吗？"

没有回答。那个男人显然对阿佩尔如何创办《立可舔》毫无兴趣，但内森有。

"我曾经开过一家换妻俱乐部，"祖克曼说。"在第八十一街上。叫米尔顿千禧年。你肯定也从没听说过这个。这是个会员制的俱乐部。没有娼妓，没有人为性行为付钱，没有一条法律能将我逮捕。两厢情愿的性行为，在纽约是合法的。他们就是不停地烦扰我，仅此而已。我的灭火器离地十二英寸，不是六英寸。结果我为此失去了卖酒执照。然后突然之间我的主管道破了，洗澡的时候不出水。时机还不成熟，仅此而已。不管怎样，我在那里有一个主管，现在因为伪造罪在蹲监狱。判了六年。是个非常贴心的家伙，名叫霍罗威茨。莫蒂默·霍罗威茨。"莫蒂默·霍罗威茨是《调查》杂志的主编。"又是一个犹太人，"祖克曼说。"这个行业里有太多犹太人了。色情业和其他传媒产业一样吸引着大量犹太人。你是犹太人吗？"

"不是。"

"这样啊，大部分成功的色情从业者都是犹太人。还有天主教徒。你是天主教徒吗？"

"是的，"他回答，不再努力掩饰自己的厌恶之情，"我是罗马天主教徒。"

"是吗，那其中也有很多罗马天主教徒。他们都很叛逆。不管怎样，霍罗威茨有点肥，"——他确实很肥，那个狗娘养的——"而且老是出汗，我很喜欢霍罗威茨。他这人头脑简单，但是笨得可爱。一个好人。不过，在性方面霍罗威茨相当喜欢吹牛，所以我跟他打赌一千美元，还有人跟他赌两千美元，还有些人跟他赌五千美元，就赌他可以高潮几次。他说他可以在十八小时里高潮十五次。结果他十四小时就高潮了十五次。我们在那安排了一个医学院学生，检查他每次的射精情况。他每次必须体外射精，这样我们才可以进行验证。那是一九六九年在'米尔顿千禧年'后面一个昏暗的房间里。他和一个女人做爱，待他大叫我要射了，那个医学院学生就拿着一只手电筒跑过去，以便我们能看到整个过程。我记得我站在那里，不停地说：'这是我的生活，这不是变态，这太令人陶醉了。'我记得我当时在想：'如果他们要写一篇《米尔顿·阿佩尔的故事》，这将是最绝妙的一幅场景。'但真正吸引我的是这种让人意乱情迷的诱惑。我想：'我们持有一切的记录。助攻。击球。安打率。为什么不能来破个阴茎的记录？现在我们有霍罗威茨和他伟大的记录，理应登在《纽约时报》的首页上，结果现在却无人知晓。'这是我在《立可舔》的首刊上登载的封面故事。四年前的事了。改变了我的生活。你瞧，我是不会想要和《花花公子》一样的杂志的，除非能确保我有五亿——"

飞机重重地落在跑道上。祖克曼回归了。芝加哥！但他却停不下来。这实在太有趣了！而他太久没这种感觉了。他要再过多久才能有这种感觉呢。也许得再回学校念上四年书。

"上次有人打电话给我说：'阿佩尔，你愿意出多少钱来刊登休·海夫纳的性爱照片？'他说他手边有数十张海夫纳和他的兔女郎的艳照。我告诉他我一个子儿都不会给的。'你以为休·海夫纳的艳照算是新闻？给我弄到主教的艳照——然后我们再来谈生意。'"

"听着，"坐在他身边的男人终于忍不住了，"我已经听够了！"然后他突然解开安全带，完全不管飞机仍然在跑道上滑行，纵身跨过走道坐到了另一边的空位上。"先生！"空中小姐急忙喊道。"在飞机停稳前请坐在座位上系好安全带。"

祖克曼甚至等不及等候托运的行李，就找了个付费电话亭打给了比林斯医院。在等候秘书帮他找鲍比的间隙，他不得不往投币孔里投了第二枚硬币。不能挂断等候对方打来，他这么告诉秘书；他是一个刚刚抵达的老朋友，必须立刻和弗雷塔医生说话。"可是，他已经走出走廊了……""请帮忙叫住他。告诉他是内森·祖克曼打来的。告诉他这件事十万火急。"

"祖克！"鲍比终于接起了电话。"祖克，这真是太棒了。你在哪儿？"

"我正在机场。奥黑尔国际机场[1]。刚下飞机。"

"喔，是吗，真不错。你是来这里讲座的？"

"我是来这里重返校园的。以学生的身份。我已经对写作厌烦透顶了，鲍比。我已经取得了巨大的成功并赚了一大笔钱，但我现在对这该死的一切都恨透了。我不想再干下去了。我是真的想退出了。然后我发现唯一能让我感到满足的是成为一名医生。我想去念医学院。我飞过来想看看自己是否能申请冬季入学并读完各种理科必修课。鲍比，我必须马上见你。我这里有申请表格，我想和你坐下来谈谈该如何填妥表格。这事你怎么看？他们会不会录用我呢，一个四十岁的理科白痴？我会把成绩报告单给他们看，里面几乎全是优秀。这些可是来之不易的优秀啊，鲍比。是来之不易的五十年代的优秀啊——就像五十年代的美元那么值钱。"

1　奥黑尔国际机场，美国伊利诺伊州芝加哥市的主要机场。

鲍比大笑起来——内森一直是他们寝室里最有名的深夜娱乐节目表演者，而这电话一定是性质相同的小小表演，目的是为了唤起对过去时光的怀念。鲍比总是那个最容易被逗笑的人。在大二的时候，他们不得不分寝室居住，因为大笑对鲍比的哮喘来说是致命杀手——一笑起来就无法控制，很可能造成哮喘发作。每当鲍比看见内森穿过方形庭院向他走来，就立刻举起一只手恳求道："不要，不要。我还有课。"哎，在那些日子里，幽默搞笑是多么快乐的事啊。每个人都跟他说，他要是不把这些东西写下来发表，那他一定是疯了。于是他这么做了。现在他想成为一名医生。

"鲍勃[1]，我下午可以过来见你吗？"

"我下午要一直忙到五点。"

"从机场开车到城里也要到五点。"

"六点我还有个会，祖克。"

"那就只见一小时，就来打声招呼。等等，我的行李出来了——一会儿见。"

回到芝加哥，他感觉一切都和他第一次来时的感觉分毫不差。一个全新的生活。这就是他的做法：目无一切、果断坚决、无所畏惧，而

1　鲍比的昵称。

不再踌躇犹豫、满腹疑虑和气馁绝望。在离开电话亭前，他没有冒险在八小时内服下第三颗复方羟可酮，而是从细颈瓶里喝了一大口伏特加。除了感到沿着右耳穿过脖颈底部一直延伸到上背部的针刺般的疼痛，他感到一阵相对没那么严重的不适。但这种痛苦是他尤其讨厌的。要不是他现在目无一切、果断坚决、无所畏惧，他甚至都要开始感到有点沮丧了。肌肉的酸痛他可以忍受，压痛、紧绷感、痉挛，这些他都可以承受，甚至可以忍受很久；但他无法忍受这条一直在灼烧的火线，随着头部最轻微的震动或抖动而越来越炽热。通常这种感觉不会突然消失。去年夏天，他曾经这样忍受了九个星期。在服用了十二天的保泰松之后，这种感觉消退了一些，但此时保泰松已经让他的胃部严重不适，以至于除了大米布丁之外什么食物都无法消化。每当格洛丽亚有空在他这里待上两小时，她都会为他烤大米布丁。每隔三十分钟，当厨房里的定时器响铃时，她就立刻从地垫上跳起来，穿着吊袜腰带和高跟鞋跑去打开烤箱门，搅拌一下大米。在吃了格洛丽亚的大米布丁和其他一些易消化的食物一个月之后，情况还是没有什么改善，于是他被送到西奈山医院进行消化道的 X 线钡餐检查。他们在肠道黏膜上没有找到任何穿孔，但胃肠专科医生还是警告他绝对不能再用香槟冲服保泰松了。他是这么整出毛病来的：每当戴安娜放学后过来，而他绞尽脑汁却无法口授出一页纸——甚至是一段话，这时他就干掉一瓶马文在他四十岁生日时送的那箱香槟酒。看不出他为什么不能庆祝：他的事业已经完蛋了，戴安娜的人生刚刚开始，而这可是顶级的唐培里侬香槟王[1]。

他租了一辆豪华轿车。豪华轿车将是进城最快速无阻的交通工具，而且司机还可以帮他拎行李。他准备在找到晚上住宿的宾馆前都一直使用这辆车。

结果他的司机是个女人，一个非常不错的年轻女性，身材略矮，稍显敦实，大约三十岁左右，有一口雪白的牙齿，修长的脖颈，她身上有一种精力充沛、效率十足的绅士派头，只有在绅士中的绅士身上才找得到。她穿着一身暗绿色的精纺羊毛制服，剪裁得像是女士骑装，穿了一双黑色的高跟皮靴。帽子背后拖着一条金色的麻花辫。

"到南区。比林斯医院。我会在那里待一小时。你在外面等我。"

"好的，先生。"

车开动了。我回来了！"我料想该是个男司机，可你不是，我是否能就此说上几句？"

"这得由您决定，先生，"她边说边露出活泼热烈的笑容。

1　唐培里侬香槟王，由法国修道士唐·皮耶尔·培里侬 (Dom Pierre Pérignon) 创建于 1668 年，目前，唐培里侬香槟王隶属于全球第一大奢侈品集团酩悦·轩尼诗-路易·威登集团 (LVMH)。

"这是你的副业,还是你的本职工作?"

"噢,这就是了,这就是工作,还不错。你呢?"是个大胆的
女孩。

"色情业。我出版一本杂志,还拥有一家换妻俱乐部,我还拍电
影。我是来这里见休·海夫纳的。"

"您要住在花花公子大厦吗?"

"那地方让我感到恶心。我对海夫纳和他周围的一切都没有兴趣。
对我来说那都跟他的杂志一个样:冷酷无聊又精英主义。"

他是一个色情从业者,这点完全没有让她感到任何不适。

"我只效忠于普通人,"他告诉她。"我只效忠于伴随我长大的在街
头混迹的男人,以及我在商船队上服务过的男人。所以我才从事这个
行业。我无法忍受虚伪做作。都是伪善。拒绝正视我们的生殖器。我
生长的街头充满了性欲、手淫以及一刻不停地想干女人的念头,可是
人们却说生活不该是这样的,这和我所经历的生活太悬殊了。如何找
到别人跟你做爱——这是个问题。这是唯一的问题。这是有史以来最
重大的问题。现在仍然是。这问题如此严重,让人恐慌——但如果你
把这个大声说出来,你就成了怪兽。这里面牵涉了一种反人类罪,是
我无法承受的。这里面充满了谎言,让我觉得恶心。你懂我的意
思吗?"

"我想我懂，先生。"

"我知道你懂。你要是不懂就不会开豪华轿车了。你跟我很像。我无法和纪律啊权威啊什么的相处。我不想要有一条白线画在那里，说我不能跨越。因为我肯定会越线。我还是个孩子的时候，每当我卷进斗殴事件，基本上都是因为我无法忍受人们对我说不。这让我发狂。我内心反叛的那一面跟我说，干掉他们，没有人能告诉我该做什么。"

"是的，先生。"

"这也并不意味着我必须反对一切存在的规则。我不做有关暴力的话题。对儿童进行性侵犯的行为我也很厌恶。强奸不是我喜欢的话题。同时我对屎啊尿啊什么的没有兴趣。我觉得我的杂志里有些故事也让我反胃。'祖母的棒棒糖时间'——我痛恨这样的故事。太粗俗恶劣了，让人反感。不过我有一帮很好的手下，只要他们不对着墙尿尿，好好干活，我都让他们随心所欲。给他们自由，否则就是缚住了他们的手脚。我可不像《纽约时报》的大股东苏兹贝格。我不操心那些国家首脑们会想些什么。所以你才没法在这儿看到我的杂志。所以我才没法像海夫纳那样获得全国的发行权。所以我现在才去拜访他。他是宪法第一修正案的绝对支持者？那就让他在伊利诺伊州行使权力，那才是他说话的地方。对我来说，金钱不是像对他那样如此重要的事情。你知道什么才是最重要的吗？"

"什么？"

"是藐视。是憎恨。是愤怒。憎恨是无止境的。愤怒是巨大的。你叫什么名字？"

"瑞琦。"

"我是阿佩尔，米尔顿·阿佩尔。和拉斐尔这名字押韵。每个人对性的态度都太他妈的严肃了，瑞琦——还有那么多该死的谎言。有一个至关重要的问题。在学校里的时候，我相信公民课里说美国是很独特的这一说法。所以在我第一次被捕的时候，我无法理解为什么我行使自由权利却被逮捕。在我第一次开始从事这个低贱行业的时候，人们曾经问我，他们会允许你这样干多久？这真是太疯狂了。他们允许我干什么？他们允许我成为美国公民。我触犯法律了吗？我不想让自己听上去像海夫纳，但我觉得第一修正案确实是法律。你不这么认为吗？"

"确实，阿佩尔先生。"

"还有美国公民自由协会，有用吗？他们觉得我让自由一词蒙上了污名。自由本来就应该是充满污名的。我所做的就是自由的含义。自由并不是给海夫纳创造空间——是给我创造空间才对。给《立可舔》和'米尔顿千禧年'以及超级肉欲的产品创造空间。我承认，百分之九十的色情作品都很枯燥、琐碎、无聊。但大部分人的生活也是如此，我们不跟他们说他们不能存在。对大部分人来说，无聊和琐碎就是真正的现实。现实就是拉屎。或者等候一辆出租车。还有在雨中进退两难。无所事事就是真正的现实。人们可以阅读《时代》杂志，但做爱的时候他们会闭上眼睛想象某些不同的东西，某些在生活中缺失的、逃避的东西。怎么说呢，我就是为此而战，我也给予人们这些，我认为我所做的一切在大部分时候都是好事。每当我照镜子时，我都会感觉到自己不是一钱不值的东西。我从来没有出卖过我的人，从来没有。我喜欢坐一等舱去火奴鲁鲁，我喜欢戴价值一万四千美元的手表，但我绝对不会让金钱吓倒我，更不会让金钱操纵我。我比任何为我工作的人都赚得多，因为尝到悲伤和遭到指控的是我，不是他们。他们在我的办公室里享受性爱，称我为一只贪婪的资本家的狗——他们全是亲菲德尔[1]反阿佩尔分子，还在我的门上涂鸦，写一些哈佛教授教给他们的东西。'管理烂透了。''《立可舔》太知识分子了。'无政府主义者们从九点闹到下午五点，却让我来替他们买单。但我并不住在一个无政府的国家。我住在一个腐败的社会里。有一个充满了司法部长约翰·米切尔和总统理查德·尼克松的世界让我去面对，还有分析家，还有死亡，还有开口跟我谈离婚的第四任妻子，还有一个我不想责骂

---

1 指前古巴领导人菲德尔·卡斯特罗。

的七岁大的小孩，因为我不想这样。这对他来说不是自由。你听得

懂吗？"

"能懂，先生。"

"大约一年前，我妻子开始跟我谈离婚，在我同意进行精神分析之

前，她就勾搭上了一个情人，是她这辈子第一个情人，这简直摧毁了

我。没法处理这件事。我发狂了。精神非常不安。我干了上百个女

人，她只干了一个男人，而我却失去了理智。那男人其实根本无足轻

重。她选了一个比我还老的男人，是个阳痿——我是说她并没有挑一

个二十五岁的种马，但我仍然失去了理智。那家伙是个西洋跳棋冠

军，莫蒂默·霍罗威茨，总是坐在那里盯着他的棋盘。'封王 [1]。'这就

是她想要的。我们达成了和解，我告诉她：'甜心，下次至少挑一个能

对我构成威胁的家伙，好歹挑一个加利福尼亚冲浪运动员。'但她却挑

了一个没用的犹太人——华盛顿广场公园的跳棋冠军。但那正是我所

承受的压力，瑞琦：会玩游戏，坐着不动，说话轻柔，为人友好。我却

从来没有软化自己的立场，让自己变得和蔼可亲去赢得那些颁给好男

人的荣誉，比如不蹲监狱，合法持枪，并且每次出门吃饭不需要穿着防

弹背心。我从来没有软化立场来保护自己的金钱。我内心有一部分这

1　原文为 King me，西洋跳棋的一种。

样对我说，去他妈的金钱。我喜欢自己的这一部分。尼克松上任的时候，我本来可以让自己的杂志稍微做个让步，这样可以避免很多事情的发生。等他们关闭'米尔顿千禧年'后，我本可以领会精神洗手不干。但是我却带着'千禧年二号'回来了，比以前的地方更大更好更时尚，还自带五十英尺宽的游泳池以及异装癖脱衣舞娘供人消遣，看着一个美貌少女下体晃荡着一根阴茎，让尼克松去打飞机吧。我见过这个国家的黑人是受到怎样的待遇的。我见过各种不平等，这让我感到恶心。但他们是否为此抗争了呢？没有。他们和犹太人色情业者抗争去了。哎，不过犹太色情从业者将会反击。因为我内心深处对我所做的一切坚信不疑，瑞琦。我的手下笑话我：米尔顿·阿佩尔相信自己所做的一切，这已经成了我人生的诉求。就好比玛丽莲·梦露说：'我是个女演员我是个女演员。'她同时也是个荡妇。我可以告诉大家一千遍我是个严肃认真的人，但从表面价值来说他们难以接受，因为《立可舔》遭到检举，而杂志的封面是个白人女孩，嘴里含着黑人的大鸡巴，同时下面还插着一把扫帚。我们所身处的是个不肯宽恕、冷酷无情的社会，瑞琦。那些敢于越界的人都被当成了社会渣滓遭人厌恶。好吧，我是无所谓被这么对待的，但你不能说社会渣滓没有和好人一样在这个社会存在的权利。没有人可以对我这样说。因为不管是什么样的人渣，也都是人。对我来说这才是最重要的：不是金钱，而是那种将

自己打扮成好人模样的反人类行为。好人。我不在乎我的小孩长大后
变成什么样，我不在乎他长大以后是不是会穿女式连裤袜，只要他不
会变成所谓的好人。你知道什么比监狱更让我感到恐惧吗？是他可能
会反叛像我这样的父亲，而那是我注定的结局。这就是正派社会该死
的报复：一个非常非常非常乖巧的好孩子——又是一个受过惊吓的灵
魂，被禁令驯服，压制疯狂，一心只想和规则制定者们和谐相处。"

"我想要重生。就这么简单。"

"你以为自己是什么？"鲍比问。"以为自己的人生也可以像写字板
一样被完全擦掉？我不信这套，祖克。如果你真的想这么做，为什么
要选择一个最困难、准备起来又最枯燥的职业？至少选一个简单点
的，这样你也不会失去太多。"

"简单的职业无法满足我对艰难的渴求。"

"那你去爬喜马拉雅山吧。"

"爬山就和写作差不多。你一个人在山上，身边只有一把斧子。你
完全孤身一人，摆在面前的是不可能完成的任务。这就是写作。"

"成为医生同样也是孤身一人。当你俯身查看病床上的病人时，你
就已经进入了一个你经过多年训练和经验发展出的高度复杂专业的关
系，但你总是会感觉自己孤身一人停留在原地，你知道的。"

219

"我的字典里'孤身一人'不是这个含义。任何有一技之长的人孤身一人时都是如此。当我独自一人的时候，我所要检查的不是床上的病人。我俯下身去，没错，可躺在床上的是我自己。有些作家从别的方向开始写作，但我所培育的东西就长在我自己身上。我倾听，我认真地倾听，但是能让我继续向前的，真的，只有我的内心世界——而我再也无法承受我的内心世界了，甚至连剩下的那一点也不行。主体性就是主体，我受够了。"

"这就是你所要逃离的全部？"

我应该告诉他吗？鲍比能治好我吗？我不是来这里接受治疗的，我是来学习如何给予治疗的；不是重新沉浸在痛苦之中，而是创造一个全新的世界让自己沉浸其中；不是被动地接受别人的照顾关心，而是自己掌控这个提供这一切的职业。如果我告诉了他，他一定会把我塞进医院里的，但我来此是为了上学。

"我的生活像在反刍，我就是想逃离这一切。把经验吞下去，再从内脏里吐出来，进行二次加工，加工成艺术。咀嚼一切事物，寻找其中的联系——我太执着于内心了，鲍勃，太喜欢挖掘过去了，对这个世界太多疑了，即使这一切值得我这么去做。如果我认为在麻醉学领域，怀疑精神不会占据你的一半人生，这应该没有错吧？看着你，我就看到一个高大、自信、胡子拉碴的伙计，毫不怀疑地坚信自己所做的事情是值得的，并且自己能把它做好。自己所做的是有价值的服务，这是毋庸置疑的事实。外科医生打开病人的身体，把腐坏的部分切除，而病人什么感觉都没有——这都是因为有你。一切都清楚、直接、无可争议地表明这是有用的，切中要害的。我很羡慕这点。"

"是吗？你想成为一个麻醉医生？从何时开始？"

"从我进来看见你的那刻开始。你看起来就像一百万美元那样耀眼。这感觉一定很棒。你在手术前的夜晚上前对病人说：'我是鲍比·弗雷塔，明天我将要用一点麻醉剂让你睡着。在整个手术过程中我都会陪在你身边，以确保你体内各个组织都运作正常，等你苏醒的时候，我会握着你的手，让你感到舒服安心。来，吞下这个，你会像个婴儿一样熟睡。我是鲍比·弗雷塔，我这一生都在学习、训练、工作，这一切都是为了确保你一切安好。'是的，绝对的——我想成为一名像你这样的麻醉师。"

"拜托，别闹了，这一切究竟是怎么回事，祖克？你看上去糟糕透了。你身上一股酒味。"

"是伏特加。我在飞机上喝的。我有飞行恐惧症。"

"你看上去绝对比这糟糕得多。你的眼睛，你的脸色。这天杀的到底是怎么回事？"

不。他不能让他的病痛毒害另一段人际关系。他甚至没戴围领，生怕他们发现他除了年过不惑兼理科白痴之外还是个病号，就不会考虑让他进入医学院了。痛苦一再重复地大声宣告自己的需求，想要重新让他戴着棱镜躺到地垫上。但他受够了躺在地上只能看到每个人身材高大地在他身边走动。如果有需要，就吃复方羟可酮，还有科特勒的枕头作为百万分之一的期望，但是除此以外，对他在芝加哥见到的一切来说——当然是对鲍比和录取委员会来说——是另一种不灭的有限生命，就像他出生那天一样幸福健康。必须压抑任何向你所钦慕的老室友诉说病痛的欲望（从毫无意义的第一次剧痛到致人无法动弹的痛苦），尽管他本人可能就是一支专注热诚的止痛剂。对于我的病痛，无需再多做些什么，也无需再多说些什么。反正要么是药物不够先进，要么是医生不够水平，要么我就是无药可救。当他感到痛苦的时候，他会假装这不是痛苦而是快乐。每次当疼痛之火突然爆发时，只需对自己说："啊，这是好事——我还活着，真让我高兴。"不要把疼痛当做毫无理由的惩罚，而要看做免费的奖励。把痛苦看做长期的喜悦，只会因为一个人竟然能有太多的好事而感到烦恼。把痛苦看做重生的门票。想象你欠痛苦所有的一切。想象任何你喜欢的食物。忘记那些虚幻的被书本束缚的祖克曼们，为世界创造一个全新的自我。别人就是这么做的。你的下一件艺术品——就是你自己。

　　"跟我说说麻醉学吧。我打赌一定非常清晰明了。你给他们吃药让他们睡觉，他们就睡觉。你想提高他们的血压——你给他们注射药物，然后就提高他们的血压。你想提高多少，就能提高多少——你想要这么多，就能得到那么多。难道不是这样吗？如果不是的话，你看上去不可能像现在这样。A 导致 B 然后 B 导致 C。你知道自己什么时候是对的，什么时候是错的。我没有在美化吧？你甚至不需要回答。你身上、你心里、你的一切都写满了答案。"

这是他在医院的台阶上吞下的当天第三颗复方羟可酮所起的作用（至少他希望是第三颗而不是第四颗），让他像现在这样喋喋不休。复方羟可酮就是有这样的效力：一开始是舒畅的快感，然后接下去两小时你就无法住嘴了。此外还有见到热情、羞涩、和蔼的鲍比成长为一个大块头的成熟内科医生所带来的激动：下巴上一圈漆黑的胡须，刚好遮掉了他的痘疤，比林斯医院里一间角落办公室，刚好能俯瞰窗外的茵茵草坪，周日他们曾在那里玩垒球，书架上放着成百上千本书，没有一本是这个小说家认识的。看到鲍比体重两百磅真是一件激动人心的事。鲍比曾经比内森还骨瘦如柴，是个用功刻苦的电线杆，患有哮喘，皮肤不好，同时也是青少年历史上脾气最好的一个。他是内森见过的唯一一个充满感激的十七岁少年。祖克曼突然对他感到无比自豪，仿佛他是自己的儿子一般，仿佛自己是鲍比的父亲一般，好像第七十一街上女士手包店的店主——鲍比曾经在周三晚上和周六下午去父亲开的这家店帮忙。一种强烈的流泪感充斥了他的眼睛，但是不行，他绝不能靠低头求情大声哭诉来获得鲍比的支持。这不是应该哭泣的场所，也不是应该哭泣的时间，尽管此时此地他一直埋藏在心中的所有情感都想在这时喷涌而出。好吧，如果能开枪打人也不错。开枪打那些让他落到如此田地的人。只不过没有人应该为此负责——而且和他杜撰的色情从业者不同的是，他没有枪。

他努力克制住了泪水，却无法克制自己继续滔滔不绝。除了复方羟可酮让他飘飘然之外，还有他刚在一分钟之前立下的里程碑式的决定——即使在他承受痛苦时也要当做没有痛苦，把痛苦当做快乐来接受。当然这并不是指代性受虐狂的那种快感。至少以他这个情况来看，所谓身陷痛苦的报酬是病态的秘密满足感这一说法纯属胡扯。每个人都想把痛苦变成有趣的事——先是宗教，接着是诗人，然后，不甘落后地，连医生都带着他们身心失调的妄想参与到这一行动中。他们想要赋予痛苦重要性。它有什么意义？你在掩饰什么？你在展示什么？你在背叛什么？单只是承受痛苦是不可能的，你还必须承受它所承载的意义。但事实上这痛苦并不有趣，也没有什么意义——那只是平淡无奇、愚蠢透顶的疼痛，是有趣的对立面，它毫无、毫无价值，除非你一开始就疯了。在医生办公室、医院、药店和诊所里无休止的看病、拿药并接受自相矛盾的诊断，这些都毫无意义。被剥夺了工作、散

步、锻炼以及任何一样独立自主的行动，心中感到绝望耻辱无助，这些
都毫无意义。早上稍微铺个床就累得必须勉力爬回去，这一切都毫无
意义，就算他有一百个姑娘当情人，每个人都穿着吊袜带同时为他做
大米布丁，也不能让痛苦有些许意义。没有人能让他相信他忍耐痛苦
一年半是因为他自认这是他的报应。他之所以如此愤怒，是因为他不
信。他并没有想缓解自己的罪恶感——他根本没有罪恶感。如果他同
意阿佩尔们以及他们的训诫，他根本就不会写那些书了。他根本就不
能写，也不会想写。当然，他确实对无休止的争斗感到厌倦，但这并不
意味着他的疾病代表了对他们审判的投降书。他并没有在为了惩罚或
罪恶而赎罪。他在这个伟大的学校里读了四年书、往自己脑袋里灌满
理性人文主义，不是为了最终通过生理上的痛苦来救赎自己荒唐的罪
行。他已经有二十年没写作了，写作的主要内容就是非理性的罪过，
目的便是要终结这种非理性的罪过。他也不需要靠疾病来获取他人的
注意。事实上，不被人注意才是他所追求的——在手术室里戴上口罩
穿上大褂，那才是目标。他不愿意因为任何平庸、浪漫、聪明、诗意、
学究或精神分析的理由让自己成为一个受到痛苦折磨的人，当然更不
能就此让莫蒂默·霍罗威茨满意。莫蒂默·霍罗威茨是这个世上最能
让他好好活下去的理由。为此他没有什么是不愿意干的。他拒绝。

　　三颗（或是四颗）复方羟可酮，三分之二克大麻，六盎司伏特加，

让他看清了所有事物，同时无法停止自己的滔滔不绝。一切都结束了。痛苦的十八个月结束了。他已经下定决心，就这么干了。我很好。

"我不能忘记这一切。我曾经表现优秀，口齿伶俐，擅长讽刺，老于世故，而你曾是那样一个热情、孝顺、患有哮喘病的孩子，在父亲的手袋店里帮忙。我在宣传目录册上看到了你的名字，我就在想：'这就是鲍比找到的可以躲藏的地方。躲在外科医生的后面。'但事实上，我看到的是一个没有躲藏任何事物的人。这个人在手术室里完全没有时间四处闲逛想着下一步应该做什么或是这个药是否有效。这个人完全知道怎么做才是对的——怎样才能迅速做对。不能有任何错误。从不怀疑风险系数。生命对死亡。健康对疾病。麻醉对痛苦。这对一个人来说是绝对必要的！"

鲍比向后靠去，放声大笑起来。笑声爽朗，那一对肺叶不再有缺氧的烦恼了。他的体型已经和福斯塔夫[1]差不多，但并非因为胡吃海喝，而是因为自己有用。他的体型和他的价值一样巨大。

"等你知道怎么做了，祖克，你就知道这一切非常简单。就和骑自

1　福斯塔夫，莎士比亚历史剧《亨利四世》中的人物，他是王子放浪形骸的酒友，既吹牛撒谎又幽默乐观，既无道德荣誉观念又无坏心，是一个成功的喜剧形象。

行车一个道理。"

"不，不，人们总是会低估自己专业的复杂性。这一切之所以简单
只是因为你掌握了足够的知识。"

"说到专业，我看到他们在《时代》杂志里说你有过四个老婆。"

"这辈子就三个。你呢？"

"一个。一个老婆，"鲍比说，"一个小孩，一次离婚。"

"你父亲怎么样了？"

"不太好。我妈妈刚刚去世，四十五年的婚姻啊，他情况很糟糕。
就算在他最快活的日子里，他也不是你笔下冷酷无情的犹太人——就
算告诉你今天是周三，他的眼眶里都会噙满泪水。所以现在一切都挺
让人头疼的。他现在暂时住在我这里。你的父母呢？"

"我父亲六九年就去世了。一半是因为中风，后来又是心脏病。我
母亲一年以后也走了。脑瘤。非常突然。"

"所以你现在成了孤儿了。目前还没有老婆。这是问题所在吗？被
所有人抛弃？"

"我有几个女孩子照顾我。"

"你吃什么药上瘾，祖克？"

"没有，什么都没有。只有打击，没了。老婆啊，作品啊，女人
啊，葬礼啊。双亲的死是一剂重药。我在小说里已经预演过这一切好

多年了，但仍然没有实感。但最重要的是，我已经烦透了这个工作。这可不是他们在'人文学3'里向我保证的那样鼓舞人心的经历。我让自己对经历充满饥饿，又只以文字为食。它让我一直做苦力，鲍勃，这种写作所需要的例行公事。在一个外行人看来，这仿佛是一种自由的生活——没有时间表，可以自由控制时间，收获荣誉，随意选择任何想写的东西。可是一旦一个人开始写作，就会发现到处都是限制。被主题限制。被意义限制。被写出一本书的决心限制。如果你想每一分钟都被人提醒自己的极限在哪里，那没有比写作更好的职业了。你的回忆，你的措辞，你的才华，你的同情心，你的观察，你的感觉，你的理解——永远都不够。你会发现你不知道的事比你知道的要多得多。你的周围就是一圈围墙，而你一直拼命想要挣脱。但自己加在自己身上的各种限制却变得更加凶猛。"

"所有对任何人有所帮助的构造，同时都是一种限制。我真不想说，但我必须告诉你，医学界也是这样的。每个人都会陷入他最擅长的领域动弹不得。"

"你瞧，就这么简单：我已经厌烦了靠挖取自己的回忆、靠过去为生。从我这个角度来说已经没有什么能看的了；如果这曾是我最擅长的领域，那么现在已经不再是了。我想要和生活有更积极的联系，我现在就想要。我想要和我自己维持一种积极的联系。我厌烦了将所有的事物写到作品里。我想要真实的事物，没有经过加工的事物，不为了写作只为了事物本身。我已经靠挖掘自己为生太久了。我有上千种重新开始的理由。"

但是鲍比摇了摇头：无法理解，不愿相信。"如果你作为作家身无分文，一败涂地，你写出来的任何东西都没有发表，没有人知道你的名字，你说你想做点社会工作，好比大概会花上大约两年的时间学习，那么，没问题。如果作为作家的这些年里你一直都在医院和医生身边晃荡，如果在过去二十年里你一直在私下里阅读有关医学的书籍、订阅医学期刊——但像你现在说的这样，你根本和一九五〇年的时候没什么两样，还是那个理科白痴。如果你这么些年真的一直过着某种秘密的生活——但这是真的吗？你到底是何时产生这种伟大的想法的？"

"两三个月之前。"

"我觉得你是有别的麻烦了。"

"是什么？"

"我不知道。也许你只是累了。也许你是想在自己门上挂一块牌子，上面写着：'我去钓鱼了'，结果跑到塔希提岛待上一年。也许你只是需要再度让自己获得干劲的灵感而已。你就告诉我吧。也许你应该再多搞些女人，可能会有帮助。"

"没用。试过了。所有那些外在的享乐，但结果却是快乐的反面。

做爱、爬喜马拉雅山、写书——还是没有足够的陪伴。梅勒都去竞选纽约市长了，卡夫卡都在谈论如何成为特拉维夫[1]的咖啡店服务员。而我想成为医生。想要突破的梦想并不是那么稀少。对最麻木的作家来说这是经常发生的。工作不断地利用你，利用你，然后你开始想你到底还剩多少可以被利用的东西。有些人借酒消愁，有些人饮弹自尽。我更喜欢上医学院。"

"但是，你要知道，不管在写作中纠缠你的是什么问题，等你当了医生，照样可能碰到这些问题。你也可能会对真实的事物感到厌烦。厌烦癌症，厌烦中风，厌烦各个家庭谈论不同的噩耗。就像你会对任何事物厌倦一样，你完全可能厌倦恶性肿瘤。你看，我算是有经验的人，我可以告诉你，这个行业的回报绝对不像你想得那么丰厚。你可能会太执着于经验，而失去把握你正拥有的机会。你付你的钱，祖克，做出自己的选择。我觉得你很有可能会变成和作家祖克曼一样的医生祖克曼，毫无区别。"

"但这样就不会有孤独感、疏离感了——不可能会有。这两者的外在差别太明显了。医院里每天有上千人来来去去。你认识什么人会来到我书房，让我触诊并遵嘱开口说'啊'吗？写作可不是一个具有社交

1　特拉维夫，以色列港市。

性的行业。"

"我不同意这点。你的孤独是你的特点。和他人共事明显违背你的天性。你的气质就是你的气质，就算你让病人开口说'啊'，你也还是你。"

"鲍勃，你还记得我当年吗？你记忆中我绝对不是一个孤僻的人，该死的。我当时是个活泼合群、外向开朗的孩子。常常大笑，自信满满。事实上我带着知性的兴奋而疯狂。你的老伙伴祖克不是一个性格孤僻的人。我是一个热烈燃烧想要开始一切的人。"

"现在你热烈燃烧准备结束一切。这是我从你说的话里挖掘出来的印象。"

"不，不，不——是热烈燃烧想要重生。你看，我只是要在医学院里试一试。这到底有什么地方错了？"

"因为这跟你去休六个月的年假完全不同。这是一项需要耗费大量时间和金钱的投资。对于一个已经四十岁、没有资质、没有理科头脑的人来说，实在太费力了。"

"我可以。"

"好吧——就让我们假设你可以，虽然我很怀疑。等你能有所价值的时候，你就已经该死的差不多五十了。你身边将会有许许多多的人，但你无法获得认可，而你到了五十岁怎么可能会喜欢这点？"

"我会爱死这点的。"

"胡扯。"

"你错了。我已经获得了认可。我已经有了知名度。而到头来对大众根本没什么作用，反而对我有很大的影响。我给我自己实施了软禁。鲍比，我不想忏悔，也不想被人当成一个忏悔者，而他们对我的兴趣也就停止于此。这不是文学上的名声，这是性方面的名声，而性的名声可不好听。不，能放弃这一切我会很满意的。文学史上最惹人嫉妒的天才是那个发明了字母汤的人：没有人知道他是谁。没有什么事情会比到处假装自己是自己作品的作者更累人的事了——只有假装自己不是这个作者才能与之媲美。"

"那么钱方面怎么办，如果你自认不需要别人的认可？"

"我赚了钱，一大笔钱。许多钱，以及随之而来的许多尴尬，现在我一个都不需要了。"

"好吧，你会有许多钱，减掉你上医学院的学费以及十年的生活费。你想当医生或必须成为医生的理由没法说服我，你也肯定没法说服录取委员会。"

"我这些成绩怎么样？全是优秀啊，该死的。五十年代的优秀！"

"祖克，作为这个机构的员工我对你如此看重这些优秀非常感动。但我不得不告诉你，不是优秀的我们根本看都不会看。问题是，我们选择的是怎么样的优秀。我们绝对不会因为有个作家不想再孤独地和打字机一起度过余生并且厌烦了和他的女朋友们做爱就把这个作家招进来。这对你所做的事来说也许是个不错的出路，但是我们这个国家现在医生短缺，又开了那么多医学院，诸如此类等等。如果我是系主任我就会这么告诉你。我可不想向校理事会解释你这情况，以你这种说明方式肯定行不通，像你这样的外表更是不行。你最近到底有没有好好体检过？"

"我一直在旅行，仅此而已。"

"旅行了三个小时，从你所说的判断。"

这时，鲍比的电话响了。"这里是弗雷塔医生……怎么了？……拜托了，振作起来吧。镇定下来。他好好的，什么都没发生……爸爸，我也不知道他在哪里……他没死——他只是出去了……你看，要不你到医院来，到办公室等我吧。我们等会可以去吃中餐……那你就看看电视，我会在八点回家做点意大利通心粉……我不管格里高利吃什么……我知道他是个帅气优秀的男孩，我只是不再管他到底吃没吃饭。不要坐在那里等格里高利了。你快让自己被格里高利逼疯了。对了，你知道谁在这吗，此刻正坐在我桌子对面的？是我的老室友祖克……内森。内森·祖克曼……来，我把电话给他。"他把电话从桌对面递过来。"是我老爸。打声招呼吧。"

"弗雷塔先生——我是内森·祖克曼。你还好吗？"

"哎，今天不太好。一点也不好。我的老婆没了。我失去了朱莉。"他开始痛哭。

"我听说了。我感到非常难过，鲍比告诉我的。"

"四十五年了，多么美好的日子，现在我的朱莉走了。她躺在墓地里。怎么会这样？甚至不能在那个墓地里放花，不然会被人偷走。这样，告诉鲍比——他还在吗？他出去了没有？"

"他还在。"

"告诉他，拜托了，我刚才忘记跟他说了——我明天得到那里去一趟。我必须在下雪之前到墓地去一次。"

祖克曼把电话还给鲍比。

"怎么回事？……不行，格里高利没法带你出去。爸爸，格里高利没法把垃圾扔出去。他能牺牲一个早上出席葬礼我们就该谢天谢地了……我知道他是个很好的孩子，但你不能……什么？……当然，等一下。"然后他对祖克曼说，"他想要再和你说点事。"

"怎么了？弗雷塔先生？"

"祖克，祖克——我刚刚才想起你是谁。对不起，我现在脑子里一片混乱。乔尔·考普曼[1]——你还记得不？我曾经叫你乔尔·考普曼，

1　Joel Kupperman (1936—   )，康涅狄格大学的哲学系教授。美国大众普遍记得考普曼从小就是个"数学天才"，他二十世纪四十年代曾在观众面前以惊人的速度计算复杂的数学题，同时他也掌握了大量常识。

小神童。"

"对，我记得。"

"你一定对什么问题都知道答案。"

"我想是的。"

"当然，你和鲍比都那么用功。你们两个孩子是多好的学生啊！今天早上我还在跟格里高利说他父亲曾经就坐在那张桌子边学习。他是个好孩子，祖克。他只是需要一些方向。我们不能失去那个孩子！我们培养了一个鲍比，我们可以再培养一个鲍比。如果这事要我一个人干我也会上的。祖克，快，再把电话给鲍勃，趁我还没忘记这件事。"

电话又还给了鲍比。

"是的，爸爸……爸爸，你要是再跟他说我是如何热爱写作业，这孩子一定会把我们两个都捅死的……你会去墓地……我了解。我会打点好的……我大概晚上八点回家……爸爸，认命吧——他不会仅仅因为你希望他回家就回来吃饭的……因为他经常不回家吃饭……我不知道是哪里，但他肯定会吃饭，我保证。我八点回家。我回来前你先看电视吧。我们过几个小时后再见……"

鲍比最近一直在经历这些。和一个得抑郁症的妻子离婚，被桀骜不驯的十八岁儿子蔑视，负责照顾一个丧偶的七十二岁老爸，老爸整天给予他无限的关怀和无限的恼火；此外，还有自从离婚以后承担对儿子的独立抚养责任。由于在青春期快结束时得过严重的腮腺炎，鲍比失去了生育能力，格里高利是他还在念医学院的时候就收养的孩子。在当时抚养一个婴儿是一个巨大的负担，但他年轻的妻子急不可耐地想要一个完整的家庭，而鲍比又是个热情尽职的年轻人。当然，他的父母自从格里高利这个小婴儿进门开始就对他宠爱有加。"每个人都很溺爱他——而他变成什么样了？一无是处。"

他的声音，疲倦中带着一丝憎恨，与其说鲍比的心变得冷酷无情，不如说这更加证实了他所受到的煎熬。显然他是花了番功夫才狠下心抹杀自己对这个自私小鬼最后的一点疼爱之情。祖克曼自己的父亲在最终下决心和他断绝关系前就撒手人寰。"他无知、懒惰、自私。一个低级的美国式小消费者。他的朋友都没什么出息，一无是处，那些小鬼就做做汽车广告。他们整天谈论的就是如何在二十五岁前成为百万富翁——当然不是通过工作。想象一下，我们在大学里的时候，大家提到'百万富翁'的时候都是心存敬意的。我听他飞快地报出摇滚界无数巨人的名字，就想拧断他的脖子。我本来以为这不可能发生，但看到他跷着二郎腿喝着百威看电视上的双重赛，他甚至让我开始憎恨芝加哥白袜队了。如果我后二十年不用再看到格里高利，我的人生一定很幸福。但他是个该死的吃白食的家伙，看样子我一辈子都

摆脱不了他了。他本来应该去市中心一所大学念书，不过我觉得他甚
至都不知道那大学叫什么名字。他告诉我他没去上学，因为他找不到
停车位。我让他脚踏实地做点什么，他却让我去吃屎，还说要和他母
亲一起住再也不回来了，因为我是一个吹毛求疵的蠢蛋。'去吧，格
里，'我这么对他说，'今晚就开车去，我会付你汽油钱的。'但她住在
冷得要死的威斯康星州并且有点精神错乱，而他认识的那帮蠢货基本
都在这里闲晃，所以接下来的情况是，他根本没有离家再也不回来，而
是在他的房间里干某个小妞。他真是个甜心，这个格里高利。在我母
亲去世后那天早上，我告诉他祖父会来跟我们一起住直到他情况好
转，结果这小子一听就勃然大怒。'爷爷要住这儿？爷爷怎么可以来住
这儿？要是爷爷搬来了，你让我去哪里操玛丽？我在问一个严肃的问
题。告诉我。难道去她家？在她全家人眼皮底下？'而那时离我母亲去
世仅仅十二个小时。我一整晚都在他们那里陪我老爸。他们当时在客
厅里搭了个棋牌桌玩纸牌游戏，就他们两人。突然我母亲放下了手。
'我不想再玩了，'她说。然后她的头后仰，就这么去了。大范围冠状
动脉血栓。现在他和我们住在一起，直到熬过最艰难的时光。当我父
亲穿着睡衣看十一点的新闻时，格里高利出门开始他的夜生活。'他这
个时间要去哪里？你要去哪里，小甜心，都已经晚上十一点了。'那孩
子以为他听到的是非洲话。我说：'爸爸，算了。''但要是刚出门就十

一点了，那他要什么时候回家啊？'我告诉他这些是超过他理解范围的东西——你得有专栏作家安·兰德斯[1]那样的脑子才能回答这些问题。糟糕的事业。我爸爸正在面对小甜心的真面目，却完全没有半点思想准备。小甜心原来是个骗子，还是个鬼扯蛋的艺术家，连走到街角帮爷爷买一夸脱的牛奶配玉米片都嫌麻烦。看着这一切实在让人难受。我们这三个礼拜一直在一起，就像当年我还是孩子的时候在店里帮忙一样，只不过现在他才是孩子。母亲死了，老父亲就成了儿子的儿子。我们一起看水门事件新闻。我们一起吃晚饭。早上我在去医院前给他做早餐。回家路上我去买他爱吃的有巧克力涂层的饼干。在他上床睡觉前，我给他吃两块饼干，外加一颗安定片和一杯热牛奶。我母亲去世的那晚，我在他那里过夜，和他一起睡在他们的床上。第一周的白天，我在手术室工作，而他就到医院来坐在我书桌旁等我，跟我的秘书谈手袋的生意经。每天他都坐在我的办公室里，看四个小时的报纸，直到我从手术室里出来，带他到自助食堂去吃午饭。没有什么能比老父亲毫不设防的心灵更能打动人心了，所以我才无法原谅那个该死的孩子。这个老人是那么无助，而他却无动于衷。我知道他只有十

---

1 安·兰德斯，《芝加哥太阳报》提供咨询的专栏作家露丝·克劳利于 1943 年创用的笔名。近七十年来，"问问安·兰德斯"成为北美诸多报纸的专题栏目，已是文化符号。

八岁，但如此麻木无情？如此视而不见？就算他只有八岁也会招人厌恶的。但是事情就这么发展，到了现在这个地步。我太忙着照顾我老爸了，甚至没有时间来想念我母亲。这种想念可能会来得迟一点，我想。失去双亲对你来说感觉如何？我还记得你的爸妈和你弟弟一起坐着火车来学校看你。"

祖克曼不太想在这个时候提到自己家庭的尴尬局面——这只会让对方进一步对他的动机产生怀疑。祖克曼仍旧被鲍比如此就事论事地反对他感到震惊。他想要改变人生的计划在鲍比看来相当荒谬，正如他邀请戴安娜和他一起来芝加哥上学时得到的反应一样。

"那是什么感觉，"鲍比问他，"在他们过世三四年以后？"

"我想他们。"去想念。去感受他们不在的生活。同时却无法不去怀念那已经逝去的机会。

"他们对《卡诺夫斯基》是怎么理解的？"

在过去，他一定会把真相告诉他——那时祖克曼会拉住鲍比聊天聊到半夜，告诉他一切真相。但要解释父亲从来没有谅解《卡诺夫斯基》中对祖克曼一家和犹太人的各种嘲弄；要描述他顺从的母亲的慌张失态、受伤的自尊、复杂的情感以及她人生最后一年生活中遇到的尴尬，所有这一切只因为她是《卡诺夫斯基》中形容的母亲；要告诉鲍比自己的弟弟竟然声称他所做的不是嘲弄，而是谋杀……这个，他觉得过了二十年之后，再向老室友抱怨新泽西的人没有一个懂得如何读这本书实在有点不大合适。

和瑞琦一起开车飞驰在市郊车道上。夜晚的芝加哥，复方羟可酮告诉他，去看看新的毕加索雕塑，古老的高架铁道，看看你日记里写的昏暗的小酒吧，那些"真实"的存在现在已经变成早已过时的古董了——"先得找一个房间让我躺下。我的脖子。必须把手提箱里的围领拿出来。"但是复方羟可酮不肯听：你的围领只是个精神支柱。你不能戴着围领进医学院。"那什么是复方羟可酮？"说得没错，但一次只能丢掉一样支柱。你回来了，但这里只是芝加哥，不是卢德[1]。

在市郊车道上，周围一切让他觉得更像是回到了沙特尔[2]：在他们向教堂塔尖驶去时，他看到了奇迹，以及一个时代的终结，一个用了二十年时间草草拼凑起来的传说。在他写了（同时在为自己辩护时，愚蠢的辩护！）四本书的同时，他们已经建造了罗马、雅典、吴哥窟以及马丘比丘[3]。他也许也是第一次看见电气照明。断断续续的光带，或呈

1　卢德，法国西南部城市。
2　沙特尔，法国北部城市。
3　马丘比丘，取"古老的山"之义，也被称作"失落的印加城市"，是保存完好的前哥伦布时期的印加遗迹。马丘比丘是南美洲最重要的考古发掘中心，也因此是秘鲁最受欢迎的旅游景点。

星形，或呈方形，交织在一起，攀爬向上，在湖边形成一座无形的墙，在这一天，这个年纪，再没有什么别的了。为了让这些诠释黑夜的光明的谜团更加复杂——以及那四本书，那上千页的稿纸，那让他成为现在的自己的三十万字——他任由人工麻醉剂刺激他的血液，浸透他的大脑。

羟考酮。正是这种成分让他思维混乱。他母亲在天使蛋糕里加了多少蛋白，复方羟可酮里就有多少羟考酮。他从《内科医生关于制药学和生物学的案头参考》一书中知道了什么是羟考酮，那是一本大开本的蓝封面书籍，第二十五版，就寝时翻看，长达一千五百页，比他床头那本格雷的《解剖学》还要多三百页。其中三十页展示了一千种处方药物的彩色照片，都是实际尺寸。他可以吞下五百毫克乙氯维诺——一种有弹性的红色安眠药，会在服用后慢慢散发出一种淡淡的刺激性气味和味道——而在等待探明某种药是否有效的过程中，开着灯，旁边放着他的《内科医生关于制药学和生物学的案头参考》，抓紧时间温习各种副作用和禁忌症，觉得（如果他可以让自己有感觉的话）自己像是以前那个困倦的男孩，单是把自己的集邮簿拿到床上用放大镜研究邮票上的水印，就可以把他放倒——不只是三十分钟，而是十个小时。

大部分药片看起来都很平常，就像M&M's巧克力豆那样，就像一套套色彩斑斓、印有坚强君主和开国之父人物画像的无聊邮票。但在等待入睡的过程中，他拥有这世上所有的时间，就像多年前年轻的集邮家审视上千张图画那样，只为寻找那些装饰精美、非同寻常、极有创见的：那些抑制恶心感的栓剂看起来就像玩具战争里发射的彩色鱼雷；有一种药叫三氯甲噻嗪，用来治疗水肿，长得就像一片脆弱的雪花；安眠酮药片，疗效是镇定，首字母看起来像个图章戒指。治疗类固醇的药品有地卡特隆，形状像顶礼帽，而用来软化粪便的科拉切胶囊则和红宝石一般闪耀。三聚乙醛胶囊是另一种具有镇定效果的药物，看起来就像一颗石榴石形状的勃艮第葡萄酒瓶，而治疗严重感染的药物青霉素 V（V-Cillin K），则是一枚被踩扁的迷你白色鸵鸟蛋，好像是给一个名叫"莉莉"的小孩的生日礼物。敏克嗪上标记着一个箭头化石，而乙基罂粟碱上则有一只化石昆虫，二甲基黄嘌呤表面的刻痕在祖克曼看来好像神秘的古代北欧文字如尼文。用来减轻痛苦的药有像玩具口红一样的达尔丰胶囊、把自己伪装成覆盆子薄荷糖的醋氨酚药片、从模子上刻出来的安慰剂鼻祖——粉红色的镇痛新小药片。但这三种药里没有一种——他早已大剂量服用过这三种药剂——可以像羟考酮那样减轻祖克曼的疼痛。远藤实验室公司的首席大厨把阿司匹林、咖啡因、非那西汀等镇痛剂各来一点混合在一起，最后撒上零星的后马托品对酞酸盐，制成醇厚温柔、愉悦身心的复方羟可酮。要是没有它，祖克曼还能去哪里？他只能躺在科特勒医生的枕头上祈祷，怎么可能像现在这样在城市里徜徉。

在午夜里溘然魂离人间[1]。济慈学过医（也有人说他死于某篇评论）。济慈、柯南·道尔、斯摩莱特[2]、拉拍雷、沃克·珀西[3]、托马斯·布朗爵士[4]。这两个职业之间的亲密关系是真实存在的——这可不是复方羟可酮的甜蜜谎言，这是颇有分量的传记史实。契诃夫、塞利纳[5]、A.J.克罗宁[6]、卡尔洛·莱维[7]、新泽西卢瑟福市的威廉·卡洛斯·威廉斯……

他应该把这串名单念给鲍比听的。但鲍比一定会回答，他们全是

1　诗人济慈《夜莺颂》里的诗句。

2　Smollett (1721—1771)，苏格兰诗人、作家，以流浪汉小说闻名。

3　Walker Percy (1916—1990)，美国著名作家。1941年，沃克·珀西毕业于哥伦比亚大学医学院，随后在贝弗利担任实习医生，决意成为一名精神病医师。1942年，沃克不幸感染了肺结核，在与之进行了三年的生死较量后，他改信天主教，并由此开始了写作生涯，先写散文，后写小说。沃克·珀西的作品以充满思辨色彩而著称。

4　Sir Thomas Browne (1605—1682)，英国医师、作家。他的散文以文辞华丽著称，代表作《医生的宗教》、《瓮葬》等。

5　Céline (1894—1961)，法国著名小说家，代表作有《茫茫黑夜漫游》等。

6　A. J. Cronin (1896—1981)，苏格兰医生、小说家。曾在南威尔士行医。1925年获医学博士学位，1926至1930年在伦敦行医，1930年弃医从事文学活动，成为专业作家。

7　Carlo Levi (1902—1975)，意大利反法西斯作家，曾经行医。代表作《基督不到的地方》。

243

先当上医生再当作家。不，别的医生不会信任我，因为我首先选择了做一名艺人。没有人会相信我能行。也不会相信我是真心想干这行。我当内科医生会和当作家一样被人怀疑。还有，那些可怜的病人怎么办？这个新来的医生曾经写过《卡诺夫斯基》——他根本不想治好我，他只想从我这里探听我的事然后全部写进他的书里。

"你是女权主义者么，瑞琦？"

"我只开车，先生。"

"别误会我。事实上我喜欢女权主义者，因为她们实在是太愚蠢了。她们总是谈论剥削。对她们来说，最常见的剥削就是一个男人和女人做爱。我上电视节目的时候，他们有时会请我和女权主义者辩论。每当那些女人继续这个话题时，我就跟她们说：'知道吗，我这里有个地方非常适合你们生存：没有色情，没有妓女，没有性变态。这个地方叫做苏联。你们怎么不去那里呢？'此论一出，往往能让她们半天说不出话来。我人在哪里，哪里就有争端。总是没完没了的指控和掐架，总是在打仗。我是一个濒危物种，容易遭受攻击。因为我太具有威胁性了，是最具有威胁性的人物。我一向知道自己的肉体在受到伤害。这可不是危言耸听。有很多人都可以伤害我。我收到过死亡威胁，瑞琦。如果我把这些威胁信给你看，你会看到其中一半都在说'只有犹太人才会这么做。只有犹太婊子才会那么不要脸'。简直就像在越南战场清点死亡人数。如果你不被看成是个人,就有人会打着正义的旗号要将你置于死地。只要一把枪,一颗子弹,任何人都可以置我于死地。他可能明天干掉我,也可能今晚就干掉我。我想要持枪许可证,现在就想要。我有很多枪,但我希望能合法拥有枪支,你知道的。在纽约,市长让我为拥有持枪许可作战,然后又让我赞同他的反对者。从来没有直接命令,不,不是像那样——但曾有人来到俱乐部对我说:'市长希望你能这样那样,'于是我就照办了。否则市政府会让我的情况比现在更糟。我非常惧怕被人绑架。在所有的采访和公开演讲中,我从来没有提到我有一个妻子和一个儿子。我在伦敦劳埃德保险社买了绑架保险,但这并不意味着他们能让我停止我的事业。我永远无法成为像海夫纳那样被世人接受的高尚色情从业者,无法像他那样有一套被世人接受的臭'哲学'。我永远也不可能成为一个被世人接纳的好犹太人,永远不可能。你信什么教?"

"路德教[1]。"

"我从来都没想成为新教徒过。犹太人都是新教徒,大部分人如

---

1 欧洲新教之一,马丁·路德所创,和开尔文教、安利甘教(英国国教)并称三大新教。

此，但我不是。被同化，被尊敬，像盎格鲁-撒克逊系的白人新教徒那样超然独立，我理解这种欲望，但我知道永远不能去尝试。我见过那些高贵的白人新教徒，梳着漂亮的灰色头发，穿着细条纹西装，屁股上不长痘痘。他们都是我的律师。我就是把这些人送进法庭替我辩护。我不要犹太人。犹太人太疯狂了，就和我一样。容易走向极端。犹太人还容易紧张不安，但这些人自控能力很好，他们身上有我所尊敬的那种冷静超然。这些人非常安静。我可不想变成那样。我没法以这样的状态开始。我是南美洲大草原的野生犹太人。我是美国的青铜巨像。但我爱死这些家伙了——他们让我免于牢狱之灾。尽管他们中有很多人也很疯狂，你懂的。他们酗酒，他们的老婆把头伸进烤箱里，他们的小孩嗑迷幻药然后从窗口跳出去想看看自己是否能飞翔。白人新教徒也有他们的麻烦，我知道这点。但他们没有我那些敌人。我把整个市场逼入绝境，所有人都恨我。所有人。纽约有个演艺俱乐部，我很乐意成为那里的会员。那地方叫调查俱乐部。我喜欢娱乐业，低俗的闹剧，老牌的喜剧。但他们不肯让我进去。他们招待黑手党的打手，他们接受夏洛克[1]这样冷酷无情的高利贷者，但那个犹太老板就是

1　英国戏剧作家莎士比亚的喜剧《威尼斯商人》中的主要人物之一，世界文学作品中四大吝啬鬼之一。

不肯让我进去。我比尼克松的敌人更多。警察，暴徒。就是疯狂、该死、多疑的尼克松本人。我的首席大法官是沃伦·伯格[1]，其他法官还有刘易斯·鲍威尔[2]、哈里·布莱克门[3]、威廉·伦奎斯特[4]、'奇才'拜伦·怀特[5]，全是美国白人。我老婆是我的敌人。我孩子是我的敌人。我有个分析师，别人雇他来当我的敌人。他们不是想要毁了我，对我进行指控，然后霸占我的产业，就是想要把我变成别人。我从三个月前开始进行精神分析。你有没有做过精神分析？"

"没有，先生。"

"这非常吓人，瑞琦。根本没有结果。我今天早上还在跟医生抱怨，说这是个永无止境的过程。有时候我真不知道进行一次接一次的谈话到底是不是在浪费我的钱。每次谈话都要一百美元，一个月就是一千六百多美元，太贵了。但我老婆是个非常保守的女人，她想让我接受治疗，于是我只好照办。她是我的第四任老婆，非常保守，我们总

1 Warren Burger (1907—1995)，美国律师、政治家，曾任美国联邦最高法院第十五任首席大法官。
2 Lewis Powell (1907—1998)，美国联邦最高法院大法官。他在最高法院任职期间，以稳健的风度和纯熟的技巧成功在多件重要案件中投下决定性一票。
3 Harry Blackmun (1908—1999)，美国联邦最高法院大法官。
4 William Rehnquist (1924—2005)，美国联邦最高法院第十六任首席大法官。
5 Byron White (1917—2002)，美国联邦最高法院大法官。

是在吵架。她认为色情业相当幼稚。我告诉她："对，确实如此，那又怎样？"她觉得我干这行是屈才了。她说我把自己禁锢在一个根本和我不符合的面具底下。如果我能成为别人，我将成为一个多么伟大的人啊。她和那个精神分析师都是这么想的。我不能说我对色情业半点都没有厌倦，做这行有许多自己无法控制的强迫性——我知道这点。在某种程度上我已经对谈论舔阴口交以及谁的鸡巴更大这些话题感到无聊了。很多时候我也对各种诉讼案件感到厌倦。我厌烦辩论。对我来说，组织一次让人们观看别人性交的活动也越来越难了——但对于那些想要这样做的人来说，为什么'不'呢？大家能干其他各种无聊的事，为什么不能干这个？分析师对我说："为什么你要如此竭尽全力让自己不被世人接纳？"我有吗？《立可舔》的读者可没有不接纳我。那些想要看一场激烈的色情电影来追求刺激的穷鬼们可没有不接纳我。那些来'米尔顿千禧年二号'消费的客人可没有不接纳我。我并不是说你可以到我的俱乐部来把任何女人推倒在地跟她做爱。我从来没说过你可以干任何你想干的人。这都是那些该死的法西斯女权主义者们给我扣的欲加之罪，她们之前恨自己的父亲，现在又来恨我。但这并非我的观点。在我这里，每样事情都需要获得双方的同意，每个女人都是由一个男人陪伴进来的。但是你立刻会把那百分之九十说'喔，我可不做这种事'的人排除掉。你立即置身于一个球场。你可以干任何一个想被你干的人。这在纽约是最受欢迎的。一对男女只需花费三十五美元，包括晚餐、跳舞、在俱乐部待到凌晨四点。你随便去一家纽约的迪斯科舞厅都要花二十五美元。而在米尔顿这里，只要花三十五美元你就可以拥有自己的旅馆套房，能吃东西，还可以拥有整个晚上的活动。而且你很安全。我一年半前重新开业，至今还没发生过纷争。你倒是说说芝加哥有哪个酒吧在过去十八个月里没有发生过骚乱的。在那里，为了争夺一个女人，你得让自己够疯狂。你打架是因为你被压抑、被拒绝。而在米尔顿的店里，你显然已经拥有了一个女人，你之所以在这里，是因为你有女人——所以你可以或是看别人做爱自己手淫，或是和你带来的女人做爱，或是干脆和其他人交换伴侣，如果每个人都觉得对方合适的话。如果你想单独做爱，我们提供小房间，而如果想看刺激的，我们还有宽敞的大厅，里面到处是镜子，甚至还有酒吧。当然，就某种程度上来说这是无聊的——一百个人一起做爱，那又怎么样？我并没有说这是高级的场所。这些人都住在新泽西或是皇后区。漂亮的人都不会去米尔顿的店里，除了去观赏。真正迷人的交换伴侣者都只在舞会上私下里交换，是加利福尼亚派的。在米尔顿这里，只有笨拙的老好人——有点中产阶级的意思。你知道有多少客人是真的来店里做爱的吗？"

"不知道，先生。"

"你猜猜。"

"我还是集中注意力开车吧，先生。现在交通拥挤。"

"百分之二十，最多。有百分之八十都是来看的，就像看电视一样，当个旁观者。但这和海夫纳大厦以及他为随员开的香槟派对不一样。看到电视上他和他那些芭比娃娃我就想吐。我为普通人提供服务。我提供娱乐，提供信息——我让人们心中的感觉正当化，就和别人的一样真实。他们需要来点下流话才能兴奋？那又怎样？他们还是人类，你知道，跟他们一样的人还有成千上万。所有男性杂志加起来有三千万读者。这比给麦戈文[1]投票的人还多。如果所有男性杂志聚集在一起开会要选出一个候选人，他一定会打败乔治·麦戈文。这些买杂志来寻求刺激的男性人数比荷兰、比利时、瑞典、芬兰和挪威的所有人口加起来还多。但是精神分析师还是告诉我我所做的一切只是让我的神经官能症更加系统化。拿破仑也是如此。西格蒙德·弗洛伊德也是如此！对我来说这就是精神分析的问题。当然我想要成为一个更称职的父亲。我得应付一个七岁大的儿子，他非常聪明，对我来说非常珍贵，但也非常难缠。他是个神秘莫测的聪明小孩，总是对我所做

1　McGovern（1922—2012），美国历史学家、作家。1972 年美国民主党总统候选人，他的对手是当时总统宝座卫冕者尼克松。

的一切大加质问。我应该给我的小内森灌输价值观，告诉他何时挑战权威何时接受权威吗？我没有概念。我不喜欢禁止别人做什么事——这不是我的方式。但我在这里，每年收入毛利七百万美元，是性革命里的头号恐怖分子，我完全没有概念该如何教育他。我想学着和他分享。我希望他能感受我的力量，知道我是谁，并且喜欢他自己。我很关心内森。人们往往容易因为我的关系而对他态度恶劣。但我是否应该为了他而彻底改变我的生活？现在他只有七岁，还不大清楚我是谁。他知道有时人们会来找我签名，但他不知道我到底从事什么行业。我跟他说我做电影，有一家夜总会俱乐部，还发行一本杂志。他有一次想要看看《立可舔》。我跟他说：'这不是给你看的，是给大人们看的。'他问：'是吗，那里面是什么内容？'我说：'都是说人们怎么做爱。'他应了声：'噢。''你知道做爱是什么吗？'我问他。结果他说：'我怎么会知道？'——一副忿忿不平的样子。但等他知道的时候，也许对他来说会很难熬。我去学校接他的时候，那些十二岁大的孩子知道我是谁——我很担心这点。但是精神分析对于像我这样的人来说太复杂了。我通过让人反感大赚一票。我听到分析师提到一夫一妻制，还有什么对婚姻做出承诺，但这些想法在我听来实在太傻。他举这些例子告诉我这才是健康的。我不知道——我是在为一个愚蠢而根深蒂固的精神症状辩护呢，还是在用一小时一百美元的代价让一个专业的资产阶级给自己洗脑? 我有许多女朋友, 应该摆脱她们。我玩过集体性派对, 应该立刻戒除。我跟客人口交, 应该停止。我老婆对这一切都不太清楚——她很超脱, 天真, 心地善良, 她不知道。人们都不敢相信她竟然会不知道, 但她就是那种女人, 而且我又很小心。所以这就是《米尔顿·阿佩尔的故事》: 全美国最臭名昭著的色情从业者, 我在大部分美国人看来过着不正当的性生活。荒谬。说我是他们之中最野蛮的反社会亡命徒, 粗鲁的化身, 生殖器中的卡斯特罗, 性高潮狂热者的典范, 美国淫妇政治[1]的总指挥——"

即使他想停, 也无法停止了。让他说吧。

1　淫妇政治, 指公元十世纪时罗马贵族中的几个淫妇成为教皇情妇而控制教廷大权。

第五章

尸体

　　他在酒店里以年进七百万美元的身份进行了入住登记。他还记得
早些时候他独自一人试着在大环[1]充满感伤地散步。当这也不奏效的时
候他就回到车里，然后开车到东大使饭店。他们在酒吧里畅饮。就他
记忆所及，他好像给了她许多压力，希望她和自己一起回纽约开他的
劳斯莱斯。像这样的男人想要某样东西时，在他们得手前是不会停止
的。他许诺了一个广阔的未来，让她给米尔顿·阿佩尔当私人司机。
她笑了起来。这是个性格很好的二十七岁女子，刚从偏远的明尼苏达
州出来闯荡没几年，活泼礼貌，完全不像乍一眼看上去那么头脑简
单。她有一双绿松石般让人印象深刻的眼睛，一条金色的发辫，还有
如同健康的孩童那样结实的胳膊。她哈哈笑着，婉转地拒绝，但祖克
曼紧逼不舍。著名的色情业悖论：只有对天真清纯抱有最高的珍视，
才会更享受摧毁它的瞬间。他告诉她，他要带她去庞普饭店，他们将
在吃晚饭时继续讨论这个话题，但是等他到自己房间里洗漱完毕换好

衣服，他就一头倒在床上以减轻肉体的痛苦，而现在已是冬日昏暗的早晨了。

　　若回到一九四九年，在晚上被人跟踪的危险还只是一种比喻的年代，他会在天色暗下来以后绕着大环走上三四次。从芝加哥管弦乐团音乐厅开始——在这里，这个听着"虚构的舞会"[2]和"你的流行唱片集"[3]长大、毫无音乐修养的男孩第一次听到了贝多芬的第五交响曲——他会抄近路走到拉萨尔银行（门口总是拥挤不堪，挤满了憎恨股票交易所的人），再往上走到兰道夫大街，喧闹华丽的市中心总是让他想起他的家乡，纽瓦克的马克特街，那里有中式杂炒连锁店和便宜的专卖店，酒吧烧烤、鞋店、游乐场，屋顶上全是广告牌，周围都是电影院。到达国家湖泊餐厅，他走到 El 高架铁道下，依靠着一根柱子稍事歇息，等待第一波震动带来的激动。作为出生在新泽西的男孩，他理应听说过伊利诺伊州有一种高铁列车，在人的头顶上呼啸而过，但这对他来说，就和《时间与河流》中困扰尤金·甘特的不解之谜一样让他疑惑和激动。假如这都会发生，那任何事情都可能发生。"任何事情"就意味着没有什么能像一九七三年脖子上的痛苦那样，迫使他刚走

1　芝加哥商业中心。
2　纽约 WNEW 电台节目。
3　美国著名的电台和电视音乐节目。

了几个街区后就回到车里，然后回到旅馆径直穿着衣服睡了十个小时。

他一整晚都在做梦。他梦见一个裸体的女人，身材矮小敦实，无法辨认脸部，虽然不能判断她的年龄，但她的胸部十分年轻，位置出奇地高，形状圆润，十分坚挺。她站在一个平台上摆着姿势，给美术课的学生当模特。那是他的母亲。他由于思念而泪流满面，接着又做了一次梦。她飞进了他的房间，这一次确实是母亲无疑——只不过她是变成鸽子飞进来的，一只白色的鸽子，还有一张巨大的白色碟片，周边都是锯齿，好像一个圆锯般在她的翅膀之间旋转，让她浮在空中。"争斗，"她说，然后从一扇开着的窗户飞了出去。他在她身后呼喊着，却被困在床上动弹不得。他从来没有感到如此悲惨无助过。他仿佛回到了六岁，不断地叫着："妈妈，我不是有意的，请回来吧。"

她在这里和我一起。凌晨三点，东大使饭店，他在这里使用了双重伪造身份——用他死对头的姓名登记入住，又把自己伪装成一个社会败类——但他母亲的灵魂还是找到了他。他没有过于伤感，也没有发疯。母亲的某些精神力量超越了她的肉身存在于这个世上。他总是喜欢理性思考，像理性主义者那样，认为一旦人的肉体死亡，生命也随之结束。但在半夜三点的黑暗中，他头脑清醒地躺着，知道一切并非如此。生命结束了，但又没有结束。有一些精神力量，有一些思维力量，可以在肉身死去之后仍旧存在，依附于那些思念着死者的人身上，母亲已经在此时此刻的芝加哥展现了她的力量。人们会说，这只是你的主观想法作祟罢了。我也会对自己这么说。但是主观想法本身也充满了神秘。鸟类有主观想法吗？主观想法只是用来命名她找到我的途径而已。我并没有想要进行这样的联系，她也没有，这种联系也并不会永远存在。就像垂死的肉身一样，这种联系也处于垂死状态，她残留的精神也即将消亡，但并没有完全消失。它就在这个房间里。就在床边。

"近一点，"他对母亲说，声音非常轻柔，"……但不要太近。"

她还在世的时候，她绝对不会愿意冒着和我对抗的风险。她希望我爱她。她不想失去我的爱，因此从不挑剔，从不争辩。现在她不再理会我是否还爱她了。她不需要爱，她不需要支持，她已经完全摆脱了这些妨碍。仅存的只有我所造成的伤口。那是一道可怕的伤口。"你足够聪明明理，知道文学就是文学，但是，内森在里面所举的例子仍然有很多是真实的，而你又是那么爱内森，比这世上任何东西都要爱……"

他不知道母亲的声音会是奇妙的还是可怕的。他没有去探明。他等着她可能会说的话，但她什么也没说：只是静静地在那里。

"母亲，你想要什么？"

但她已经死了。她什么也不想要。

他在一个面朝湖面的宽敞楼顶套房里醒来。还没来得及脱衣服去洗澡，他就打了个电话给鲍比家里。但是过了八点鲍比的医院生活就开始了。早八点到晚八点，祖克曼想，晚上还要接急诊。

接电话的是弗雷塔先生。这个老人正在用真空吸尘器清洁地毯，因此为了能听得清楚不得不把机器关掉。他说鲍比已经走了。

"早上情况不好，"他告诉祖克曼。"我清洗了烤箱，又给冰箱除霜——但是我的朱莉，我想要她回到我身边。为了我自己而想要朱莉回来，这样想是错的吗，这样想很自私吗？"

"不，一点也不。"

"我五点醒来就再也没睡着。格里高利根本没回过家。我真不懂鲍比是怎么接受这点的。他甚至都没有打电话告诉自己父亲他在哪里。都已经早上了，开始下雪了。暴风雪快来了，很大的暴风雪。每个人都知道。'今日节目'里都说了，报纸上也说了。只有格里高利没听见。我本来想今天早上趁暴风雪还没来出去的，但是格里高利在哪里？"他开始哭泣。"很快——很快就要下雪了。祖克，我受不了了。两英尺深的雪啊。"

"也许我可以带你去。也许我们可以一起搭出租车去。"

"我有车，很好开——但鲍比要是知道我一个人出去肯定会气疯的，特别是在这种天气里。她是多么喜欢从窗户里看着外面下雪啊。

就像个小女孩那样，每年第一场雪她都这样。"

"我可以开你的车带你去。"

"这不可能。你也有你自己的生活，这不行。"

"我十点到你那里。"

"但如果格里高利回来了——"

"如果他回来了，我就走。如果没人在家，我就知道你和他一起去了。"

他在淋浴喷头下检查自己的躯干。没什么进展。区别只是在接下去的第二天掌控一切的是他，而不是疼痛。适应痛苦最好的方法是不要适应。他花了一年半的时间学习，现在终于了解了。首先，他要带弗雷塔先生去墓地，赶在大雪把他妻子再次掩埋之前。他的亲生儿子太忙，他的孙子不知所踪，但是祖克曼既有空又有足够体力。如此简单就能满足一个父亲的需求！他在这项工作上受到过非常良好的教育——即使在很小的时候，他也已展现出非凡的才能。只是在他完全成年后，他所具备的其他才能才开始阻碍他在这项任务上的成就。他所从事的事业让他和自己的父亲、母亲、弟弟以及后来的三个妻子逐渐疏远——他对写作的热情投入远超过对他们的，他和他的作品建立起深厚的关系，却抛弃了帮助他获得写作灵感的人。这么多年过去，除了家人们指责他常年不回家外，妻子们也开始抱怨两人的性生活。

接着就是病痛，如此持久，甚至也让他疏远了写作。在地垫上面临的每一种困境，或大或小，都让人无法想象：他无法想象出除了受苦的自己外任何一种人物角色。是什么让我无法康复，是因为我做了什么还是因为我没做什么？这个疾病到底想从我身上得到什么东西？还是说是我想从疾病身上得到什么东西？这样的质问没有有用的目的，但是他存在的唯一主旨就是一连几小时地寻找失落的意义。如果他写痛苦日记，唯一的词条只会是一个词：我自己。

以前，当他还在执着寻找隐藏的原因时，他甚至考虑过痛苦的目的会不会是为了给他提供一个关于肉体的主题，是解剖学献给消失的缪斯的礼物。某种礼物。不只是一个病人对神秘病症的关注，同时也是对一个着迷的作家的关注。上帝只知道他的身体可以带来什么，如果肉体上的折磨能对他的工作有助益的话。

不，他要和生命中可能出现的第四个女人离婚，再也不必聆听对方不绝于耳的痛哭声。彻底地摆脱那种不合适的婚姻关系，重新获得独自一个人的生活吧。首先，去墓地里做一个儿子的替身，然后和鲍比吃午饭，如果他可以安排（他一定可以，只要我在午饭时坚持己见），还可以花十五分钟和医学院的系主任见个面。难道鲍比不知道系主任在这件事上可以有很大的影响力？"我们相信这所医学院有很好的多样性。我们招收这名作家，让他和其他学生一起学习，对他来说这将是一次全新又丰富的体验和经历，对我们来说也是一次全新而丰富的体验和经历。我们都会从这全新的结合中获益，而这一切都是由我，创新派医生带来的。"为什么不能这样？至少让我尝试跟他接触一下也好。这样午饭以后，和注册主任见面，让我能报到进入大学的第一个季度。等到傍晚的时候，他的作家生涯就等于正式结束了，而作为一个内科医生的未来则将在脚下铺开。从昨天开始，他就已经正式告别了病人的身份。这是他用不需要动脑筋的事件所能达成的最佳成果。现在开始，我将听从自己灵魂的召唤。我有我的愿望，而这些愿望务必要达成。

他就着一口伏特加吞下了一颗复方羟可酮，然后拿起厕所旁的电话叫人在他刮胡子的间隙送来一杯咖啡。他得要小心酒精和药品。关于米尔顿·阿佩尔的故事也已经说够了。他一生中最原始的情感力量都已经在昨天倾泻完毕。他在那辆轿车里喷涌的感情比他过去四年在书桌边倾吐的还要多。他觉得自己就像一支巨大的词汇牙膏。诽谤、托辞、轶事、忏悔、忠告、提倡、教育、哲学、攻击、辩护、谴责，由激情和语言汇合成的白色泡沫，所有的一切都只为了一个观众。在他这块灼热干涸的沙漠深处，是那片文字的绿洲！他付出的努力越多，获得的回报也越大。它们是催眠的，这些喋喋不休的疯子。它们想方设法通过一切方式表达自己，不仅仅是通过纸张。它们言无不尽。他

的人性，他的堕落，他的理想。这家伙是江湖骗子吗？祖克曼思忖
着。他仿佛不认识自己，不知道如何让自己听上去比本人更坏或是更
好。但是他所说的难道比我们在《华伦夫人的职业》[1]中听到的更多
吗？自萧伯纳以降，我们的语言也许更加成熟了，但是智慧并没有增
加多少：这位夫人比这个病态又虚伪的社会有道德得多。仍然只有那
个萨德——而不是那个《立可舔》的发行人——可以将这种争论抛至底
层的底层，摈弃所有的道德托辞：除了性快乐本身，没有任何主张能让
一切正当化。也许问题只在于妻子、分析师和孩子——你赐予他一个
儿子而非女儿，这让他的生活变得容易不少——但他仍然无法让自己
走到那一步。当然了，他是个犹太人，而从反犹太的角度来说，如果一
个犹太人想通过开妓院赚钱，他会让店名听起来像一家成人日托中
心。从挺犹太的角度来说，可怜的瑞琦在酒吧里忍受的是一个从事治
愈人身心行业的圣人，运用了弗洛伊德和其学说：维护理想、做好事的
阿佩尔医生，缓解受苦人类的精神紧张状态。设立"米尔顿千禧年"的
高尚理由。十八个月来没有发生过一次斗殴事件——如果这个店能像
麦当劳一样流行开来的话，也许就不会再发生战争了。但是道德的执

---

1 《华伦夫人的职业》，萧伯纳最重要的喜剧。该剧通过华伦夫人姐妹的遭遇，
   揭露了在资本主义社会里出现妓女和妓院的社会根源。

拗，炽热的他性——也许他才是最终让一个人作为犹太人秘密地感到自豪的人。他的影响对我越大，我越觉得欢喜。

"我很认真，"祖克曼大声说，他正站在卧室里为了今天的伟大行程一丝不苟地穿衣服，"——为什么让人们就表面意义来接受这件事会那么难？为了让内森上学，我跑了四家私立学校。一个智商167的孩子，前三家学校居然都拒绝了他。只是因为我。我陪他一起去参加面试。为什么我不能去？我询问他们关于课程设置的问题。我是个有尊严的人。我觉得自己是个非常有尊严的人。我对教育怀有深刻的尊敬之情。我希望他成为最好的学生。我还记得自己十五岁那年读亨利·米勒[1]的作品。大段大段的文字都在描写如何给女人口交。我读着他对女性私处的描写，发现了自己的渺小。如果让我来描述，我估计最多能找出六个形容词。这是我这辈子第一次为自己的词汇量感到羞愧。如果当时老师在学校里告诉我扩大词汇量可以让我像亨利·米勒那样描述女人的私处，我是绝对不会掉队的。我肯定会有学习的动力。这就是我想给予我儿子的。为了他我愿意做一切事情。就在上个礼拜我和他一起洗了个澡。真是美妙，你无法想象这一切。然后我去

1　Henry Miller（1891—1980），美国"垮掉派"作家，是二十世纪美国乃至世界最重要的作家之一，同时也是最富有个性又极具争议的文学大师和业余画家。

找霍洛维茨医生，结果他告诉我我不该这么做，因为男性的阴茎对一个小孩子来说太具有威胁性了。孩子会感到自己有所欠缺。我感到很可怕。霍洛维茨说我这个想法也错了。但我非常想和内森分享这种父子亲情，所以我这么做了。男人对男人。我父亲从来没有在我身后支持过我，从来没有。我要改变这一切。我父亲什么都没给我。现在我如此成功，他倒是大为吃惊。他看见我的劳斯莱斯，他看见那些为我工作的人，看到我住在价值百万美元的房子里，他看见我老婆的穿着打扮，看见我的孩子上的学校，这一切终于让他闭上了那张该死的嘴。但这个孩子的智商高达167，当他开始问我我是做什么的时候，我该怎么告诉他呢？你是作家，你是天才，总是有些好点子——你来告诉我，无法回答这种问题的人如何做一个父亲。我必须想办法熬过这一天，避而不谈这些问题。而你并不比我更了解该如何做。你根本没有孩子，所以你什么也不知道。你将剥夺所有未来的祖克曼后代享受这种疯狂爱意带来的无与伦比的安全感。你将剥夺所有未来的祖克曼后代！伟大的解放者祖克曼让子孙传承这种事到此为止……但除非你有孩子，不然永远无法理解这种折磨。你不懂什么是快乐。你不懂什么是无聊，你不懂——报应。当他十二岁开始学会手淫，我可以让他明白父亲的事业到底是什么，但是对一个七岁的孩子？你该如何向一个七岁的孩子解释无法压抑的射精欲望？"

好吧，不管从这样的恶作剧中能获得多少快乐，现在都应该出发了。作为一个角色，他仍然远远不到完整的地步，但谁不是这样呢？祖克曼这样想着，直到他来到大堂，被门卫告知他的车和司机都在门外等着。显然这个满嘴抗议的色情从业者已经决定在他逗留期间一直雇用瑞琦。

他们调头驶上湖滨大道的时候，大片大片的白色雪花轻轻地扫过轿车的引擎盖。遥远的天空看上去好像已准备好从北方的平原搬来这个季节的第一场大雪。弗雷塔先生的苦痛现在即将开始：美国中西部地区的冬天——每一晚暴风雪都将重新把她掩埋。祖克曼的母亲埋葬在温暖的南方，在那里她只需被掩埋一次。在她的葬礼过后，一个肌肉发达、穿着脏兮兮的 T 恤、胳膊上纹着"USMC[1]"的男人将祖克曼叫到一边，告诉他自己名叫麦克，是公墓管理人，想要询问家属墓碑上刻字的深度。麦克表示自己很清楚这两兄弟都会回新泽西，因此希望得到他们确切的指示。祖克曼告诉他："和我父亲墓碑上的字一样深就可以。""那就是半英寸深。"麦克警告道；"不是每个人都知道如何刻好那么深的字。"祖克曼震惊于肿瘤的惊人致命速度以及随后的迅速下

1　"美国海军陆战队"的英文缩写。

266

葬仪式，因此还没有完全搞清楚这一切是怎么回事。母亲的下葬根本
没有花多少时间。他开始觉得他们应该举行两次下葬仪式：第一次你
可以就站在旁边，不知道发生了什么，而第二次你可以朝四周张望，看
看都有谁在哭，听听周围人的议论，这样至少能理解一点正在发生的
一切；在墓碑旁表达的感情有时可以改变一个人的一生，但他什么也
没听见。他觉得自己不像是一个刚刚目睹自己母亲葬礼的儿子，而像
是某个演员的替补，在排练时出场负责查看演出服装在灯光下的样
子。"你瞧，"麦克说，"把一切都交给我好了。我会找一个不会弄坏石
碑的人来干这活儿的。我保证你们不会被骗。我知道你们希望母亲的
身后事能得到很好的照料。"祖克曼终于领会了意思，把口袋里所有的
零钞都给了麦克，向他保证自己第二年会来看他。但是等到母亲的公
寓被清空出售后，他再也没有去过佛罗里达。表亲爱西负责照看墓碑
的雕刻情况，并写信给两兄弟让他们放心，说公墓每天都会撒草籽，以
便让整个墓地都郁郁葱葱。但这就好比为了感谢对突如其来棘手的悲
痛做出的贡献而在南极洲播种一样。母亲已经走了。母亲也是个问
题。已经几乎三年了，然而那种想法却没有失去半点力量。它仍然可
以毫无缘由地冒出来，让他无法再思考别的事情。他的人生以前是以
他结婚、离婚的日期加以细分的，而他的作品则落入两个界限分明的
历史时期：说那些话之前，说那些话之后。母亲已经走了。留下折磨

他整夜的梦境主题，让他的另一身份也感动得哭泣的话："回来吧，我不是有意的。"

这种自己在十六岁时就已抛诸脑后的对母亲的渴望——如果他现在还在工作，身体健康，他还会如此痛苦吗？他是否会如此强烈地感受到任何一种这样的情感？一切都是被神秘病症折磨后的结果！但如果不是因为这种渴望，他会得病吗？当然，突如其来的强大丧亲之痛会损害任何人的健康——也会渐渐削弱争论，让充满怒气的对手闭嘴。但直到三四年之后仍然如此？一次打击到底可以有多深远的影响？我又能有多脆弱？

啊，太脆弱了，即使对自己身上的矛盾也如此脆弱。矛盾的经验就是人类的经验；每个人都必须平衡这个包袱——你怎么能就此屈服？身为一个小说家却没有体会过无法协调的内心分裂？那个人一定没有写小说的方法，也没有这样的权利。他并非自愿离开这个行业，他是被轰走的。身体上不适应遭受这种折磨。他没有这样坚实的肌肉。没有这样坚强的灵魂。

他同样毫无意义地想：努力捍卫自己的工作，努力解释自己的痛苦。一旦我康复了，绝对不会再沉迷于以上任何一种想法。一旦我康复了。这是对早晨之后支持这种想法的坚忍不拔的毅力的颂歌——而且多半是关于一个死去的女人因一个孩子在梦中大叫对不起而重新复活。

祖克曼终于意识到他的母亲才是他此生的挚爱。至于回到学校？那是至少能重获老师喜爱的梦境，既然她已经走了。走了，却比过去三十年来更加清晰地存在着。重返校园，回到那个不用费力就能让当局满意的时光——同时也是一生中最热烈的约定。

他剥开第二颗复方羟可酮，按下按钮，降低了隔在前后座之间的窗户。

"为什么你无法接受我，瑞琦？"

"不会啊。你很有趣。"

自从他们在酒吧里进行谈判以后，她就不再使用"先生"来称呼他。

"你对我的什么地方感兴趣？"

"你看待事物的方式。那会让任何人都感兴趣的。"

"但你不肯到纽约为我工作。"

"对。"

"你认为我在剥削女人，不是吗？你认为我贬低了她们的人格。一个女孩子在商品市场里工作一个礼拜挣一百美元，她没有被剥削，但如果一个女孩在色情电影里演出一天就挣五百美元——就一天，瑞琦——她倒是被剥削了。你就是这么想的？"

"我拿薪水不是想这想那的。"

"啊，你知道怎么想，好吧。你在这里和谁做爱呢，像你这样容貌
姣好、独立自由的年轻女人？像你这样的人一定有不少相好。"

"听着，我不懂你是什么意思。"

"你有男朋友吗？"

"我刚刚离婚。"

"你有孩子了？"

"没有。"

"为什么没有？你不想把孩子带到这个世界上？为什么，因为你们
这些女权主义者觉得当母亲很麻烦还是因为原子弹？我在问你为什么
不生孩子，瑞琦。你怕什么呢？"

"对《立可舔》的所有者来说，没有孩子的家庭就等同于害怕？"

"很犀利。但是你为了什么跟我争论呢？我在问你一个关于生命的
严肃问题。我是个严肃的人。你为什么不信？我并不是说我就是完全
清白的——但我是一个有价值观的人。我是个为了理想可以进行斗争
的人，所以我谈论我为之维护的理想。为什么人们就表面含义理解会
如此之难？我已经被钉在了性十字架上——我是性十字架上的殉道
者，不要那样看我，这是真的。宗教让我很有兴趣。不是那些该死的
禁令，而是宗教本身。耶稣也让我感到很有兴趣。他怎么就不能让我

270

感到有兴趣？他所受的苦难让我感同身受。我把这点告诉别人，他们都会像你这样看我。自大狂。无知。亵渎神明。我在脱口秀上说了这些话，然后就不断收到死亡恐吓。但你知道的，耶稣从来没有称自己为上帝之子。他坚称自己只是人类之子，是人类的一员，就这样应对一切不幸。但是基督徒们无论如何都要把他奉为上帝之子，然后干尽耶稣反对的一切坏事，一个新的以色列只是挡住了一条错误的道路。但这新的以色列是我，瑞琦——米尔顿·阿佩尔。"

这句话终于激怒了她。

"你和耶稣。我的上帝，"她说，"确实有人认为他们无论做什么都能免于惩罚。"

"为什么不能是耶稣？他们同样也很恨他。我们都因悲痛而感同身受。阿佩尔·痛苦。"

"'悲痛'？你的快感呢？权力呢？你的财富呢？"

"这倒是真的。我承认。我热爱快感。我热爱射精。射精是一种深沉美妙的感觉。在我离开的前一晚，我老婆和我做爱。她刚好来例假，而我又如此饥渴，于是她就给我口交。这感觉太爽了。太爽了，以至于我兴奋得睡不着。两小时以后我手淫了。我不想让这种感觉消失。我想再度体会它。但是她醒来看到我射了，开始哭起来。她不懂。但是你懂，不是吗，像你这样的世间女子？"

她根本懒得回答这个问题。她只是默默地做着别人付钱让她做的事，开车。超出常人的自制力，祖克曼想。对小说家来说是绝妙的妻子。

"所以你的确认为我侮辱了女性。所以不管我向你提出什么条件，你都不肯跟我一起回纽约。"

没有听到她的回答，祖克曼在座位上俯身靠前，以便更好地让每个词都落入她的耳朵里。"因为你是个天杀的女权主义者。"

"听着，痛苦先生，我为付我钱的人开车。这是我的车，我做我喜欢做的事。我只为自己工作。在这里我不受海夫纳的合约束缚——在那里我也不想被你的合约束缚。"

"因为你是个天杀的女权主义者。"

"不，因为这辆车里把你我隔开的窗户也是为我而设的。因为事实是我对你的生活没有半点兴趣，我当然不愿意去纽约跟那些事扯上半点联系。这整件事简直臭气熏天，如果你想知道我的看法的话。而你的诚实则散发着最强烈的恶臭。你以为你只要对此事坦诚公开，就可以被人接受，但事实并非如此。恰恰相反，这更让人难以接受。甚至连你的坦诚本身也是侮辱他人的方式。"

"我比你载的那些压榨美国工人的管理人更糟糕吗？我比你载的那些压榨美国黑人的政客更恶心吗？"

"我不知道。他们基本上都安静地坐在后座。他们都带着公文包，在那里写些笔记，我不了解他们有多糟糕，或是他们究竟是否糟糕。但我却了解你。"

"我是你碰到过的最烂的人。"

"也许。我和你不熟。我肯定你的妻子会这么说。"

"最烂的。"

"我会这么认为。"

"你为我妻子感到遗憾，是吗？"

"哦，上帝，是的。想要过平凡的生活，在一个体面的家庭把孩子养大——和你这样的男人？和一个毕生精力都投入到'阴道'和'阴茎'还有'射精'之类事物的男人？"

"你也对我感到遗憾吗，瑞琦？"

"你？不。你是喜欢这样的生活的。但她并不想要这种生活。我为你的孩子感到遗憾。"

"还是个可怜的孩子。"

"就我个人而言，我认为你的孩子被录用的概率为零，阿佩尔先生。噢，我很确定你以自己那种自大狂的方式爱着他——但等长大知道原来你父亲是干这种事情谋生，甚至还颇为有名，好吧，那样的人生开头真是有些坎坷，不是吗？当然，如果想要继承你的事业经营《立可舔》帝国，他的人生就没有悬念了。但这就是你送他去最好的私立学校念书的理由吗？为了经营《立可舔》？我为你的妻子感到遗憾，我为你的孩子感到遗憾，我为所有那些在电影院里看你的色情电影的观众感到遗憾。如果这才能让他们兴奋，我真为他们感到遗憾。还有电影里那些女孩，如果她们只能用这种方式谋生的话，我也为她们感到遗憾。我也没受过什么教育。我只知道女孩子要结婚，但这好像也没什么好结果。所以现在我成了私人司机，还是个不错的司机。我不会去做她们那样的工作，绝不——不是因为我是个女权主义者：只是因为这会毁了我的性生活，而我太热爱性生活，所以我不能容忍它遭到毁坏。我如果这样做了，一定会永远背负这些伤痕。你知道，私生活和色情业一样，是个很好的事业。不，我无法接受你不是因为我是个天杀的女权主义者，而是因为我是人类。你不仅仅侮辱了女性，这其中只有一部分是对这些蠢女人的剥削。你侮辱了一切。你的生活污秽不堪，从任何层面来看都是如此。而你又让这一切变得更加让人恶心，因为你还不肯闭嘴。"

"噢，让我们还是回到女人的话题上来吧，我亲爱的人类小姐——你为之感到遗憾的那些女孩，她们碰巧没有自己的车。这些出现在我电影里的女孩，其中某些人简直是笨蛋，甚至不知道如何刷牙——而我付给她们一小时一百美金。这是侮辱女性吗？给她们钱让

274

她们能付得起房租，这会让她们留有终身的伤痕？我在片场曾经带女孩进浴室给她们洗脚，因为她们身上实在太脏了。这也是侮辱女性？如果某个姑娘身上味道太重，我们给她适合女性的卫生保健。因为这些女孩当中的一些人，我亲爱的人类小姐，这些人来自街头，比我还要恶臭好几倍。但是我们出去给她们买来成套工具，告诉她们如何使用。大部分为我工作的女孩，她们进来的时候是白痴，离去的时候已经至少可以称得上是像模像样的人了。雪莉·坦普尔在合法的剧院里工作，和别的女演员一样聪明。她为什么要做这个？她做这个，是因为她一天可以进账一千美元。我的钱呐。这也是侮辱女性？她做这个，是因为一出百老汇戏剧上演一周就结束，她只能再度失业回来，而在我这里她一直都能有工作，她有作为上班族的尊严，还有机会可以饰演各种各样的角色。当然，其中也有一些古典派女人，就想找个强大的皮条客来把自己洗劫一空。某些人总是会被别人利用，对自己的生活完全不负责任。到处都是剥削利用，而就是有人愿意被剥削。但是雪莉说，去他妈的。她可不是简·方达和格洛丽亚·斯泰纳姆[1]的大

1　Gloria Steinem (1934—　)，美国当代著名女权主义者。她把婚姻称为"一种法西斯专政"，"一个奴隶制庄园"，女人不再是自己，而只是"半个人"。她在女权斗争中的搏杀赢得了社会的尊重，也因此成为女权主义的精英代言人。

学联谊会成员。宾夕法尼亚的斯克莱顿贫民窟，是她的大学。去他妈的，她说，时年十六岁，然后从超市收银台后面走出来——从贫民窟出来，在这个行业第一年就挣到了五万美元。年仅十六岁。那些拍色情电影的女孩子，基本上都为自己所做的事感到很自豪。你开大豪车，穿男人制服，感到很兴奋吗？那么，对她们来说向众人展示自己的私处也让她们感到很兴奋。她们喜欢展示自己，而你这个穿着盖世太保皮靴的人有什么权利对她们的行为指手画脚说她们不应该这样做？男人们对着她们手淫，她们喜欢这样。这也是剥削？这也是侮辱？那是能力，我的姐妹。和你会开这辆车一样，都是能力。玛丽莲·梦露死了，但全美国的小鬼们还是惦记着她那一对傲人的胸部。这是对玛丽莲·梦露的剥削？这是她的永生！她埋在地里什么都不是，但对那些甚至还没出生的孩子来说，她永远都会是最美的那个臀部。这些都是对于当众做爱不会感到羞耻的女星。她们喜欢这样。没有人强迫任何人做任何事情。如果在伍尔沃斯[1]丝带柜台里工作让她们感到自由解放，就让她们在那里每小时挣两美元吧。你能找到足够的人，有足够的女人为了金钱或快感愿意干这行，为了宣泄，你根本不需要强迫她

1　澳大利亚零售业巨头，创立于 1924 年，主要经营超级商场、普通商店、酒类商店等。作为澳大利亚最大的食品零售商，伍尔沃斯在全球开设有八千多家分店。

们。事实上，女人干这行比别人还容易些。她们可以假装高潮，但那
些可怜的男人们，面对镁光灯，这可不是件轻松的事。那些虚张声势
说老子很愿意干这个，我的鸡巴很雄壮的男人——他们甚至都无法勃
起。被剥削？如果说有人遭到剥削的话，那应该是这些该死的男人。
这些女孩子大都在镜头前追求自我满足。当然，上一部电影里我用了
动物，但是没有人强迫任何人和动物搞。恰克·罗，我的小明星，因为
有狗而走出了片场。他说：'我非常爱狗，所以我无法出演这部电影，
米尔顿。让狗去搞女人——它们一定无法完成。任何一只干了女人的
狗都不能再当动物了。'我尊重恰克的这个观点。我对自己的罪孽有勇
气承担，他也有勇气承担他的。你还没听懂这道理吗？没有人把这些
人绑上铁链强制他们！恰恰相反，是我让他们挣脱身上的枷锁！我是
一个怪物，但同时我赐予他们礼物！我在改变整个美国的做爱观念！
我让这个国家获得解放！"

　　第三颗复方羟可酮让他开始感到恍惚。突然之间，他的脑海里一
句话也浮现不出来，所有的话语仿佛都离他远去，时间也断裂开来。
要想知道他现在正在想什么，需要极大的努力。等到他找出答案的时
候，他已然想不起问题是什么了。于是他只能再艰难地从头开始。在
大雾之中有一条护城河，护城河上是缥缈的虚无。不要问怎么回事，

但在窗户之外，湖面之上，他看见正在温柔无声进行的奇迹：下雪了。没有什么比在傍晚的雪地里从纽瓦克的钱塞勒大道公立小学回家更有趣了。那是人生的最大乐事。雪是属于童年的，受到呵护，无忧无虑，被人喜爱，温柔顺从。而在怀疑的痛苦之后，在鲁莽的怀疑之后，是无畏。慢性病痛到底教会了我们什么？走到教室前面，把答案写在黑板上。慢性病教会了我们：一，什么是健康；二，什么是懦弱；三，还有一点关于被判做苦力是什么样。痛苦是工作。还有什么，内森，超越一切的是什么？它还教会了我们谁才是老大。正确。现在开始列出所有能对抗慢性病痛的方法。你可以忍受它。你可以和它抗争。你可以痛恨它。你可以试图去理解它。你可以试着逃跑。那如果以上所有技巧都无法让人解脱呢？那就吃复方羟可酮，祖克曼说；如果其他的所有手段无效，那就去他的所谓至高无上的清醒意识吧：喝伏特加，狂吃药。想要保持清醒意识，也许是我犯的第一个错误。关于不负责任的麻木状态，已经有许多说法。这些说法我从来不信，现在仍然不愿意承认。但这是真的：从长期角度看，痛苦使人崇高，我很肯定，但来一剂麻醉也不见得是坏事。麻木不能让你像忍受痛苦那样成为英雄，但它显然很仁慈、很甜美。

等到轿车停在鲍比那幢排屋的前面时，祖克曼已经喝干了他那细颈瓶里最后一滴伏特加，做好了去墓地的准备。鲍比的老父亲戴着皮帽，穿着风雪大衣，脚上套着黑色橡胶套鞋，站在大门前的台阶上扫雪。雪现在已经下得很大了，他刚扫完最下面一级台阶的雪，就得回到第一级从头扫起。一共有四级台阶，这老人拿着扫帚不停地上上下下。

祖克曼从车子里望着他："这并不是徒劳无功的苦痛人生。"

过了一会儿："你不是想当医生，你是想当一个魔术师。"

瑞琦下车，走到他这边替他打开车门。他无法思考自己在想些什么，也无法猜测她可能在想些什么。但这很好——对一切都装聋作哑是一种幸福。特别是当你认为别人在思考的内容并不是他们真正思考的内容时，不过你的臆想并不会更少。哦，这充满讽刺意味的多疑症是最糟糕的了。通常，当你忙着多疑的时候，至少不会有嘲讽，你是拼命想赢。但你咆哮的正义怒火带来的极富喜剧性的行动，除了你自己之外谁也无法征服。"我十分钟后出来，"他告诉瑞琦。"我就进去打一炮。"

他朝仍旧在台阶上无助地扫雪的老人家走去。

"弗雷塔先生？"

"嗯？你是谁？有什么事？"

即使他正处于恍惚中，祖克曼还是理解了。谁死了，尸体在哪里？这个老人家在问，怎样野蛮的灾难夺去了他无法替代的至亲？这些属于另一段历史，那些犹太老人，一段不属于我们的历史，不属于我们的生命和关爱，而我们也不希望这是属于我们的，对我们来说将会是可怕的记忆，但是，正是因为这段历史，当他们的脸上露出这恐惧的神情时，你实在无法无动于衷。

"内森·祖克曼。"自报家门让他颇费了一番工夫思量。"祖克，"祖克曼说。

"我的上帝啊，祖克！但是鲍比不在。鲍比在学校里。鲍比的母亲死了。我失去了妻子。"

"我知道。"

"当然！我思维太跳跃了！我只知道自己在哪里！我的思维——实在拼不到一起！"

"我是来带你去墓地的。"

弗雷塔先生退回台阶上时差点将自己绊倒。也许他闻到了祖克曼身上浓烈的酒气，或许他看到了门口那辆巨大的黑色轿车。

"这是我的车。"

"祖克，这简直是艘船了。我的上帝。"

"我彩票中头奖了，弗雷塔先生。"

"鲍比告诉我了。这多妙啊。真是太牛了。"

"那么我们，"祖克曼说。"出发吧。现在。"如果他可以回到车上，他就不会倒下。

"但是我在等格里高利。"他把袖子撩起来查看时间。"他随时都可能回来。我可不希望他摔跤了。他到处乱跑，从来不看。如果那个孩子发生了什么事——！我必须得弄点盐撒一撒——在他回来之前。只要把盐撒在雪里，就不会结冰了。盐会从底层把雪吃掉。嘿，你的帽子！祖克，你竟然没戴帽子就这么站在雪地里！"

进了屋，祖克曼找了把椅子坐下。弗雷塔先生在厨房里和他说话。"那种颗粒很大的结晶盐——犹太盐——"然后对盐来了一番长篇大论。

印第安地毯。柚木家具。野口勇[1]设计的灯具。

海德公园雪克教派。

但很多东西都不见了。视平线处画着苍白影子的图画已经拿掉。石灰墙上的洞是原先挂在此处的钩子留下的痕迹。财产协议书。妻子拿走了这些东西。把唱片也拿走了。架子上的留声机下方，只剩四张唱片，封套都被撕碎散落了一地。客厅里的书架看起来同样像被人洗劫过一般。看来唯一原封不动地留给鲍比的只有格里高利了。

祖克曼努力弄清自己在哪里——努力让自己回过神来——而事实

1　Noguchi (1904—1988)，美籍日本艺术家、设计师。

上他已经神游到别处去了。这是格里高利的卧室。弗雷塔先生打开男孩的衣柜，扶着柜门。"他可不是现在随处可见的那种看起来脏兮兮的孩子。他非常整洁。头发梳得一尘不染。穿衣服很有品位。看看这些衬衫。蓝色的放在一起，褐色的放在这里，条纹衬衫在这端，格子衬衫在另一端，中间都是纯色的。每样东西都放置得很完美。"

"真是个好孩子。"

"他内心是个非常好的孩子，但是鲍比太忙了，而很不幸地，这孩子从他母亲那里无法获得什么指点。他母亲自己都搞不清楚自己在做什么，怎么还能给他建议？但自从我来到这里，我就在努力指点他，而且我跟你说，确实有效。昨天早上我们坐在一起，就我们两个，就在这个房间，我跟他说关于他父亲的事情。告诉他鲍比以前如何学习，如何在店里帮忙。你真应该看看他听我说的样子。'是的，爷爷，是的，我懂。'我告诉他我是如何开始手袋生意的，如何跟我的弟弟一起离开学校到皮革厂工作，帮助我父亲供养一个八个人的大家庭。那时我只有十四岁。还有金融危机以后，我是如何弄了辆手推车，在周末和每天晚上一家家兜售还不够完美的手袋的。白天的时候，我就在面包房做白面包，到了晚上就推着手推车出去卖包，你知道等我说完了他跟我说什么了吗？他说，'您这一生真不容易，爷爷。'鲍比有他自己的工作，而我也有我要做的事。这是我和那孩子坐下来谈话后意识到的。我将要再度成为一名父亲。总有人得这么做，而那个人一定是我！"他脱下身上的风雪大衣，再度看了看表。"我们得等一会儿，"他说。"再等十五分钟，直到十点整，如果到时候他还没回来，我们就走。我真搞不懂。我给他所有的朋友打了电话，结果他都不在。他这一整晚都跑哪里去了？他开车到哪里去了？我怎么才能知道他一切都好？他们开车要去哪里，他们到底有没有概念？那是他的车：错误的车号五十六。我告诉罗伯特，'他绝对不能有车！'"他忽然哭了起来。弗雷塔先生是个强壮、体格魁梧的人，古铜色的皮肤，和鲍比一样，尽管现在因为悲伤而蒙上了一层病态的灰色。他用尽全力让自己不再流泪：你可以从他的肩膀、他的胸膛、他那双在大萧条时期卷过白面包的有力大手中看出来，他是多么地痛恨自己的软弱：他看起来一副随时准备撕碎一切的样子。弗雷塔先生穿着一条格纹便裤，还有一件崭新的红色法兰绒衬衫——这本应是一身不会屈服于任何事情的人的装扮。但他忍不住。

他们坐在格里高利的床上，头上挂着一大张海报，上面印着一个倒映在镜子里、身上有纹身的十岁男孩。房间很小很温暖，这让祖克曼真想一头倒在床上。他正在乘浪前行，踏着浪尖高高地隐入阳光，又随之跌回麻木的海浪里。

"我们当时正在玩牌。我说：'甜心，留心我的弃牌。你都没注意我弃牌。你真是不该出这个三的。'是方块三。一张方块三——就这样没了。根本没有办法救她。尿从她身体里流出来，从这个一生都毫无瑕疵的女人身上流出来。流到她客厅的地毯上。我一看见尿液，就知道一切都完了。过来这里，跟我来，我给你看点好看的东西。"

又是一个衣柜。一件女式裘皮大衣。"看见这个了没？"

他看见了，但那还是件大衣。

"看看她有多爱护这件衣服。仍然完好无损。她把每一样东西都整理得井井有条。看见没？黑色的丝质衬里，绣着她名字的首字母。最好的动物骨纽扣。每一样都是顶级的。这是她这一辈子让我给她买的唯一一样东西。我跟她说：'我们不再是穷人了，让我给你买个钻石胸针吧。''我不需要钻石。''那我给你买枚美丽的戒指吧，上面镶嵌你的出生石。这几年你在店里辛苦了那么久，也该犒劳犒劳自己了。'可是她不要，她只要有婚戒就足够了。但在十二年前的晚秋，在她五十五岁的生日时，我强迫她，真的是强迫她和我一起去买了这件大衣。你真该看看她是怎么试衣的——像幽灵一样惨白，仿佛我们正在挥霍仅有的最后一分钱。这个女人，自己从来没有任何欲望。"

"我的母亲也是这样。"

弗雷塔先生仿佛根本没听见他在说什么。也许祖克曼什么也没说过。甚至也许他根本就没醒着。

"我不希望把这件衣服就这么放在空空的公寓里，也许会有人闯进来。她把这衣服从衣柜里拿了出来，祖克，那一天……就是那一天……那天早上……"

他回到客厅里，站在前窗玻璃前，眺望着外面的街道。"我们再等他五分钟。十分钟。"

"慢慢来。"

"现在想来，我根本没发现她生病的半点迹象。她熨半件衬衫就得坐下来休息十五分钟。我连二加二都不知道得几。我以为她就是疲倦而已。噢，我太生气了！我太愤怒了！好吧，去他妈的，我们走！我们这就走。我给你找顶帽子，然后我们就走。还有靴子。我给你拿一双鲍比的靴子。一个成年人怎么能在这种天气外出时不戴帽子不穿靴子什么都不拿？这样一定会生病的！"

坐在开往墓地的车上，该想些什么？在通往墓地的路上，不是昏昏沉沉，就是高度清醒，很简单：有什么东西在靠近。不，你看不见它，是你在逐渐靠近它。疾病是从坟墓里传来的讯息。是祝福：你和你的身体是一体的——身体去了，你也跟着走了。他的父母已经走了，下一个就轮到他。坐在黑色的长车上，开往墓地。难怪弗雷塔先生又开始惊慌失措：不见了的正是棺材。

老先生弯下腰，脸埋在手里："她是我的回忆。"

"也是我的。"

"停车！"弗雷塔先生用拳头敲着中间的隔离窗。"靠边停车！这里！"他又转头对着祖克曼喊道："就是这，这家店，我朋友的店！"

轿车停在了空无一人的林荫道一侧。低矮的货栈，空荡荡的店铺，拆卸旧汽车零件店分布在三个角落里。

"他曾经是我们的看门人。一个墨西哥男孩，非常可爱的男孩。他和表兄一起把这地方买了下来。做生意太要命了。每次我到这里来，都会买点东西，就算这些东西我并不需要。他有三个可爱的孩子，他可怜的妻子，两个乳房都切除了。才三十四岁。太可怕了。"

弗雷塔先生和祖克曼一起手挽手穿过人行道，瑞琦停在那里，没有将车熄火。雪已经开始掩埋一切了。

"曼纽尔在哪里？"弗雷塔先生向结账处的小姑娘询问。她指了指昏暗的店铺后部。祖克曼穿过一排排堆放罐头食品的架子，感到了恐惧：他很可能会摔倒，并把所有东西都拖到地上。

曼纽尔是个圆圆胖胖的男子，有一张印第安人一般丰满的暗色脸庞，此刻正跪在地板上，往早餐麦片的盒子上贴标签。他用发自肺腑的笑声迎接了弗雷塔先生。"嘿，大人物！你怎么样啊，大人物？"

弗雷塔先生做手势让曼纽尔放下手中的活附耳过去。有些事他必须坦白。

"是什么事啊，大人物？"

他的嘴唇贴在曼纽尔的耳边，低语着："我失去了我妻子。"

"噢，不是吧。"

"失去了跟我生活了四十五年的妻子。就在二十三天前。"

"噢不。这太不妙了。这太糟糕了。"

"我正准备去墓地。暴风雪就要来了。"

"噢，那是位多好的太太啊。多好的人啊。"

"我是过来买点盐的。我想买那种粗颗粒的犹太盐。"

曼纽尔带他到放置盐的货架前。弗雷塔先生从架子上拿了两盒。在结账处，曼纽尔说什么也不肯收钱。在亲自把盐盒包好后，他陪着他们走出店门，外面正在下雪，而他只穿着一件衬衫。

他们相互握了握手，互道再见。弗雷塔先生几乎快哭了，哽咽着说："你去告诉德洛丽丝吧。"

"这太糟糕了，"曼纽尔说，"太糟了。"

回到车里，弗雷塔先生好像又记起什么忘记转达的话，伸手想摇下窗户，却怎么也找不到门上的把手，于是开始敲车窗玻璃。"快开窗！我打不开！"

瑞琦按了个按钮，老人家终于松了口气，窗户缓缓地降了下来。"曼纽尔！"他朝雪中大声喊道。"嘿，曼纽尔——过来！"

年轻的杂货店老板从门廊处转过身，疲倦地把手伸进黑色的头发里掸了掸落在头上的雪。"我在，先生。"

"你最好把这些雪铲一铲，曼纽尔。你的头等大事就是防止人们滑倒。"

弗雷塔先生接下去一路上都在啜泣。他抱着放在膝盖上的两盒犹太盐，紧紧地护着购物袋，仿佛里面装的是弗雷塔夫人的骨灰。雪花敲打在车窗玻璃上，都是呼啸着的沉重雪块，这让祖克曼不由得琢磨他是否应该让瑞琦调头回去。暴风雪来了。但是祖克曼感到自己像一张干净的桌子，一张空荡荡的桌子，一张被擦得褪了色的木质桌子，等待某人坐下。他没有力气了。

他们穿过高架铁路桥，上面被人用六种颜色喷了类似蒙古语的象形文字。"可恶的混蛋，"弗雷塔先生看到公共财物被污损，忿忿不平地说。高架桥下，路面坑坑洼洼，坑洞里还积存了黑色的污水。"简直是犯罪，"看着瑞琦驾车一路蜗牛般地爬行，弗雷塔先生痛心地说。"葬礼用车也从这里走。灵车，吊唁者，但是戴利[1]中饱私囊，其他人都好下地狱去了。"

---

1 美国芝加哥的政坛家族，最有实力的政治世家之一，效力美国政府数十年。自1955年理查德·J.戴利当选市长起，这个民主党家族多次受到腐败的指责，但却成为芝加哥政坛的中坚力量。

他们穿过隧道，沿着角度刁钻的路边一个急转弯，马路四周散落着各种废弃的机器，上面布满了斑斑锈迹。就在那里，就在马路对面，在那铁铸的高高黑色围栏之上，能看见墓碑，延绵几英里的墓地，光秃秃的空无一树，远方的地平线处有一个巨大的盒子样的建筑物，也许只是个工厂，但是从暴风雪中升腾的烟雾看起来却远不只是工厂而已。

"这里！"弗雷塔先生敲着隔断窗。"这个门！"然后第一次发现他们的司机不是男人。他拉了拉内森的袖子，但内森仿佛不在车里一样。在外面一切生命停止的地方，他也停止了。他甚至连那张桌子都不是了。

瑞琦撑开了一把黑色的雨伞，护送两位乘客走进公墓大门。这是工作，她就把它做好。尊严。不管为了谁。

"我看到了辫子，女孩子的辫子，但我甚至都没有留意。"弗雷塔先生开始和她攀谈。"我只看到了悲伤。"

"没有关系，先生。"

"一个年轻的女孩。开这么大的车。在这样的天气里。"

"我第一次任务就是为一户犹太人家的葬礼服务。这是我作为私人司机的第一份工作。"

"是这样吗？但是——你车上是载着谁啊？"

"死者的亲属。"

"真了不起。"

"我总是跟我丈夫说犹太人去世时说话的方式，让人觉得他们一定有第六感。来吊唁的人成群结队，从世界各地赶来安慰丧亲者。那是我第一次和犹太人打交道，从此我对犹太人就十分尊敬。"

弗雷塔先生禁不住泪流满面。"我收到的吊唁卡片装了整整三个鞋盒。"

"嗯，"瑞琦说，"这说明了大家是多么爱她。"

"你有孩子吗，小姑娘？"

"没有，先生。还没有。"

"噢，你一定要生，一定要生。"

沿着一条被雪染白的小路，两个男人走进了犹太人墓地。他们在一个土堆旁停下，旁边还有一块刻有家族姓名的墓石。他怒不可遏。"但这不是我想要的！他们为什么没把坑填上？为什么没有把地面弄平？他们就这样把它像垃圾堆一样扔下了！整整三个星期了，现在还在下雪，结果他们至今都没把墓地弄好！就在这里——我真搞不懂。朱莉的坟墓。我下了指示，他们完全没搞懂。你看看他们这留下的烂摊子！"他拉着祖克曼的手，从一个家系区转到另一个。"我的弟弟埋在这里，我的弟媳在这里，接着是朱莉"——他指着那堆像垃圾山一

样的土堆——"我会在这里。还有那里，"他边说边挥手指向那冒烟的
工厂，"在那边，我告别了好多人——她的父母，我的父母，我的两个
年轻美丽的姐妹，其中一个只有十六岁，就死在我的怀里……"他们此
刻正站在刻有"保罗·弗雷塔 1899—1970"字样的基石前。"你在那边
有钱花吗，保罗？我的笨弟弟。做手套赚钱，却一个子儿也不肯花。
一辈子都在买隔夜的面包。他脑子只想着钱。他的钱还有他的鸡巴。
原谅我用词粗俗，不过事实就是如此。一天到晚干他的老婆。一点也
不体贴。不肯放过他那可怜的老婆，甚至在她得了阴道癌以后还不放
过她。他是个小男人，看起来像个糖果店店主，而她则是个洋娃娃，性
格很可爱，还是个聪明的女人。是个玩牌好手，蒂莉——她一个人可
以打败他们所有人。那时候我们四个人的日子过得多快活啊。我弟弟
一九六五年把他的店卖了换了十万美元，还卖了一个别的楼又赚了十
万。他们每年付他三到四千，料理他的账户。但他完全不愿意给他的
好老婆一个子儿去买东西。在他生病的两年期间，他甚至不愿意给自
己买个遥控器，这样他就不必每次从被窝里爬出来去换台。就这样把
钱存到最后。直到自己咽气。到自己咽气，保罗！你在那里有钱花
吗，你这个小气鬼？他走了——他们全都走了。我也一只脚站在坟墓
边上，等着谁给我推一把。你知道我现在如何面对死亡吗？我每天晚
上睡觉时都说一句：'我才不鸟你呢。'这样你就会逐渐减少对死亡的

恐惧——你对任何事物都不鸟。"

他带着内森回到翻开的土堆旁，这些土早已冻硬，覆盖着他的妻子。"她的鲍比。她的宝贝。她在那间阴暗的房间里照看他。这可怜的孩子因为腮腺炎受苦了。这场病改变了一切。我不相信，祖克，这太愚蠢了。如果鲍比身体机能百分之百良好，他会选择那个女孩子当妻子吗？一百万年后都不可能。事实上他觉得自己配不上更好的女孩。这个朱莉的孩子竟然有这样的想法！但是这个，我相信，就是发生的一切。这个孩子的贡献，这个孩子的成就，在专业领域获得尊敬和赞美——而他的唯一缺陷呢？腮腺炎！还有一个让老爸去吃屎的儿子！鲍比自己有可能生出这样一个蔑视一切的儿子吗？他一定会生一个有感情的孩子，就像我们一样有感情。这个孩子会好好工作，好好学习，在家里待着，想要超过父亲的成就。死亡和垂死就是这么一回事吗？这就是磨难和奋斗的目的？为了一个在电话里叫老爸去吃屎的目空一切的孩子？这个孩子心里盘算着：'这个家庭，这些人，我不是他们的一员，看看他们会做些什么。'这个孩子在想：'看着我是如何利用这些傻逼犹太人的爱心围着我团团转的！'这个孩子到底是谁？我们知道他从哪里来的吗？她想要个孩子，立刻，马上，必须要个孩子。于是他们找了个小孤儿，而我们所不知道的他的血缘根性让他对鲍比这样讲话？我有一个聪明的儿子。可是这所有的聪明智慧都被锁在他的基因

292

里了！我们给他的所有一切，都被困在鲍比的基因里了，而一切我们的反面、一切我们所反对的——为什么这一切都会在格里高利身上体现？去吃屎？跟他父亲这么说？我一定会为他对这个家庭所做的一切拧断他的脖子！我要杀了那个该死的杂种！我一定会杀了他！"

祖克曼用他虚弱的胳膊里仅存的力气，一把抓住老人的脖子。他要杀人——没有什么能比这次犯罪更让他感觉良好的了：终结否认；终结最沉重的有罪指责。"你那神圣的基因！你在你的脑子里看到了什么？上面绣着'犹太人'三个字的基因？这就是你在你那神经错乱的脑子里看到的全部东西，这完美无瑕的犹太人的天然美德？"

"别这样！"弗雷塔先生用戴着厚手套的手把他拨开。"别这样！祖克！"

"他一整晚都去做什么了？他去学习如何做爱了！"

"祖克，不——祖克，这里有死人！"

"我们就是死人！那些坟墓里的骨头就是犹太人的生命！他们就是那些主导一切的人！"

"救命！"他从祖克曼的手里挣扎出来，跌跌撞撞地朝大门跑去——祖克曼在他后面紧跟着。"快！"弗雷塔先生叫嚷着。"出事了！"他边跑边呼喊着救命，这个应该被掐死的老头跑掉了。

现在只剩下白色的雪花在飞舞，其余的都已被雪掩埋，只有那块刻字的墓碑还清晰可见。他的手狂暴地握紧，想要掐住那罪恶的喉咙。"我们的基因！我们那神圣的犹太人的糖包！"接着他的腿一软，坐了下来。在那里他开始诵读，用最尖利的声音念着他周围石头上雕刻的文字。"尊敬你的芬克斯坦！不可为难考夫曼！别神化莱文！你绝不能徒有卡兹其名！"

"他——他——精神崩溃了！"

"哦，我的主，"祖克曼大声呼喊，手掌撑在地上，双膝跪地，一英寸一英寸地向前滑动，"是谁带来了冲动，让我们都变成了猿猴，你却受到了祝福！"他的双眼被脸上融化的雪刺得看不见东西，冰冷的雪水灌进他的衣领，刺骨的泥浆灌满了他的袜子，他开始朝最不需取悦的父亲爬去。"弗雷塔！禁人者！现在我要杀了你！"

但是，一双靴子挡住了他的去路：两只高筒骑兵靴，用油擦得铮亮，雪从靴子上不断地滑下来，这散发着不祥光泽的靴子，也早就给他长满胡须的祖先发出过警告。

"这个"——祖克曼大笑起来，嘴里吐出细碎的冰渣——"这就是你的保护措施，弗雷塔爸爸？这个对犹太人的致敬者？"他绷紧身体，想要寻找离开墓地的力气。"别挡我的路，你这幼稚的母狗！"但面对瑞琦的皮靴，他哪里也去不了。

他在一间医院的病房里醒来。他的嘴巴有点不太对劲。他的头好像前所未有的巨大。他所能感觉到的只有他头脑里发出巨大回音的空洞。在这颗巨大的脑袋里，有一样东西几乎无法移动，同样感觉巨大无比。那就是他的舌头。他的整张嘴巴，从左耳到右耳，都火辣辣地剧痛。

站在他床边的人是鲍比。"你会好起来的，"他说。

祖克曼现在可以感觉到自己的嘴唇了，肿得几乎和舌头一样大。但在嘴唇之下，什么也没有。

"我们在等整形医生。他会把你的下巴缝好。你下颚底部的皮肤全都磕烂了。我们不知道骨头是否有断裂，但是他可以先把你下巴上的缺口缝好，然后我们用 X 光照一下你的嘴巴，看看损坏程度如何。还有你的头。我觉得头骨应该没有破裂，但最好还是看一下。现在看来你的状况十分轻微：只有一道伤口，外加打碎的几颗牙齿。不是什么不可修复的创伤。"

祖克曼完全搞不懂这是怎么回事——只觉得他的头越来越大，几乎就要从脖子上滚下来了。鲍比把事情经过复述了一遍："你和李尔王一起到了荒地。你倒了下去，脸朝前，径直倒在了保罗叔叔的墓碑上。我父亲说听上去就像一块石头砸在人行道的动静一样。他以为你心脏病发作了。你的下巴尖遭到了重击，砸烂了皮肤。你的两颗门牙在齿龈线之下碎裂。当他们把你扶起来的时候，你清醒了几秒钟，完全清醒了，还说：'等一下，我得把这些牙齿吐掉。'你往手心里吐出几颗牙齿，然后又昏了过去。看起来骨头应该没有碎裂，没有颅内出血，但在进行下一步之前我们必须把一切都搞清楚。你可能要疼上一段时间，但很快你就会恢复的。"

祖克曼的舌头就像戴着拳击手套的拳头，在口腔里搜寻着门牙，却只找到粘满沙粒的柔软牙床。除此之外，他的脑袋晕眩，嗡嗡作响，一片漆黑。

鲍比耐心地进行了第三次解释。"你在墓地里。记得吗？你带我父亲去我母亲的墓地。你今天早上九点半的时候坐车出现。现在已经三点了。你们开车去公墓，然后司机在入口处停下，你和我父亲进了里面。他被这种场面搅得有点过度紧张，你也一样。你一点都不记得了？你当时陷入了疯狂，祖克。一开始我老爸以为你是什么病症发作。那司机是个女的，像头小公牛一样强壮。你显然想把她击倒，所以才摔了下去。把你拖出来的人是她。"

祖克曼的喉头发出低沉的声音，表示自己仍然什么也想不起来。他完全不知道身上这些伤是怎么来的。他无法运动下颚让自己说话。同时他的脖子也开始感到僵硬。他一点都没法移动头部。彻底的监禁。

"只是一点暂时的失忆，没什么。不要惊慌。不是因为你摔的这一
跤造成的。脑部没有受伤，我可以肯定。这是因为你服用的东西引起
的。人们很容易因为吃这种药而晕过去，尤其是还喝了很多酒的情况
下。你对女士失礼，这我毫不奇怪。他们搜遍了你的口袋，找到三支
大麻烟、大约二十片复方羟可酮，还有一只精美的蒂芙尼细颈瓶，上面
刻着你名字的首字母，已经完全被一个叫内·祖的人喝干了。你是已
经飞了一段时间了。那司机告诉了我一些你跟她说的关于你和休·海
夫纳的故事。这是不是就是所谓不负责任的享乐主义，某种娱乐，还
是说这是对某种疾病的自我治疗的形式之一？"

他发现自己的右臂上有一根静脉注射的管子。他感到自己正慢慢
从一无所知的状态恢复。他挪动那只还能活动的手，用食指在空中画
了个字母"P"。手指能动，胳膊也能动；他又试了试双腿和脚趾。都
能动。他的锁骨以下都没有问题，但是他好像整个人都变成了自己的
嘴巴一样。以前他觉得只剩脖子、肩膀和胳膊，现在全部变成嘴了。
他的整个人只活在嘴巴这个洞里。

"你就用这些东西来对付疼痛。"

祖克曼试图发出一声咕哝——结果尝到了自己的血液。很好，他
已经从喝伏特加进步到喝血了。

"告诉我你哪里痛。我不是指你的嘴巴。我指的是你自我治疗的病

痛，在今天早上的闹剧发生之前。"

祖克曼指了指。

"诊断书？"鲍比问。"把诊断结果写下来。在那本书里。"

他的床边放着一本拍纸簿、一本大开本活页便条簿，还有一支马克笔。鲍比拔掉笔帽，把笔塞进祖克曼的手里。"不要开口，会很痛的。不要说话，不要打哈欠，不要吃东西，不要笑，也尽量不要打喷嚏——暂时不要。写下来给我，祖克。你知道怎么做。"

他写下了一个词：无。

"没有诊断书？这一切持续多久了？写下来。"

他还是宁可用手指向对方表示数字——再度证明他的手指行动无碍，同时证明他可以数数，脑袋还没有真的滚下来。

"十八，"鲍比说。"十八小时，还是十八天，十八个月，还是十八年？"

祖克曼用笔尖在空中比划了一个"月"。

"这要是换了我一定觉得太久了，"鲍比说。"如果你已经痛苦了十八个月，一定是有某种原因。"

大脑被抽空的感觉正在一点一点地消失。他仍然记不起到底发生了什么，但在这会儿他一定也不在意：他所知道的只是他有麻烦了，而且他感到很痛。这痛苦开始越来越让人难以忍受了。

与此同时，他发出了一声嘶哑的咆哮：是的（他原本想发出咆哮），不止是某种原因造成的。

"在我们搞清楚原因之前，你不能离开医院。"

祖克曼鼻子里发出哼哼，不得已吞下第二口血水。

"噢，你已经就诊好几次了，是吗？"

祖克曼用一根手指表示他已经就诊无数次了。他已经变得讥讽、生气、愤怒。我对自己也是这样的！强迫全世界的人都来关心我的抱怨！

"好吧，一切都结束了。我们会让你在这家医院里接受一系列跨科室的检查，我们会把病因查到底，然后我们会让你永远摆脱病痛折磨。"

祖克曼现在可以进行复杂的思考了，这是今天早上以来的第一次。自从离开纽约以后。也许是十八个月来的第一次清醒思考。他想：医生都是有信心的，色情从业者也都是充满信心的，不用说，那个像牛一样强壮的年轻女人现在开着大车，远离怀疑。而怀疑相当于一个作家的半生。三分之二，十分之九。过了一天，就多一层怀疑。我唯一从不怀疑的是怀疑本身。

"我们还要帮你摆脱各种药物控制。只要你不是为了快感而服用药物，我们可以很容易就打破你的药物依赖。药物上瘾，不是什么大不了的症状。一旦你的嘴巴伤口缝好，创伤情况好转，我们会逐渐让你摆脱止痛药，并且戒除酒精。还有大麻。那真是太幼稚了。你将会在这里做我的病人，直到你不再上瘾为止。这意味着我们至少要花上三个星期。不可能让你有机会作假，祖克。治疗酒精中毒的方法可不是在饭前喝两杯马提尼。我们将会根除药物以及酒精，并且会尽我们最大的努力找到病因，帮你根除造成你如此烂醉的病痛。你听清楚了没？我将亲自监督你戒除药物。这将会是个长期但毫无痛苦的过程，如果你努力配合，不耍花招，疗效会是持久的。你会恢复到病痛之前的状态。我真希望昨天我们见面的时候你就把这些情况告诉我。我现在不会问你为什么没这么做。这个以后再说。我是觉得你发生了什么事，你看起来有一种可怕的狂热之感，但你却说没什么事，祖克曼，而我在办公室里就没想到好好地检查一遍你的注射斑痕。你现在感到很痛吗？从嘴巴开始？”

祖克曼表示他现在确实很痛。

“喔，我们正在等候整形医生。我们还在急诊中。他会下来清理一下伤口，把所有沙子清掉然后缝合，这样基本不会留疤。我希望他做完以后一切看起来都很好。然后我们会拍些照片。如果你的嘴现在就想要活动，我们会把负责下颚治疗的医生叫来。他知道你在这里。如果要把什么神经串在一起，他是最佳人选。他是那个写过书的人。我全程都会在旁边陪你的——但是一次只能做一件事。此刻我无法对你的痛苦做些什么，直到你戒除了那些东西之后才行。你别想再这样发作一次了。给我好好忍耐。要经受考验。你的病痛会像其他任何事情一样安然结束。这整个过程不会像你想的那么短，但也不会永远这样下去。"

祖克曼摸到了那支马克笔，然后用有如一年级小学生那样笨拙的笔迹，在速记本上写下了几个字：不能在这里待三个星期。

"不能？为什么不能？"

一月四号开学。

鲍比一把扯过那页纸，对折后塞进自己工作服的口袋里。他的手掌边缘慢慢地来回揉搓留着胡子的下巴——显示出临床工作者的超脱——但是他那双正密切观察患者的双眼，却只显露出了恼怒。他一定在想——祖克曼猜测着——"这个人到底是怎么回事？"

一个名叫沃尔什的医生出现在祖克曼的病房里，此时距鲍比离开到底有多久，祖克曼无法得知。这是一个高挑瘦削的男人，五十多岁，有一张长如纸袋的憔悴脸庞，头顶长着稀疏的灰色头发，声音里有一种吸烟者独有的嘶哑感。他说话时不停歇地吸着烟。"好吧，"他对祖克曼说，脸上带着一丝不安的微笑，"我们这里一年要接待三万个病人，但就我所知，你是第一个被女性司机架着跨过这门槛的人。"

祖克曼在干净的一页拍纸簿上写道：每个人生病的时候都需要一位母亲。

沃尔什耸了耸肩。"一般人通常都是爬进来，或是昏迷不醒地被担架抬进来。尤其是像你这样的麻药中毒患者。那位女士说你在出发去绿野仙踪之前给她上演了一场好戏。听上去你人不错又很乖僻。你都吃些什么药？"

就你找到的那些。复方羟可酮伏特加大麻烟。非常止痛。

"不错，这些确实止痛。如果这是你第一次尝试，三到四片羟可酮，几杯威士忌，要是你耐力不行，那就直接昏迷不醒了。人们一旦开始对疼痛进行过度治疗，下一秒钟他们不是把自己的床垫点着了就是死在公交车轮子底下。有天晚上这里曾经住过一个男的，跟你一样喝得烂醉，觉得自己很厉害，头朝下进行了四次飞行。他唯一没弄断的就是自己的牙齿。你可算是幸运地逃脱了。像你这样笔直地倒下去，结果本可能会更糟糕。你本来很可能让你的脑子彻底受损。你也很有可能把自己那该死的舌头给咬下来。"

我昏迷到什么程度？

"噢，你完全不省人事，伙计。甚至连呼吸都很微弱，你吐了自己一身，脸上也是一团糟。我们给你抽了血，想看看你体内有什么药物成分，给你洗了胃，我们给你注射麻醉对抗剂，让你恢复呼吸，然后给你输液。我们在等医生下来。我们已经把伤口清理过了，不过需要他来给你缝合让你变得体面点，如果你以后还想把妹的话。"

当急诊室医生是什么样的？从来都不知道那扇门里在发生什么事。一定需要快速的反应。许多专业技巧。

医生哈哈大笑。"你在写书还是怎么的？"他的笑声中带有某种可笑的喇叭声，同时伴随着许多神经质的手势。一个充满怀疑的医生。在某处一定有这样的人存在。你很可能会把他看成是医院里的勤务工——或是某个精神病人。他的眼睛看起来非常恐惧。"我从不读书，但护士知道你是谁。在你出院前，她会问你要签名。她说我们这里来了个名人。"

问题很严重。他试图不去想嘴部撕裂般的疼痛。我马上会去上医学院。急救医学报酬如何？

"喔，这可是相当艰难的讨生活的方法，如果你想知道的话。一般人从事这个工作七年就会筋疲力尽。但我不太清楚你的意思，上医学院。你是个著名作家。你写淫秽书籍。"

一定要拯救许多生命。一定要让辛苦工作获得回报。

"我想是的。当然每天都会有两三次扣人心弦的事情。人们充满痛苦地来到这里，你当然要为他们做点什么。我不能说每个人都是充满微笑地离开这里，这工作不是这个理。比如说你吧。你因为服药过量来到这里，进来三到四小时之后，你开始恢复知觉。有些时候那些人根本就醒不过来了。你瞧，你是在耍我吗？他们告诉我你可是写过些滑稽的畅销书的——你想干什么，要把我写进书里吗？"

你是怎么成为一个急诊室医生的？

又是一阵紧张的喇叭式笑声。"我毒瘾很深，"他说，然后突然猛烈地咳嗽起来，好像这阵咳嗽要把他从房间里抛出去。过了一会儿，祖克曼听见他叫走廊上的人过来："该死的他们把糖尿病患者放到哪个病房了？"

祖克曼不清楚这一天过了多久之后，沃尔什才再度出现在他的病床前。他有些要紧的话要说，有些关于他自己的事情必须在他（或者作家）再度上班前澄清。如果他会被写进一本搞笑畅销书里，那还是让祖克曼事先弄清楚的好。

他们见到我的时候，都把我当成是一部写书的机器。而尽管这听起来很可怕，事实就是如此。一部靠消耗生命运转的写书机器——包括沃尔什医生的，还有我自己的。

"大部分我认识的急诊室医生都有点麻烦，"他说。"酗酒。精神障碍。不会说英语。好吧，我是杜冷丁上瘾。羟可酮让我厌烦，吗啡让我厌烦，甚至酒精也不适合我。但是杜冷丁——幸好你还没发现杜冷丁的好。它在我们这些痛苦持续不断的人之中是最受欢迎的药物。让人情绪高涨。轻松愉快。什么问题都没有了。"

你有什么问题？

"好吧，"他说，他的怒火丝毫不加掩饰。"我会告诉你的，祖克曼，既然你想知道。我曾经在埃尔金市行医。一个妻子，一个孩子，还有一家诊所。我没法搞定这些。你会懂的。你要是不懂，就不会在这里了。所以我靠杜冷丁支撑熬过这一切。这是十年前的事了。对我来说，应付病人的最大问题是长期帮助严重病患渡过难关。在急诊室，我们只负责点燃引线，然后就跑开。我们的所作所为也就是一时帮个忙，仅此而已。但如果一个人情况严重，日复一日地拖下去，从长远观点看你得按下合适的按钮才是。你得就这么看着他们死去，自己还不能崩溃。这我做不到。像我这样的背景，又加上快六十岁了，我很幸运我还能做这个。我每周工作四十个小时，他们付我薪水，然后我回家。这就是戈登·沃尔什可以处理的所有问题。现在你一切都知道了。"

但这在祖克曼听来，却像是所有人都会产生的渴望，想要结束寻求自我解脱的痛苦历程。等沃尔什第二次离开病房后，他试图想象一周工作四十小时的情形，想让自己忘记嘴里的痛苦。车祸。摩托车事故。摔倒。烧伤。中风。心脏病。服药过量。刀伤。枪伤。狗咬伤。人类咬伤。生孩子。发狂。崩溃。现在工作来了。他们生命垂危地进来，你维持他们的生命等待外科医生为他们手术。你让他们脱离危险，然后消失。自我湮没。有什么工作能比这个更没有野心？如果在医学院系主任跟他这么说："不行，没有你的位置，你这种资历背景不行，你的年纪也不合适，更不用说你还在这里昏倒了，"他就会回答说他只想当一个急诊室医生，有毒瘾，有典型的疑心病。没有什么事情能让他更开心了。

等整形医生来到病房，芝加哥的天已经黑了。他进门就道歉自己来晚了，因为他从霍姆伍德一路冒着暴风雪开车过来所以耽搁了。他就在房间里把祖克曼的伤口缝合，从肌肉里面走针，这样愈合后只会留下极其细小的疤痕。"如果你想，"他说——试图开个玩笑来振奋病人的精神——"我们可以在这一边也开个褶，把赘肉捏起来折进这个小花苞里。这样你看起来就更年轻了，更招女人喜欢。"祖克曼不清楚他是否给自己打了局部麻醉。也许他其他地方痛得不得了，他根本没感到缝针的痛楚。

根据 X 光显示，下颚部分有两处碎裂，所以他们通知了口腔颌面外科医生，到了晚饭时间，祖克曼被推进了手术室。这个上了年纪的医生事先向他解释了手术细节——用最从容的语调，就像电视里网球比赛的播报员，向祖克曼描述了接下去要做的事。两处骨折，他解释道：正面一处歪斜的骨裂，一条细细的垂直裂纹从断裂的牙齿处一直到下巴颏；而第二道骨裂直接通到耳下颌骨和头骨的连接处。由于碎裂的位置不太好，得在他的下颌底下割一道切口，伸进去把骨头拨正，钻一些小孔，然后用非常细的手术线把骨头牢牢地串起来。至于耳朵以上部分，则没有手术的必要。他们已经在他的上牙和下牙处安置了金属棒，用十字形橡皮筋把金属棒紧紧地连在一起，这样就可以让第二道碎裂的骨头痊愈，并能让他在咬东西时感觉平整。如果他醒来的时候觉得自己有轻微的窒息感，那没有什么值得大惊小怪的——那只是因为橡皮筋夹住了他的嘴巴让其"保持紧闭状态"。只要情况允许，他们很快就放松这些皮筋。接下去，那一天祖克曼已经听到了不下二十次保证，告诉他一旦他的脸部固定完毕，他还是可以获得姑娘们的青睐的。

"是的，这个断裂确实很干净，但还达不到我所要求的干净程度。"医生的这几句话是他在手术前最后听到的说话声。在一边控制麻药剂量的鲍比拍了拍他的肩膀。"去世外桃源吧，祖克，"然后他就去了，耳边一直回荡着："……不到我所要求的干净程度……"

鲍比负责把他麻晕，然后等他苏醒后又在恢复病房里对他进行各项检查，但是当晚上某些时间，止痛剂赛罗卡因失效以后，祖克曼孤独一人躺在床上，终于发现痛苦到底可以有什么作用。他以前一直毫无头绪。

其中一种让他熬过每一分钟的方法是试着称呼自己为祖克曼先生，就像有人在法官席上叫自己一样。在墓碑之间追逐那个年迈的老人，祖克曼先生，是你这辈子干过最愚蠢的事情。你打开了错误的窗户，关闭了错误的门，你在错误的法庭审判了你的良心；你这半生几乎都在躲躲藏藏，作为一个儿子你几乎杳无音讯——你，祖克曼先生，原本最不可能成为尴尬和羞耻的奴隶，但说到毫无意义又无法辩解的愚蠢，没有什么能和这一次相提并论，竟然在风雪中的墓地里追逐一个退休的手袋推销商，这位老人只是因为发现他自己的家谱里出现了一个非犹太裔又破坏了一切的后代而很自然地害怕而已。为了平息这些痛苦、沮丧以及疲倦，这个抑郁的卡拉马佐夫，这个二流的教皇，要把他像假神一样砸扁、击碎……但是，当然啰，格里高利有不可剥夺的辩解权，他享有说出各种讨人厌的无脑言论的自由，而你，祖克曼先生，别人一见到你就讨厌。看来，祖克曼先生，自从托马斯·曼上一次从祭坛上俯视你，命令你成为一个伟大之人以后，你好像已经迷失了方向。现在我宣布你将被判处封口刑。

当轻松愉快的方式不起作用时——然后他借着背诵高中学过的《坎特伯雷故事集》来让自己分心——他握着自己的手，假装这是别人在握着。他的弟弟，他的母亲，他的父亲，他的妻子们——每一个人都轮流坐在他的床边，把他的手握在他们的手心里。痛苦是惊人的。如果他可以张开嘴，他一定会尖叫。这样忍耐了五个小时以后，他觉得自己如果能够起来移动到窗边，他一定会跳下去，而过了十个小时后，痛苦终于开始消退。

接下来的几天，他觉得自己全身上下只剩下一张破裂的嘴巴。他从吸管里吸食食物，然后睡觉。仅此而已。吮吸看起来应该是这个世界上最容易做的事，是每个人不用教就会的本能，但由于他的嘴唇伤痕累累，酸痛不堪，又肿胀得十分厉害，而吸管只能从旁边插进嘴里，因此他无法正确地吸吮，只好把食物放在肚子上，用远距离的吮吸来让食物在体内流通。通过这种方法，他吸食了胡萝卜汤、水果泥，还有香蕉风味的奶昔制品，据说营养非常丰富，但这饮料太甜了，让他的喉咙有点受不了。在吸食水果泥和睡觉以外的时间，他用舌头探索自己的口腔。除了口腔内部，什么都没有。他在那里做了各种各样的发现。你的嘴就是整个人的全部。你实在无法接近你脑海中的自己。另外一个受到阻碍的就是大脑。难怪口交获得了如此高的声誉。你的舌头生活在你的嘴巴里，而同时也是你自己。他把自己的舌头伸向各处，想弄清楚这些金属棒和橡皮筋之上的情况如何。越过上颚处一排排圆形的拱起，向下伸到没有牙齿的齿龈洞穴里，再伸进齿龈线以下。他们就是在这里开口把骨头穿在一起。对于舌头来说，这仿佛一次"黑暗之心[1]"的河流之旅。神秘的静止,延绵不断的沉寂,舌头像康拉德小说一样慢慢爬向库尔兹。我是嘴巴的马洛。

在齿龈线下方,有一些颚骨和牙齿被砸碎了,医生在治疗骨裂前花了点时间把所有细小的碎片都挑了出来。给他装上新门牙的许诺还未兑现。他实在无法想象自己以后还能咬什么东西。一想到有人摸他的脸,他就觉得很可怕。他一度连续睡了十八个小时,醒来之后完全记不起自己是否曾测量过血压或更换过输液袋。

一个年轻的夜班护士拿着《芝加哥论坛报》来逗他开心。"我说,"她的脸因为兴奋而微微涨红,"你确实是个名人,不是吗?"他示意护士把报纸放在安眠药旁边。在午夜时分——也许是另外的夜晚——他终于拿起这份她留下的报纸,借着床头灯读起来。报纸被对折,一眼就能看到专栏里的其中一条。

从我们的名流司机处得到的最新消息:时间飞逝!六十年代的叛逆

---

[1] 《黑暗之心》,波兰裔英国作家约瑟夫·康拉德的经典小说,叙述了一位英国船长马洛在一艘泊于伦敦外的海船上所讲述的一个发生于刚果河的故事。故事除了涉及马洛年轻时在非洲经历之外,还主要提及他在非洲认识的一个叫库尔兹的白人殖民者的故事——一个矢志将"文明"带到非洲的理想主义者,最后却堕落成贪婪的殖民者的全部过程,警寓了现代文明之野蛮且揭发现代文明虚伪、贪婪、好斗的一面。

小说家内森（"卡诺夫斯基"）·祖克曼在比林斯医院接受整形手术重放
光彩。扎扎缝缝，折折裥裥过后，这位年近四十的罗密欧，立马就重现当
年的灼灼风采。内森在整形前夕悄然潜入本城，来到庞普开派对……

　　他收到一张来自弗雷塔先生的卡片。信封上的回邮地址粘纸上写
着"哈利·弗雷塔先生及夫人"，而弗雷塔先生在"及夫人"三个字上
划了一条删除线。画这条线一定需要鼓起很大的勇气。卡片内容是：
"早日康复！"在卡片的背面，是手写的亲笔函。

亲爱的内森：

　　鲍比跟我说了你双亲亡故的事，这些我都不知道。作为一个
儿子，你的悲痛是对所发生的一切最好的解释，其他的事无须多
说。这个世界上你最不该去的地方就是公墓。我只是非常自责之
前我竟然什么都不知道。希望我说过的话不会让你感觉更难过。

　　你这一生已经获得了很大的名气，对你所获得的成就我表示
衷心的祝贺。但我希望你知道，对于鲍比的爸爸来说，你仍然
是，而且永远都会是那个乔尔·考普曼（"小神童"）。早日康复。

爱你的弗雷塔一家

哈利，鲍比，还有格里格

老作派父亲的最后一人。而我们，祖克曼想，则是老作派儿子的最后一人。有心跟随我们的人会发现，二十世纪过去了一半，在这个巨大、散漫、杂乱的民主社会里，一个父亲——即使那父亲并非博学多才，并不卓越也没有突出的能力——却仍然拥有卡夫卡小说里父亲的那种境界？不，美好的往日即将过去，而在将近一半的时间里，不管他有没有意识到，一名父亲可以因为儿子的罪孽而向他实施惩罚，对权威的热爱和痛恨又是如此痛苦而杂乱。

有一封来自芝加哥大学校报《荒岛报》的信件。编辑想要采访他关于在以约翰·巴斯和托马斯·品钦为代表的后现代主义时代中，他这类小说的前景问题。同时编辑表示他们理解由于他的手术影响可能不愿意面谈，所以希望他能回答随附纸张上的十个问题，长度由他决定。

他们能够不闯进病房当场拷问他，实在是善意之举；他可还没有准备好让作家的个人生活成为大众茶余饭后的谈资。

1.为什么你要继续写作？2.你的作品是为什么目的服务？3.你觉得在这个传统日益消亡的社会里，自己像在打一场无望之仗吗？4.你的使命感是否因为过去十年的事件而发生巨大的改变？

是的，是的，祖克曼说，非常正确，然后退回到齿龈线以下。

第四天早晨，他起床，看着镜子里的自己。直到那时他才开始关心自己。非常苍白，非常憔悴。下巴上粘着医用胶带。深陷的双颊，连电影明星都会嫉妒，在胶带周围凹凸不平地长满了白色胡须。他的头好像也更秃了。在芝加哥度过的这四天完全毁了四个月的毛发治疗。肿胀已经消退，但是下颚却呈现出令人担忧的歪斜局面，即使有胡须遮掩，也能看出严重的淤血。深紫红色，就像一块胎记那样。他那破裂的嘴唇也显然变了一种颜色，两颗门牙彻底地消失不见了。他突然意识到自己的眼镜也不见了。一定是掉在了公墓的雪地里，和鲍比的母亲一起被掩埋起来，直到来年春天才会被人发现。这样更好：他暂时不愿意太过清楚地看到别人拿这个笑柄来开玩笑。他以前曾被公认为是个擅长嘲弄一切的人，但他可没有残忍冷血到从这种事中寻找灵感。即使没有眼镜，他也不难了解自己现在的样子绝对称不上出色。他想，只要别让我以后写这方面的内容就行了。不是所有事情都得写成书。不能连这个也写进去。

但等回到床上以后，他又想，真正的负担并不是要把每件事情写进书里，而是所有的事情都能写成一本书。而直到变成了书，才能被视作有了生命。

接着就是病后康复期的幸福感——以及嘴巴里橡皮筋的松动。在手术成功以后几周，他为每一天都能逐渐摆脱麻醉剂而感到兴奋，四十年来，他是第二次如此高兴地说出简单的单音节英文，用自己的嘴

313

唇，自己的上颚，自己的舌头，以及自己的牙齿；他穿着睡袍，趿着拖鞋，顶着白色的胡须在医院里游荡。他虚弱的声音发出的每一个音都不让人感到陈腐——所有的词都是那么欢快纯粹，因为乱说话而带来的灾难仿佛已被他抛诸脑后。他试图忘记发生的一切，不论那是发生在黑色轿车里、墓地里，还是在飞机上；他试图忘记自从他第一次到这里来上学以后发生的所有事情。当时我十六岁，在高架铁路上喃喃有词："……shantih，shantih，shantih[1]。"那是我最后的回忆。

第一年的实习医生都是二十五岁左右的年轻人，蓄着新留的胡子，眼睛因为日夜工作而留下了黑眼圈，他们在晚饭后到他的病房，自我介绍之后跟他聊天。在他看来这些人都是些质朴天真的孩子。仿佛他们在带着医学院的毕业证书离开了讲台之后，做出了错误的转变，鲁莽地掉到了第二等级。他们纷纷拿来《卡诺夫斯基》的书找他签名，郑重其事地询问他是否正在酝酿一本新的小说。而祖克曼想知道的则是他们医学班上年龄最大的学生是几岁。

他开始帮助术后病人下床，慢慢地沿着走廊推动吊着输液袋的杆子。"转了十二次了，"一个孤独的六十岁男人抱怨道，他的头刚刚经

1　Shantih 为梵文，是宁静、和平之意。在曼陀罗唱诵到结尾，吟唱三声 shantih，意为祝愿万物和谐相处，人类和平友爱，个人平和喜悦。

过包扎，身上的长袍没有系带，所以祖克曼能看见他的背上散落着暗红色的血点。"……在地板上转了十二次了，"他告诉祖克曼，"……都快有一英里了。""这个，"祖克曼透过僵硬的下颚勉强说道："今天你不需要走一英里。""我开了一家海鲜餐馆。你喜欢吃鱼吗？""超爱吃。""等你好点你一定要来尝尝。'艾尔码头'。'这里的龙虾来自缅因州。'到时候我请你吃晚餐。每天的都很新鲜。这是我学到的。你不能给顾客上冰冻过的鱼。很多人能吃得出差别，你可没法抵赖。必须得上新鲜的鱼。我们唯一经过冰冻的是对虾。你是做什么的？"哦，上帝啊——我现在应该瞎扯点什么捉弄他吗？不，不行，在他们这么虚弱的状态下，容易引起惊恐。戴上那副色情从业者的面具并不是开玩笑：他一直很享受整个过程，他那生机勃勃的表演让所有的往事和怒火都愈发坚决。看起来像是用一种新的迷思去驱逐过去的迷思，而事实上则是这曾经盘踞在他脑海里的固执想法欢快地将他驱逐得能走多远走多远。远到什么程度？不要在这上面下赌注。会导致更多的骚乱。"我没工作，"祖克曼说。"像你这样聪明的年轻人会没有工作？"祖克曼耸了耸肩。"只是暂时的挫折，就这么简单。""这样啊，你应该学着做海鲜生意。""也许，"祖克曼说。"你那么年轻——"说这些话的时候，餐厅老板强忍泪水，突然间克制住了康复期间对一切柔弱无助事物的同情心，这些柔弱无助的事物里也包括他自己和他缠满绷带

315

的头部。"我没法告诉你这种感觉,"他说。"差点就死了。你不会懂的。是如何让你重新活过来。你活了下来,"他说,"然后你看一切事物都是全新的眼光,一切事物,"而六天以后,他发生了大出血,死了。

一位女士在悲伤地哭泣,祖克曼在她的门前呆住了,仿佛被钉住一样动弹不动。他拼命在想有什么是他应该做的——出什么事了?她需要什么?——一个护士闪了出来很快地从他身边经过,边走边喃喃低语,一半是自言自语,一半是说给他听:"有些人觉得你会折磨他们。"祖克曼向门里窥视。他看见她枕头上散开的灰色头发,一本《大卫·考坡菲》的平装本摊开在盖住她胸口的被单上。她大约和他差不多年纪,穿着一件淡蓝色睡袍;那精巧的肩带看上去毫无理由地诱人。也许她只是在匆忙赶去夏日晚宴之前稍事歇息而已。"有什么我可以——?""没有!"她大喊。他的身子又更探进去了一些。"发生什么事了?"他嗫嚅着。"他们要切除我的喉咙,"她喊道——"滚开!"

在耳鼻喉科楼层的休息室里,他观察着等候结果的外科病患家属。他坐着,和他们一起等。总有人在牌桌上玩单人纸牌。所有人都很担心,但没有人忘记在玩新的游戏前先好好洗牌。一天下午,急诊室医生沃尔什发现他在休息厅,膝盖上放着一本黄色的便笺本,上面只写着草草几个字:"亲爱的珍妮。"亲爱的戴安娜。亲爱的雅嘉。亲

316

爱的格洛丽亚。大部分时间他坐在那里不停地划去他觉得怎么看都不对的词句：过度激动……自卑……厌烦治疗……疾病狂热症……错误支配……对无法避免的极限高度敏感……对除一切之外的事全神贯注……没有任何文字可以跟得上现实的流动——这矫揉造作、生硬夸张的文字，只会模仿真情实感和内心抒发的语调，如果说真有这样的文字，他对写作所持有的保留态度会说明一切。他不可能了解一个卧病在床的人的挫败感，他也没有感觉到歉意或羞愧。在情感上他不再能打动人心了。但是一旦他坐下来写作，就迸发出另一种解释，让他对自己的文字心生厌恶，止步不前。他的作品也是一样：不管表面上伪装得如何巧妙，如何口若悬河，暗地里总是想要回应某种指责，反击别人的指控，愤怒地让冲突更加尖锐，同时又热切地努力想得到别人的理解。永无休止地向公众举证——真是受罪！这是再也不写作的最佳理由。

当他们乘坐电梯下行时，沃尔什品尝着他最后一根香烟——品尝，祖克曼想，同时包含着对我的某种蔑视。

"最后是谁弄好了你的下巴？"沃尔什问。

祖克曼告诉了他。

"最厉害的人，"沃尔什说。"你知道他是如何爬到这么受宠的高度的么？他多年之前在法国跟一个名人学习。他们在猴子身上做实验。

这些全写在书里了。他们用棒球把猴子的脸打烂，然后研究骨头碎裂的痕迹。"

为了之后把这些都写下来？甚至比他这个行业更野蛮。"这是真的？"

"你是不是也是靠这样爬到这个高度的？不要问我。戈登·沃尔什从来不会去那样打人。你那五美元的小癖好如何了，祖克曼先生？有没有让你戒掉羟可酮？"

由于他的癖好，祖克曼每天喝两次特制的酒，模样和味道有点像樱桃苏打——他们把这个叫做"镇痛鸡尾酒"。每天这份特制饮料都会定时送来——每天一早，每天傍晚——由一个负责给这个瘾君子提供饮食的护士拿来给他。这杯特制酒每天于固定时刻服用，且目的并非为了压制疼痛，而是为病人提供了一个机会，让他得以"重新学习"如何面对他的"问题"。"赐给我们，"她说，"今天所需的酒量[1]，"而祖克曼则顺从地喝干这杯酒。"没有偷偷地自己喝别的东西吧，祖先生？"尽管在头几天，没有了药物和伏特加的帮助，他一直觉得有些神经过敏，紧张不安——时常不安到思索这个医院里有谁能帮他打破鲍

1　原文为 Give us this day our daily fix，是模仿《圣经·马太福音》里"赐给我们今天所需的饮食"（Give us this day our daily bread）一句。

比定下的规矩——而答案显然是没有。"祖先生没有做任何鬼鬼祟祟的事，"他向她保证。"这才是乖孩子，"她边说边狡猾地眨了眨眼，结束了这个假装引诱的小游戏。樱桃糖浆里每天都在改变的有效成分比例只有工作人员才知道；这鸡尾酒是鲍比去条件化制约计划中的中心摆设，是帮助祖克曼减少药量直到完全脱离药物的渐弱过程，大约要持续六周。目的是让祖克曼逐渐摆脱止痛药和"疼痛行为症候群"的生理依赖。

至于对行为有益的疼痛研究，则还没有开始。在一年半之后的现在，需要一种很有技巧的治疗方式才能激起祖克曼的斗志，鲍比不想让太多医生在他身上到处探寻疾病的成因，因为这样或许会让他陷入一种惶恐不安的沮丧情绪中。目前为了克服长期的药物上瘾以及让人无法使力的脸部创伤，可能会需要祖克曼的毅力，尤其是下颚并不应该一直保持紧闭的状态，而另有两颗门牙还没装上。

"目前一切良好，"祖克曼对自己的酒瘾癖好进行了汇报。

"是么，"沃尔什回答，"这个要等你脱离监督以后我们再看。没有一个全副武装的抢劫犯会在不熟悉的国家旅游时去抢劫银行。但如果哪一周他喝醉了，没准就会这么干。"

到了一楼，他们离开电梯，沿着走廊朝急诊室病房走去。"我们刚刚收治了一位八十八岁的老太太。救护车是去接她八十一岁的弟弟的——因为中风。他们就闻了闻，结果把她也一起带来了。"

"他们闻到什么了？"

"你会知道的。"

这个老太太只有半张脸。一个脸颊，直到眼窝处，还有整个下巴都被癌细胞吃掉了。最初的症状只是一个水泡，而从那之后，她一连四年都用红药水进行自我治疗，并在上面缠上绷带，一周换一次。她和她弟弟在一个房间生活，为他做饭，给他擦身，没有一个邻居，没有一个店主，没有一个人看到过她绷带底下的样子，因此都没有叫过医生。她是一个纤细、害羞、端庄、谈吐文雅的老太太，虽然可怜却是个淑女。当祖克曼和沃尔什一起进去的时候，她把医院的睡袍拉到喉咙处。她垂下眼睛。"你好吗，先生？"

沃尔什向她介绍了自己身边的人。"这位是祖克曼医生。我们的人道主义者住院医生。他想看看您的情况，布伦特福德夫人。"

祖克曼穿着医院的长袍，脚上趿着拖鞋，而他的胡须至今还没有长出来。他两颗门牙没有了，嘴里还塞满了金属。但是老太太却说："哦，好的。谢谢您。"

沃尔什向祖克曼解释病症。"我们已经花了一个小时把所有的痂剪掉，把脓水挤掉——都为你弄干净了，医生。"他领着人道主义者住院医生到床的另一边坐下，拿着口袋灯往伤口处照去。

她的脸颊上有一个二十五美分硬币大小的窟窿。从这个窟窿里，祖克曼可以看见她的舌头在口腔里紧张地掠动着。下颚骨本身已经有一半暴露在外，其中有一英寸已经犹如瓷砖般雪白干净。其余部分直到眼眶都是大块大块暴露在外的肌肉，就像屠夫扔在地板上给猫吃的碎肉。他努力不让自己闻到这股腐臭的气息。

在过道里，沃尔什因为哈哈大笑而猛烈地咳嗽起来。"你看上去脸色发绿，医生，"在他终于停止咳嗽之后嘲笑地说。"也许你还是写你的书比较好。"

每天上午，走廊里那些帆布垃圾箱里都会装满前一晚换下来的布制品。祖克曼已经观察这些垃圾箱好几周了，每次他都被某种奇怪的渴望所吸引而在垃圾箱周围走过。那是在沃尔什的恶作剧过后的第二天早上，看准了周围没有人会问他到底以为自己在干什么，他终于把胳膊伸进垃圾箱里，在一团混乱的被单、寝具和毛巾里摸索着。他没有预料到会是那么潮湿。他的胸中充满了力量，嘴里充满了胆汁——仿佛他的胳膊正浸没在血水里。仿佛布伦特福德夫人脸上散发恶臭的腐肉就在他的两手之间。他听到走廊深处有个女人开始哀号，某人的母亲或姐妹或女儿，幸存者的呼号——"她掐了我们！她打了我们！她还叫了我们的名字！接着她就去了！"又一个灾难——时时刻刻发生在每一堵墙之后，就在隔壁，是任何人都可以想象的最可怕的煎熬，痛苦是如此无情又无法逃避，呼喊和受苦真的值得一个人倾尽全力去挑战。他要成为一个颌面部外科医生。他要学习麻醉学。他要进行一项解除毒瘾的项目，以他自己成功的戒毒经验给他的病人树立一个榜样。

直到有人从走廊深处吼道："嘿，你！你还好吧？"祖克曼一直保持着整条胳膊都埋在那堆被单下的状态，那些床单，他们的主人也许正在康复，或正在生病，或正在死亡边缘挣扎——还有一些也许就在一夜之间死去——他的希望和虽然遥远却不可放弃的家乡一样深厚。这就是生活。这里有真正的利齿。

从那天晚上开始，只要有实习医生过来和他打招呼，他就会要求和他们一起去查房。每一张病床上的恐惧都是不同的。病人告诉他医生想要知道的消息。没有人的秘密是丢脸或可耻的——所有展露的秘密都生死攸关。而敌人总是那么邪恶真实。"我们得给你理个发，把那里全部清理干净。""噢，好吧，"这个胖乎乎、有一张娃娃脸的黑人女性用顺从的语调低低地回答。实习医生温柔地转过她的头。"伤口很深吗，医生？""我们都帮你弄好了，"实习医生告诉她，指给祖克曼看她耳朵后面油腻的药膏下那道深长的缝合伤口。"没有什么可担心的。""真的？噢，那真是太好了。""绝对的，""那——那我会再见到您吗？""当然了，"他边说边紧握她的手，然后留下她安详地躺在枕头

上，和祖克曼这个实习医生的实习生一起出了病房。这样的工作！和
这些处于险境的病人建立的如父母般的深厚联系，人与人之间最迅速
紧急的交流！为了瓦解疾病对人的危害，有那么多不可或缺的工作需
要完成——而从前他竟一个人坐在房间里用打字机表达对虚幻事物的
投入！

　　在他作为病人逗留的日子里，祖克曼在大学医院里繁忙的走廊上
徘徊，白天独自巡视，暗自计划，然后晚上偷偷和实习医生一起在寂静
的医院里查房，仿佛仍然相信他可以斩断让他未来孤独一人的锁链，
逃避可能是他本人的那具尸体。

图书在版编目(CIP)数据

解剖课/(美)菲利普·罗斯(Philip Roth)著；
郭国良,高思飞译.—上海：上海译文出版社,2019.1
(菲利普·罗斯全集)
书名原文：The Anatomy Lesson
ISBN 978 - 7 - 5327 - 7914 - 7

Ⅰ.①解… Ⅱ.①菲… ②郭… ③高… Ⅲ.①长篇小
说-美国-现代 Ⅳ.① I 712.45

中国版本图书馆 CIP 数据核字(2018)第 145663 号

Philip Roth
THE ANATOMY LESSON
Copyright © 1983，Philip Roth
Simplified Chinese Edition Copyright © 2019
SHANGHAI TRANSLATION PUBLISHING HOUSE (STPH)
All Rights Reserved.

图字：09 - 2018 - 727 号

解剖课
[美] 菲利普·罗斯　著　郭国良　高思飞　译
责任编辑/李玉瑶　装帧设计/胡枫

上海译文出版社有限公司出版、发行
网址：www.yiwen.com.cn
200001　上海福建中路 193 号　www.ewen.co
浙江新华数码印务有限公司印刷

开本 890×1240　1/32　印张 10.5　插页 5　字数 158,000
2019 年 1 月第 1 版　2019 年 1 月第 1 次印刷
印数：0,001—5,000 册

ISBN 978 - 7 - 5327 - 7914 - 7/I · 4872
定价：55.00 元

本书中文简体字专有出版权归本社独家所有,非经本社同意不得转载、摘编或复制
如有质量问题,请与承印厂质量科联系。T：0571-85155604